Ama...

Parce qu'elle a grandi dans une petite ville de l'Arkansas,
Amanda Stevens aime situer ses intrigues dans cet environnement
chaleureux et paisible, qu'elle définit comme une « toile de fond
idéale pour le suspense, lorsque le familier bascule soudain dans
le drame et la peur ».
C'est en 1985 qu'elle a signé le contrat pour la publication
de son premier livre avec Harlequin — le jour même où elle
apprenait qu'elle était enceinte de jumelles. La force de ses
romans, où se mêlent avec art, mystère, suspense et émotion, a
fait d'elle l'une des finalistes pour l'attribution du prix RITA
Award.

Faute de preuves

AMANDA STEVENS

Faute de preuves

COLLECTION

INTRIGUE

*Cet ouvrage a été publié en langue anglaise
sous le titre :*
THE HERO'S SON

Traduction française de
KARINE REIGNIER

HARLEQUIN®

est une marque déposée du Groupe Harlequin
et Intrigue® est une marque déposée d'Harlequin S.A.

Photos de couverture
Couple : © FISCHER-THATCHER / GETTY IMAGES
Enfant : © SPIKE / GETTY IMAGES

Toute représentation ou reproduction, par quelque procédé que ce soit, constituerait une contrefaçon sanctionnée par les articles 425 et suivants du Code pénal.
© 1998, Marilyn Medlock Amann. © 2004, Traduction française : Harlequin S.A.
83-85, boulevard Vincent-Auriol, 75013 PARIS — Tél. : 01 42 16 63 63
Service Lectrices — Tél. : 01 45 82 47 47
ISBN 2-280-17039-6 — ISSN 1639-5085

Prologue

On frappait à la porte. Si fort que la petite Violet, âgée de cinq ans, se réveilla en sursaut. Effrayée, elle appela ses parents. En vain. Pourtant, ils regardaient la télévision, juste à côté. Pourquoi ne venaient-ils pas la chercher ?

Le cœur battant, elle se leva et s'approcha de la porte. Papa et Maman étaient bien là, dans le salon… mais quelque chose n'allait pas. Ils avaient l'air d'avoir peur. Comme s'ils avaient vu un monstre à la télévision. Pourtant, les papas et les mamans n'ont pas peur des monstres.

On frappa de nouveau à la porte, et une grosse voix cria :

— Police ! Ouvrez !

Maman prit le bras de Papa.

— Cletus ! Que se passe-t-il ?

Le visage de Papa était tout blanc. Il avait l'air malade.

— Je ne sais pas. Je ferais mieux de les laisser entrer.

Il s'approcha de la porte, mais elle s'ouvrit d'un seul coup, avec un grand bruit. Trois hommes pénétrèrent dans le salon et se jetèrent sur Papa. Maman cria très fort, comme le jour où Violet avait failli tomber dans la rivière.

— Pas un geste, ou je t'explose la tête ! dit un des hommes à Papa.

Violet aussi avait envie de crier. Les hommes lui faisaient peur. Pourtant Maman disait toujours que si Violet se perdait ou qu'il lui arrivait quelque chose, elle devait demander à un policier de l'aider. Parce que c'était leur travail d'aider les enfants qui avaient perdu leur maman. Mais les policiers que Violet avait vus dans la rue étaient tous habillés pareil, en uniforme avec un badge brillant, en forme d'étoile. Ceux de ce soir n'avaient pas d'uniforme et pas de badge. Ils n'avaient que des pistolets. Comme les méchants dans les films que Papa et Maman regardaient quand Violet allait se coucher.

Pour le moment, c'était l'heure des informations. C'était ce que Papa et Maman regardaient quand les hommes avaient frappé à la porte. La dame des informations parlait du petit garçon qui avait été enlevé. Violet connaissait bien cette histoire, parce que tout le monde en parlait et que la photo du petit garçon était dans tous les journaux. Comme elle avait toujours très peur et que les hommes continuaient de crier contre Papa, Violet essaya de penser au petit garçon. Il s'appelait Adam, comme le frère de sa copine Jane, et il avait trois ans. Donc, c'était presque un bébé. En tout cas, il était beaucoup plus petit que Jane et elle. Quelqu'un était venu le prendre dans sa chambre pendant qu'il dormait et l'avait emmené dans une cachette secrète. Tellement secrète que personne ne l'avait trouvé. Pourtant, Maman disait que tout le monde le cherchait, à Memphis.

Au début, Violet avait eu très peur que ça lui arrive aussi, d'être emmenée par un bandit pendant la nuit. Mais Papa lui avait expliqué qu'Adam avait été enlevé parce que sa famille était très riche. Comme ça, les bandits pouvaient demander beaucoup d'argent à ses parents avant de leur dire où ils avaient caché Adam. Alors, Violet avait été rassurée : son papa à elle n'avait pas assez d'argent pour les bandits. Surtout depuis qu'il avait perdu son travail.

Les informations étaient terminées, maintenant. Et les hommes étaient toujours dans le salon. Ils avaient attaché les mains de Papa dans son dos, et ils le secouaient dans tous les sens. L'un d'eux, celui qui avait l'air le plus méchant, lui demanda d'une grosse voix :

— Où est-il ? Avoue, ordure ! Où as-tu caché le gosse ?

Mais Papa ne répondit rien, et le monsieur eut l'air encore plus fâché contre lui. Il lui donna un grand coup de poing et le fit tomber contre la table. Quand Papa se redressa, Violet vit qu'il saignait de la tête. Maman cria et essaya de s'approcher, mais l'homme lui donna une gifle à elle aussi, et elle glissa sur le carrelage.

Cette fois, Violet sentit son cœur battre très fort. Pas parce qu'elle avait peur, mais parce qu'elle était en colère. Elle courut dans le salon de toute la force de ses petites jambes.

— Maman ! Laissez ma maman tranquille !

Elle essaya d'attraper le bras du monsieur, mais il la repoussa méchamment et se retourna vers Papa, que les deux autres hommes tenaient par les épaules. Il y avait beaucoup de sang sur son visage, maintenant, et Violet commença à pleurer.

— Je n'ai rien fait, dit Papa en regardant Maman. Crois-moi, je t'en supplie. C'est un coup monté !

— La ferme ! cria un des hommes.

Ils emmenèrent Papa dans l'entrée, et le troisième, celui qui avait tapé Papa, ouvrit la porte. Il y avait plein de monde dehors, des gens qui marchaient sur la pelouse et se dressaient sur la pointe des pieds. Il y avait des voitures de police devant la maison, et beaucoup de lumière. Violet n'avait pas envie de sortir, mais Maman avait suivi les hommes qui emmenaient Papa, alors Violet suivit aussi.

Dehors, les gens n'avaient pas l'air gentil. Pourtant, Violet les connaissait. C'étaient leurs voisins, ceux qui habitaient dans la rue. Ils avaient tous l'air très fâchés contre Papa, eux aussi. Ils criaient des injures, des tas de gros mots. A un moment, la vieille dame d'en face jeta une bouteille contre le mur de la maison, et Maman se mit à pleurer.

Alors Violet courut vers Papa pour le retenir. Il ne fallait pas qu'il parte, sinon Maman serait encore plus triste. Si seulement elle arrivait à lui prendre la main… mais le méchant policier lui barra le passage. Il lui agrippa le bras très fort et s'accroupit devant elle, puis il la regarda dans les yeux comme s'il voulait lui parler. Mais Violet n'avait pas envie de l'écouter. Il lui faisait tellement peur qu'elle se mit à trembler. Tout près d'eux, il y avait un monsieur avec un gros appareil noir. Il se pencha vers eux et quand il appuya sur le bouton, la lumière blanche piqua les yeux de Violet. Après, la dame qui était à côté du photographe tapa dans ses mains d'un air content.

— Génial ! Avec la môme en une, on va faire un carton !

Le méchant policier tenait toujours le bras de Violet. Elle essaya de s'échapper, mais il lui dit que tout allait bien se passer. Il parlait d'une voix douce, comme s'il essayait d'être gentil, alors que ses yeux étaient noirs et froids. En fait, il lui faisait penser à l'ogre qui invite Hansel et Gretel chez lui pour les manger.

Elle ouvrait la bouche pour hurler quand un homme en uniforme s'approcha d'eux.

— On a fouillé la voiture de Brown, dit-il. L'argent était dans le coffre. Vous aviez raison, inspecteur Colter. C'est lui qui a enlevé le fils Kingsley.

L'homme lâcha Violet et partit avec le policier en uniforme, mais elle continua de trembler.

L'ogre s'appelait Colter.

1.

Trente et un ans plus tard…

La grande brune tourna au coin d'une rue, et l'inspecteur Brant Colter accéléra le pas pour ne pas la perdre de vue. Une amie, blonde et plutôt menue, l'accompagnait, mais Brant ne lui jeta pas un regard. Pourtant, c'était le genre de femme qui l'attirait, d'ordinaire. Aujourd'hui, c'était la brune qui l'intéressait, et personne d'autre.

Ce qu'il savait d'elle tenait en peu de mots : elle s'appelait Valérie Snow, travaillait comme journaliste d'investigation pour le *Memphis Journal* et semblait déterminée à anéantir… sa famille.

Il grimaça au souvenir de l'article qu'elle avait signé dans l'édition de la veille. Fidèle au style dénonciateur qui assurait le succès du *Journal*, elle affirmait que la police de Memphis avait sciemment envoyé un innocent en prison pour l'enlèvement et le meurtre du petit Adam Kingsley — un crime si atroce qu'il continuait de marquer les esprits plus de trente ans après les faits. Selon elle, les inspecteurs chargés du dossier, Judd Colter, Raymond Colter et Hugh Rawlins, avaient falsifié les pièces à conviction et supprimé les témoins de la défense afin de hâter l'inculpation de Cletus Brown, le principal suspect. A la lire, les trois policiers auraient monté à l'encontre du malheureux une conspiration digne de l'assassinat du président Kennedy pour devenir des héros. Et pour quelles raisons ?

Parce que la population, horrifiée par l'enlèvement du petit Adam, réclamait justice, parce que le FBI, appelé en renfort, raillait leur incompétence, les trois hommes avaient « déraillé », écrivait-elle. Et arrêté Cletus Brown au terme d'une enquête hâtive, mais suffisamment bien ficelée pour faire taire les mauvaises langues. Et se muer du même coup en gloires nationales.

Conclusion de la journaliste ? Les inspecteurs avaient commis *par orgueil* l'une des pires erreurs judiciaires du siècle.

Bien sûr, Brant n'en croyait pas un mot. Les trois hommes qu'elle montrait ainsi du doigt — qui se trouvaient être respectivement le père, l'oncle et le mentor de Brant — n'étaient pas seulement les héros de toute une génération de flics. Ils étaient aussi les siens. Intégrité, perspicacité, expérience du terrain… Ils étaient ses modèles d'excellence depuis son entrée à l'académie. Et rien ne le rendait plus fier que de porter le nom de Colter, et de travailler, aujourd'hui encore, sous les ordres de Hugh Rawlins, le meilleur ami de son père.

Ce n'était donc pas la véracité des accusations de la journaliste qui le troublait — mais leur portée.

Quelle incidence aurait cet article sur la santé de son père, qui se remettait tout juste d'une terrible attaque cardiaque ?

Comment réagirait Hugh, que le gouverneur prévoyait de décorer pour « services rendus à la nation » ?

Et que dire de Raymond, dont le fils unique, Austin, venait d'entamer une campagne électorale ?

Inutile de se voiler la face : les propos de Valérie Snow les heurteraient tous, à une heure où, usés par la vie ou la maladie, ils n'aspiraient qu'au repos.

Et si Brant ne pouvait empêcher la jeune femme de travailler, il souhaitait au moins savoir *pourquoi* elle agissait ainsi. Pourquoi

12

elle en voulait à Judd, Raymond et Hugh au point de les traîner dans la boue trente et un ans après l'enlèvement du petit Adam. A moins qu'elle ne cherche juste à se faire un nom ? L'affaire Kingsley faisait toujours vendre… Surtout ici, à Memphis, où le drame s'était noué.

Dans les deux cas, Mlle Snow avait clairement choisi son camp. Depuis qu'elle travaillait au *Journal*, sa croisade contre les Colter lui servait de ligne éditoriale : en l'espace de six mois, c'était le cinquième article qu'elle consacrait au sujet ! Excédé, Brant avait décidé de la suivre cet après-midi. Et, si possible, de lui parler. En vertu d'un principe qu'il avait fait sien depuis de nombreuses années : connaître ses ennemis pour mieux s'en défendre.

Pour l'heure, Valérie Snow s'était arrêtée devant la boutique d'un grand couturier — manifestement sur la demande de son amie, qui commentait avec excitation les modèles présentés en vitrine. Normal, songea Brant : d'après les informations recueillies auprès de la standardiste du *Journal*, la jolie blonde était la responsable des pages mode du magazine. L'examen de la vitrine pouvait donc prendre un certain temps…

Soucieux de demeurer inaperçu, il entra dans la boutique voisine — un magasin de chaussures pour hommes — et feignit de s'intéresser à une paire de mocassins tout en observant Valérie du coin de l'œil à travers la vitrine.

Loin d'être une Pasionaria au look débraillé, comme il se l'était représentée à la lecture de ses articles, elle semblait droit sortie d'un conseil d'administration de Wall Street : tailleur bleu marine parfaitement ajusté à sa taille de guêpe, chemisier ivoire, jambes interminables juchées sur des escarpins d'un goût exquis, chevelure d'ébène retombant souplement sur ses épaules… Ses ongles, en revanche, n'étaient pas vernis. Et nulle trace de maquillage ne voilait son teint hâlé. Estimait-elle qu'elle avait mieux à faire que de se repoudrer matin et soir ? Sans doute. Le regard droit, le sourire rare, elle dégageait une intensité, une énergie peu commune. Même immobile, elle semblait perpétuellement en mouvement — ou plutôt, rectifia Brant, *à l'affût*.

Mais de quoi ? A lui de percer le mystère…

Enfin, les deux femmes se dirent au revoir. La blonde remonta la rue, et Valérie s'éloigna en sens inverse d'un pas énergique. Quittant la fraîcheur climatisée de son poste d'observation, Brant s'engagea à sa suite dans la rue principale du centre de Memphis. Les piétons étaient nombreux à cette heure-ci, pressés de rentrer chez eux après leur journée de travail, et il dut jouer des coudes pour ne pas perdre la jeune femme de vue. Parvenue au bas de la rue, elle s'arrêta à une intersection, attendant que le feu passe au rouge pour traverser. Prudent, il se tint en retrait, laissant d'autres passants s'interposer entre eux — mais elle tourna la tête, comme si elle se sentait observée. Il retint son souffle. Sourcils froncés, elle scruta la foule… puis reporta son regard sur le passage clouté.

D'autres piétons l'avaient rejointe, et c'était maintenant un petit groupe qui attendait au bord du trottoir : hommes en bras de chemise, femmes en robes légères, adolescents dissimulés sous des casquettes de base-ball… Brant les observait machinalement sans quitter Valérie des yeux, comme il le faisait chaque fois qu'il effectuait une filature. Et soudain, il tressaillit : cet homme, à quelques mètres de lui… il le connaissait ! Rémy Devereaux. Un indic sans foi ni loi, qui aurait vendu sa mère pour une poignée de dollars. Il avait travaillé pour Judd et Raymond, autrefois, avant de s'évanouir dans la nature. Des années s'étaient écoulées sans que personne n'entende parler de lui… et voilà qu'il resurgissait — si c'était bien lui — en plein Memphis, juste derrière Valérie Snow !

Drôle de coïncidence…

Mêlé au flot des voitures, un autobus descendait la rue à vive allure, et les piétons reculèrent d'un pas. Dans le mouvement qui s'ensuivit, Brant perdit Rémy de vue. Il scruta le groupe… puis reporta son attention sur le bord du trottoir. Valérie avait disparu.

Au même instant, une femme poussa un cri perçant.

Brant se précipita vers la chaussée, jouant des coudes pour se frayer un passage… Le corps inerte de Valérie gisait au milieu de la rue. L'autobus s'immobilisa dans un grand crissement de pneus.

— Police ! s'écria Brant en sortant sa carte. Laissez-moi passer !

Docilement, les piétons s'écartèrent, et il put s'approcher de la blessée, que deux hommes avaient transportée sur le trottoir. Les yeux clos, elle paraissait endormie… mais était-elle seulement encore en vie ? Il s'agenouilla près d'elle, prit son pouls… et poussa un soupir de soulagement.

— Vite, une ambulance ! Quelqu'un peut-il appeler une ambulance ? demanda-t-il à la cantonade.

— Mon Dieu…, s'exclama une dame. Est-ce qu'elle… ?

— Appelez l'hôpital, bon sang ! s'emporta-t-il, foudroyant la dame du regard. Elle a besoin d'un médecin.

Sans tergiverser davantage, la femme sortit un téléphone portable de son sac et composa le numéro des urgences.

— Tenez, mettez-lui ça sur le front, suggéra un jeune homme en lui tendant un mouchoir imbibé d'eau glacée.

— Merci. Que s'est-il passé ? s'enquit Brant, en le regardant.

— Je ne sais pas trop… mais elle a eu un sacré coup de veine ! Le bus arrivait droit sur elle et, croyez-moi, si le chauffeur n'avait pas fait une embardée au dernier moment, elle y restait, c'est sûr !

— C'est vrai, ça, opina un autre. Mais on n'a pas idée, aussi, de se jeter sous les roues d'un engin pareil !

— C'est peut-être un accident, marmonna une vieille dame. Elle a glissé, la pauvre petite…

Les commentaires fusaient de toutes parts, mais Brant ne les écoutait plus. Penché sur la jeune femme, il lui tapotait doucement le front et les tempes, espérant la voir se ranimer peu à peu. Déjà, elle respirait mieux, et ses joues avaient repris des couleurs. D'ailleurs, même ainsi, étendue sur l'asphalte brûlant, ses vêtements froissés couverts de poussière, elle paraissait maîtresse d'elle-même.

Et parfaitement capable de semer la zizanie chez les notables de Memphis, songea-t-il avec un pincement d'amertume.

Enfin, elle reprit connaissance. Tournant la tête, elle marmonna quelques mots inaudibles, puis tenta de se redresser.

— Ne bougez pas, ordonna-t-il doucement. L'ambulance sera là dans une minute.

Elle battit des paupières, puis ouvrit des yeux étonnés.

— Que s'est-il passé ?

— Vous avez failli être renversée par un bus, expliqua un homme dans la foule.

— Ah bon ? Mais…

Croisant le regard de Brant, elle s'interrompit brusquement, comme frappée de stupeur — ou d'effroi ? Intrigué, il se pencha vers elle pour la rassurer, mais elle parut plus effarée encore.

— Calmez-vous, intima-t-il. Vous êtes tombée, mais quelqu'un vous a rattrapée à temps. Tout va bien se passer, je vous le promets.

Elle secoua vivement la tête, levant les bras pour le repousser et, l'espace d'un instant, il crut qu'elle était prise de délire.

— Tout va bien. Ne bougez pas.

— Non… Je ne suis pas tombée, murmura-t-elle d'une voix cassée.

16

Il fronça les sourcils.

— Que dites-vous ?

Elle soutint son regard et, cette fois, il ne s'y trompa pas. Elle avait peur. Très peur.

— Je ne suis pas tombée, répéta-t-elle. On m'a poussée.

Admise aux urgences de l'hôpital général de Memphis, Valérie s'était d'abord laissé soigner sans rien dire, presque heureuse de s'abandonner aux mains expertes des infirmières qui avaient nettoyé ses égratignures, avant de la confier au radiologue. Mais dès que le ballet des soignants avait cessé à son chevet, elle n'avait eu qu'une obsession : déguerpir au plus vite.

Car elle était en danger. L'homme qu'elle redoutait le plus au monde avait retrouvé sa trace. Elle l'avait vu de ses propres yeux, aussi clairement que cette nuit-là, trente et un ans plus tôt.

Et il n'avait pas changé !

Comment était-ce possible ? Elle avait beau tourner et retourner la question dans son esprit, la réponse lui échappait. Pourtant elle ne se trompait pas : l'homme qui l'avait secourue un moment plus tôt était le même que celui qui hantait ses cauchemars depuis qu'elle avait trois ans. Elle aurait reconnu ce visage entre tous. Et ces yeux aussi noirs que dans son souvenir.

Un frisson glacé lui parcourut la nuque, et elle se redressa contre les oreillers.

— Je dois partir, murmura-t-elle.

Justement, l'interne de service approchait, un sourire aux lèvres.

— Partir ? s'exclama-t-il. Voyons, mademoiselle Snow... Vous venez d'arriver !

Vêtu d'un jean délavé savamment élimé aux genoux, les cheveux blonds en pagaille, le Dr Allen était plutôt séduisant — pour qui aimait les jolis cœurs. Les infirmières gloussaient sur son passage comme des écolières, les patientes rougissaient sous ses compliments… et Valérie se sentit aussi agacée par son comportement.

« A croire que le flirt ne sera jamais de mon âge ! » songea-t-elle avec un brin de cynisme.

— Je n'aime pas les hôpitaux.

— Vraiment ? Vous me vexez terriblement, répliqua-t-il d'un air peiné.

Cette fois, elle ne put retenir un sourire.

— Ne le prenez pas mal, docteur. Vous m'avez soignée à la perfection… Au fait, quel est le verdict ?

— Quelques égratignures, deux ou trois ecchymoses… Rien de plus, apparemment. Je dois examiner les radios avant de me prononcer, mais je ne crois pas avoir détecté de fracture. Vous l'avez échappé belle, vous savez !

Certes. Etre poussée sous un bus et en sortir *vivante* n'était pas donné à tout le monde. Elle-même avait cru sa dernière heure venue… Il lui suffisait de fermer les yeux pour revivre l'instant atroce où elle avait senti le sol glisser sous ses pieds. Horrifiée, elle avait levé les yeux — le bus menaçant fonçait droit sur elle. Déjà, son souffle brûlant lui cuisait la nuque, elle ne pouvait plus se relever, elle allait mourir, avalée, broyée sous les roues du monstre…

Elle porta une main tremblante à son front. Elle devait sortir d'ici. Pour comprendre ce qui s'était passé.

Et découvrir qui cherchait à la tuer.

— Je me sens très bien, je vous assure, insista-t-elle. Et je dois *vraiment* y aller, je dois me rendre à une conférence de presse, ce soir…

Tout en parlant, elle avait repoussé les couvertures pour se lever… mais sa jambe refusa de bouger. Ou plutôt, lui fit atrocement mal lorsqu'elle esquissa le mouvement. A croire que le médecin avait minimisé le nombre de ses ecchymoses : car c'était

18

maintenant son corps tout entier qui protestait ! Vaincue, elle se laissa choir sur les oreillers avec une grimace de douleur.

— Vraiment, docteur, je… je ne peux pas rester, marmonna-t-elle.

— Et moi, je crains que la conférence de presse ne se déroule sans vous, rétorqua-t-il. Vous ne partirez pas avant que j'aie examiné vos radios, chère mademoiselle.

— Quand arriveront-elles ?

— Bonne question ! Nous sommes en sous-effectif, cet après-midi. Cela risque de prendre un certain temps.

Valérie réprima une autre grimace. De dégoût, celle-là. Et de chagrin. Les odeurs d'antiseptique lui révulsaient l'estomac. N'était-ce pas *exactement* la même odeur que celle qui l'avait accueillie chaque matin, six mois plus tôt, lorsqu'elle s'approchait du lit de sa mère mourante ? Les souvenirs étaient encore si vifs à son esprit… Son chagrin ne cesserait-il donc jamais ?

Le Dr Allen lui tapota la main.

— Ne vous inquiétez pas. Nous ne vous garderons pas plus longtemps que nécessaire. En attendant, tâchez de profiter de notre hospitalité. Mes assistantes ont dû vous donner un léger tranquillisant. Vous l'avez pris, n'est-ce pas ?

Comme elle hochait la tête, il conclut, un sourire charmeur aux lèvres :

— Par-fait. Un peu de repos vous fera du bien. Détendez-vous ! C'est bon pour le teint… et pour les femmes trop actives.

Et, sur un dernier clin d'œil, il s'éclipsa. Valérie étouffa un soupir de protestation. N'y avait-il donc rien à faire ? Devait-elle rester coincée ici, à attendre le bon vouloir des médecins, pendant que son agresseur se baladait tranquillement en ville ?

Furieuse, elle tenta une nouvelle fois de se lever — pour y renoncer aussitôt. Le moindre muscle sollicité lui arrachait un gémissement de douleur. Et ses paupières se fermaient toutes seules. Le médecin avait raison : même avec la meilleure volonté du monde, elle serait incapable de rentrer chez elle.

Quant à se rendre à la conférence de presse… Bien sûr, elle aurait pu appeler Julian, son patron, pour lui demander d'y aller à sa place. Mais le simple fait de décrocher le téléphone posé sur la table de chevet lui semblait un effort surhumain. Sans compter que Julian exigerait des explications — pire : un récit détaillé des faits. Or elle n'avait aucune envie de subir un interrogatoire en règle.

Ni de voir son récit paraître le lendemain en une du *Journal* ! songea-t-elle avec lucidité. Car personne ne l'ignorait à la rédaction : le patron ne reculait devant rien pour faire pleurer dans les chaumières…

Oui, la conférence importait peu, finalement. L'essentiel, c'était de comprendre ce qui s'était passé, de mettre de l'ordre dans ses idées… Mais le tranquillisant faisait effet, à présent, et elle avait peine à réfléchir. Dans une sorte de rêve éveillé, elle se revit dans la maison où elle avait grandi, occupée à trier les affaires de sa mère après son décès. Son chagrin était si violent alors, qu'elle avait cru impossible de s'atteler à la tâche. Enfin, un matin, elle s'était résignée à ouvrir les placards. Sortir les vêtements un à un, les plier, les empiler dans de grands cartons… elle avait travaillé vite, retenant son souffle pour ne pas fondre en larmes. En fin d'après-midi, il ne restait qu'une commode à vider. Et là, au fond d'un tiroir, habilement dissimulé sous une pile de vêtements, elle avait trouvé le journal intime de sa mère.

Et sa vie avait basculé une seconde fois.

Pendant plus de trente ans, elle s'était appliquée à faire comme si.

Comme si elle n'avait jamais eu de père.

20

Comme si elle ignorait jusqu'à l'existence de cet homme, condamné pour l'un des crimes les plus atroces qui soit : l'enlèvement et le meurtre d'un petit garçon de trois ans.

Comme si trois policiers n'étaient pas venus chercher son papa en pleine nuit, comme s'ils ne l'avaient pas frappé au visage, comme s'ils ne l'avaient pas insulté devant sa femme et sa fille.

Comme si la foule haineuse des voisins ne les avait pas accablés d'injures.

Comme si Grace et elle n'avaient pas dû fuir Memphis pour échapper à la vindicte populaire.

Comme si elle ne s'était jamais appelée Violet Brown.

Du reste, Violet Brown existait-elle ailleurs que dans ses rêves ? Sitôt installée à Chicago, quelques semaines après le drame, alors que le pays entier se passionnait pour l'affaire Kingsley, Grace avait fait changer leurs noms. A cinq ans, Violet était devenue Valérie. Et son papa était mort — ou plutôt, sa mère lui avait fait promettre de raconter à tout le monde que son papa était mort. « Nous deux, on sait qu'il est vivant, mais c'est notre secret », avait-elle ajouté.

Un secret si bien gardé que personne n'avait jamais soupçonné la véritable identité des deux femmes. Energique et généreuse, Grace s'était bien intégrée à Chicago, faisant de son mieux pour enterrer jusqu'au souvenir du drame qui s'était joué à Memphis. Au début, bien sûr, elle répondait encore aux questions de sa fille, lui assurant que Cletus allait bien. Puis ses réponses s'étaient faites plus évasives, et Violet n'avait pas insisté. Déjà, le visage de son père s'effaçait de sa mémoire…mais le terrible spectacle auquel elle avait assisté, la nuit de son arrestation, continuait de la hanter. Et les mêmes interrogations revenaient, immuables : son père était-il un assassin ? Avait-il enlevé le petit Adam ? Ou était-il innocent, comme il l'avait affirmé à son épouse ?

Impossible de le savoir. D'ailleurs, la simple idée de questionner Grace à ce sujet la faisait rougir de honte. Comme si ses pensées étaient entachées d'infamie… Elle avait donc grandi sans plus jamais mentionner son père.

Mais comment ignorer qu'elle était la fille d'un des prisonniers les plus haïs du pays ? Comment ne pas trembler chaque fois qu'un professeur, un camarade, un commerçant mentionnait l'affaire Kingsley ? Comment, aussi, faire confiance à quiconque après avoir vu ses propres voisins se transformer en monstres de haine et de violence ?

Terrifiée par le revirement de ceux qui, le matin encore, lui souriaient gentiment, la petite Violet avait dès lors évité les adultes comme les enfants. Tout lui semblait si factice… A quoi bon rechercher l'amitié d'une fillette qui l'aurait rejetée si elle avait connu sa véritable identité ? A quoi bon sourire aux nouveaux amis de sa mère, qui n'auraient pas hésité à l'insulter *s'ils avaient su* ? Enfant silencieuse puis adolescente réservée, elle avait grandi sans véritables amis, préférant la lecture et les études aux sorties en groupe. Distante sans être sauvage, elle côtoyait ses camarades sans jamais se lier, acquérant bien vite une réputation de bûcheuse — qui faisait la joie de sa mère comme de ses professeurs.

Et le souvenir de son père s'estompait chaque année davantage…

Sauf dans ses rêves. Sous ses paupières closes, Cletus redevenait celui qu'il était avant le drame : un homme libre. Un père de famille comme les autres. Un innocent injustement arraché aux siens par un monstre au regard d'acier.

L'illusion, hélas, ne durait pas… et c'était chaque fois la même douleur lorsqu'elle ouvrait les yeux : Cletus n'était pas libre. Et Adam Kingsley était mort.

Trente et une années durant, le visage affolé de son père et les yeux glacés de celui qui l'avait arrêté avaient donc hanté son sommeil. Et ce n'était que six mois plus tôt, lorsqu'elle avait découvert le journal de Grace au fond d'un tiroir, qu'elle avait enfin compris pourquoi elle n'avait jamais pu oublier l'inspecteur Colter.

Elle avait vu juste. Cet homme était un monstre. Il avait envoyé son père en prison pour un crime qu'il n'avait pas commis. En d'autres termes, il avait sciemment accusé un innocent.

Et Grace l'avait toujours su. Mais la vérité, apparemment, était trop dangereuse pour éclater au grand jour : elle avait reçu plusieurs appels anonymes menaçant sa vie et celle de sa fille.

« Tu dois partir », avait murmuré Cletus lors de la seule visite qui leur avait été autorisée, quelques jours après son arrestation. Folle d'angoisse, Grace avait obéi en lui promettant de ne *jamais* le recontacter.

Et trois décennies s'étaient écoulées…

Les yeux rougis de larmes, Valérie avait refermé le journal de sa mère, abasourdie par tant d'injustice et de souffrance. Trop. Ses parents avaient trop payé pour qu'elle ne tente pas, elle, de rétablir la vérité. Et de punir les véritables coupables du drame. Si Grace et Cletus, en leur temps, avaient craint pour sa vie au point de rompre les liens qui les unissaient, c'était sans peur qu'elle s'apprêtait, aujourd'hui, à affronter leurs ennemis. La colère lui conférait un courage sans limites. Et l'espoir de libérer son père l'emplissait d'une énergie nouvelle.

Il ne lui avait pas fallu plus d'un mois pour prendre ses dispositions : démissionner de son emploi au *Chicago Sun-Times*, envoyer son C.V. au *Memphis Journal*, mettre en vente la maison de sa mère, faire ses valises et partir pour sa ville natale. En quête de justice et — à quoi bon le nier ? — de vengeance.

Une quête dont elle commençait à payer le prix, songeat-elle en fermant les yeux, gagnée par une soudaine torpeur. La série d'articles qu'elle avait publiés dans le *Journal* à propos de l'affaire Kingsley avait suffisamment déplu pour qu'on cherche à l'éliminer… Elle n'en était pas surprise, d'ailleurs. Qu'il s'agisse de la police, des notables locaux ou de la famille Kingsley elle-même, personne n'avait intérêt à voir surgir la vérité après trois décennies de *statu quo*.

Personne, sauf Cletus.

Mais lui seul justifiait son combat, songea-t-elle avant de succomber au sommeil engendré par le tranquillisant du Dr Allen.

Le rêve était toujours le même. Elle s'appelait Violet Brown alors, et elle habitait une petite maison de la banlieue sud de Memphis. En chemise de nuit, elle s'approchait de la porte entrebâillée de sa chambre. Il y avait du bruit dans le salon, et sa mère criait très fort. Il y avait aussi un homme qui frappait son père au visage, et Violet le voyait tomber contre le rebord de la table. Elle entrait en courant dans la pièce, mais l'homme la saisissait par le bras et la retenait prisonnière. Il lui faisait mal et ses yeux, noirs et glacés, la terrifiaient.

Elle essayait de crier, mais aucun son ne sortait de sa bouche. Elle tentait de s'enfuir, mais ses membres, engourdis d'effroi, refusaient de lui obéir.

Pourtant, elle devait s'échapper. Pour sauver son père. Parce que personne d'autre ne viendrait à sa rescousse…

Rassemblant ses forces, Valérie s'arracha au regard du monstre. Et, s'éveillant peu à peu, elle se libéra de la peur atroce qu'il semait dans son esprit.

Pas pour longtemps, hélas : lorsqu'elle ouvrit les yeux, le monstre était penché sur elle.

2.

Valérie se redressa contre les oreillers avec un cri de terreur.

— Calmez-vous. Je ne voulais pas vous faire peur, déclara l'intrus.

Son ton bienveillant, sa voix riche et profonde auraient dû la rassurer. Il n'en fut rien. Ecarquillant les yeux, elle le fixa comme s'il était le diable en personne.

— Je suis l'inspecteur Colter, ajouta-t-il.

Et Valérie hurla pour se réveiller. Car elle était en plein cauchemar, c'était évident.

Mais Colter continuait de l'observer. Et peu à peu, Valérie comprit son erreur : non seulement elle ne dormait pas, mais cet homme n'était *pas* celui qui avait fait irruption dans une petite maison de la banlieue sud de Memphis, trente et un ans plus tôt.

C'était son fils.

La ressemblance était si frappante qu'elle en avait encore le souffle coupé. Certes, l'homme qui se tenait devant elle n'avait pas la corpulence de son père, ses traits étaient plus fins, ses cheveux plus souples — mais tout aussi noirs, décida-t-elle en réprimant un frisson. Quant à ses yeux sombres... ils étaient si semblables à ceux de Judd Colter qu'elle dut rassembler son courage pour les affronter. N'étaient-ce pas ceux qui la hantaient, nuit après nuit, depuis l'enfance ?

— Que voulez-vous ? marmonna-t-elle.

— Vous parler.

— A quel sujet ?

Il haussa les sourcils, l'air surpris. Et légèrement méprisant.

— Vous avez porté une grave accusation, mademoiselle Snow. Vous vous en souvenez, j'imagine ?

Elle crut d'abord qu'il faisait référence à son article, puis elle se rappela l'agression dont elle avait été victime.

— Parfaitement, acquiesça-t-elle. Quelqu'un a essayé de me tuer.

Une lueur étrange brilla dans ses yeux sombres.

— Vraiment ? Je croyais qu'on vous avait *poussée…*

Elle eut un rire forcé.

— Le résultat est le même, non ?

— Sans doute, mais il peut s'agir d'un accident.

— Un accident ? Certainement pas. J'ai été poussée, inspecteur, mais il s'agissait d'un geste délibéré.

Il sortit un stylo et un carnet de sa veste, puis tira une chaise pour s'asseoir près du lit.

— Bien. Je vais prendre votre déposition. Nom, adresse, date de naissance ?

Comme elle hésitait, il lui lança un regard clairement moqueur, cette fois.

— Est-ce trop compliqué pour vous ?

Sa morgue acheva d'irriter Valérie. De quel droit venait-il ainsi l'importuner dans sa chambre d'hôpital ? Et que pouvait-il pour elle, de toute façon ? Retrouver celui qui l'avait jetée sous l'autobus ?

Il n'aurait pas à chercher bien loin, songea-t-elle avec amertume.

— Vous en avez pour longtemps ? s'enquit-elle d'un ton glacial.

Si seulement elle parvenait à le décourager... peut-être s'en irait-il ? Non, il paraissait plutôt obstiné. L'important, alors, était d'en dire le moins possible. Le tenir à distance. Et surtout, ne rien laisser paraître.

— Cela dépend de vous.

Elle haussa les épaules.

— Dans ce cas, j'espère que vous n'avez pas de rendez-vous urgent. Parce que moi, j'ai tout mon temps...

— J'ai tout le mien également. Votre nom ? répéta-t-il, prêt à écrire sous sa dictée.

Baissant les yeux vers ses mains, elle constata qu'il ne portait pas d'alliance.

— Valérie Anne Snow.

— Adresse et date de naissance ?

Elle lui répondit sans rechigner, et il nota rapidement les informations, avant de reprendre :

— Parfait. Venons-en aux faits. Que s'est-il passé, exactement ?

— Angie et moi avons quitté le bureau vers 17 heures et...

— Angie ?

— Angela Casey. Elle est responsable de la rubrique mode au *Memphis Journal*. C'est là que je travaille, ajouta-t-elle en l'observant du coin de l'œil.

Aucune réaction. Cet homme semblait de glace.

— Continuez.

— Nous avons descendu Front Street ensemble et regardé quelques boutiques, puis je l'ai laissée devant l'arrêt d'autobus, avant de continuer vers l'hôtel de ville. J'étais invitée à la conférence de presse d'Austin Colter et je voulais arriver là-bas le plus tôt possible...

Elle s'interrompit, troublée. L'inspecteur Colter se rendait-il au meeting de son cousin, lui aussi ? Etait-ce la raison pour laquelle leurs chemins s'étaient croisés ? Ou l'avait-il *suivie* jusqu'au lieu de l'accident ?

Réprimant un frisson, elle se força à reprendre :

— Je me suis arrêtée à un carrefour et j'ai attendu que le feu piéton passe au vert. D'autres piétons sont arrivés ; il faisait assez chaud et tout le monde avait les yeux levés vers le signal… Puis un type a laissé tomber quelque chose, il a crié, et les gens se sont baissés pour l'aider. C'est à ce moment-là qu'on m'a poussée. Assez brutalement pour me faire chuter. Ce n'était pas un accident, inspecteur.

— Vous n'avez pas vu votre agresseur ?

Elle secoua la tête.

— Vous n'avez reconnu personne dans la foule ?

Comme elle répondait de nouveau par la négative, il la gratifia d'un regard inquisiteur, avant de s'enquérir :

— Depuis quand êtes-vous en ville, mademoiselle Snow ?

— Qui vous dit que je ne suis pas née ici ? répliqua-t-elle, jouant avec le feu.

— Votre accent. Chicago, n'est-ce pas ?

— Gagné, concéda-t-elle. J'ai déménagé il y a cinq mois.

— Pour quelle raison ?

— Professionnelle. Le *Memphis Journal* m'a embauchée comme reporter.

Il plongea ses yeux noirs dans les siens.

— Vous êtes-vous fait des ennemis depuis votre arrivée ?

— Un bon journaliste se fait toujours des ennemis.

Et vous en faites partie.

— Des problèmes dans votre vie privée ?

— Pensez-vous qu'un amant déçu aurait pu attenter à ma vie ?

— Pourquoi pas ? La jalousie rend fou, vous savez. Autant que la vengeance…

Un léger sourire s'était dessiné sur ses lèvres, le rendant plus séduisant encore.

Séduisant ?

Valérie se raidit, incrédule. Que lui arrivait-il, bon sang ? Le père de cet homme était son pire ennemi — l'aurait-elle oublié ?

— La vengeance ? répéta-t-elle, presque agressive. J'y pensais, en effet — et vous aussi, inspecteur, avouez-le. Vous êtes le fils de Judd Colter, n'est-ce pas ?

Son visage se ferma de nouveau.

— Oui.

— Dans ce cas, vous êtes forcément au courant de la série d'articles que j'ai écrite sur l'affaire Kingsley. Si vous voulez vraiment savoir qui m'a jetée sous cet autobus, adressez-vous donc aux trois personnes que j'ai mentionnées dans le numéro d'hier. A commencer par votre père !

Une étincelle de colère brilla dans les yeux d'encre de l'inspecteur.

— Accusez-vous mon père d'avoir tenté de vous tuer, mademoiselle Snow ?

Comme elle ne répondait pas, il poursuivit :

— Si telle est votre intention, sachez que mon père a récemment été victime d'une crise cardiaque. Il est à peine capable de s'habiller seul... encore moins de pousser quiconque sous un autobus !

L'espace d'un instant, Valérie tenta de se représenter Judd Colter affaibli, diminué par la maladie. Pour un homme si vigoureux, le choc devait être rude... mais n'était-ce pas la juste rançon du mal qu'il avait fait ? songea-t-elle en refusant de se laisser attendrir.

— Et alors ? lança-t-elle. Rien ne le forçait à se déplacer : il lui suffisait d'envoyer quelqu'un... Votre oncle, par exemple. Il travaillait avec votre père sur l'affaire Kingsley, à l'époque.

De même que le capitaine Rawlins — un ami de la famille, si mes renseignements sont exacts. Chacun d'eux a des raisons suffisantes de m'en vouloir... Qui vous dit qu'ils ne m'ont pas fait suivre à la sortie de mon travail ? Peut-être même se sont-ils adressés à *vous* ?

Il lui lança un regard glacial.

— Est-ce une question ou une accusation ?

— Je ne vous accuse pas, inspecteur. Je me demande simplement ce que vous faisiez au même carrefour que moi à 5 heures de l'après-midi.

— La même chose que vous : je me rendais à la conférence de presse de mon cousin. Le destin m'a mis sur votre route, j'imagine...

Etait-il sarcastique ? Difficile à dire. Agacée, elle reprit l'offensive :

— Destin ou non, vous vous trouviez sur les lieux au moment où quelqu'un a tenté de me tuer. Qu'allez-vous faire, maintenant ?

— Enregistrer votre plainte et lancer une enquête.

Elle écarquilla les yeux.

— C'est tout ?

Il referma son carnet d'un geste sec.

— C'est *tout* ce que la procédure prévoit en pareil cas.

— Vraiment ? Vous ne ménagerez pas vos efforts, j'imagine !

Il la dévisagea d'un air las.

— Les flics et vous, ça fait deux, n'est-ce pas ?

— Qu'est-ce qui vous fait croire une chose pareille ?

Un sourire ironique effleura ses lèvres.

— Votre article, pour commencer.

— Vous l'avez lu ?

— Evidemment.

— Et qu'en avez-vous pensé ?

Il eut un haussement d'épaule.

— Pour être franc avec vous, je me suis demandé ce que vous vouliez.

— La réponse est simple, inspecteur : je veux que justice soit faite.

— Pour qui ?

— Pour Cletus Brown.

Cette fois, son expression se chargea de mépris.

— Brown a enlevé et assassiné un petit garçon de trois ans. La justice a été rendue lorsqu'il a été condamné à perpétuité par la cour d'assises.

— Les preuves fournies contre lui n'étaient pas suffisantes.

— Elles étaient tout de même très convaincantes : son propre beau-frère a témoigné contre lui.

— Parce qu'il le détestait ! s'écria-t-elle.

Comme Colter lui lançait un regard surpris, elle reprit d'un ton plus modéré :

— Les deux hommes ne s'entendaient pas, ce n'était un secret pour personne. Odell Campbell travaillait comme chauffeur chez les Kingsley. Il lui arrivait de faire appel à Cletus Brown pour réparer une panne de moteur, mais uniquement pour faire plaisir à sa sœur, comme il l'a expliqué devant la cour. Il a affirmé que Cletus avait cherché à lui emprunter de l'argent quelques jours avant l'enlèvement d'Adam, et qu'il lui avait posé toutes sortes de questions sur la soirée qu'Iris Kingsley organisait pour son fils — sur le service d'ordre, notamment. Brown a réfuté en bloc toutes ces soi-disant preuves. Comment savoir qui disait la vérité ? Personne d'autre n'a entendu leur conversation ce jour-là.

— Pourquoi Campbell aurait-il menti ? répliqua Brant. Pourquoi aurait-il souhaité envoyer le mari de sa sœur en prison ?

L'étonnement se lisait toujours sur son visage, comme s'il ne comprenait pas pourquoi elle s'intéressait tant à cette affaire… et Valérie se promit d'être plus circonspecte. En se montrant trop passionnée, elle risquait d'éveiller les soupçons — or Brant Colter devait à tout prix continuer d'ignorer qui elle était.

— Pour deux raisons, répondit-elle avec détachement. Un, il avait toujours considéré Brown comme un moins que rien, et puisque sa sœur refusait de le quitter, l'envoyer en prison était un moyen comme un autre de se débarrasser de lui. Et deux, il a été payé pour mentir. Quelques mois après l'arrestation de Cletus, il a démissionné, il s'est acheté une voiture de sport et des costumes sur mesure, il s'est mis à manger dans les meilleurs restaurants de Memphis… D'où lui venait l'argent, à votre avis ?

Colter fronça les sourcils.

— Comment savez-vous tout cela ?

— C'est mon métier. Je suis payée pour aller chercher l'information où elle se trouve. Comme les flics, en fait. Du moins… ceux qui font correctement leur boulot.

Leurs regards se croisèrent, s'affrontèrent. Et mêlée à l'animosité, Valérie crut déceler dans celui de Brant une émotion sourde, presque sensuelle.

Comme s'il trouvait un certain plaisir à leur joute verbale.

Mais elle n'eut pas le temps de s'interroger davantage : déjà, il reprenait l'offensive.

—Si Odell Campbell a été payé pour mentir, comment expliquez-vous que mon père ait trouvé l'argent de la rançon dans le coffre de Brown ?

Valérie croisa les bras sur sa poitrine.

— Si Brown était le coupable, croyez-vous qu'il ait été assez stupide pour laisser *une partie* de la rançon dans le coffre de sa voiture ? Car il ne s'agissait que d'une partie, vous le savez bien : il n'y avait que quinze mille dollars dans son coffre cette nuit-là. Où étaient passés les quatre cent quatre-vingt-cinq mille dollars restant, à votre avis ? Quant à l'arrestation elle-même, votre père n'a fait que suivre les conseils d'un indic, ainsi qu'il l'a révélé devant la cour : un appel anonyme l'aurait mis sur la voie, quelques heures plus tôt. Mais Cletus et lui se connaissaient déjà…

Un éclair de stupeur brilla dans le regard de son interlocuteur, et elle s'enquit, triomphante :

— Vous l'ignoriez, n'est-ce pas ?

— Brown avait un casier. Mon père l'avait arrêté auparavant, lui répondit-il du tac au tac.

Ce fut au tour de Valérie d'être surprise.

— Vous le saviez ?

— Simple intuition. Mon père n'aurait pas accordé d'importance à ce type de dénonciation s'il n'avait pas de bonnes raisons de suspecter Brown. Je me trompe ?

Elle secoua la tête avec dépit.

— Non. Brown avait été arrêté pour vol quelques mois avant l'enlèvement d'Adam : il avait dérobé vingt dollars dans la caisse d'une station essence pour acheter un cadeau d'anniversaire à sa fille. Il aurait fait n'importe quoi pour lui faire plaisir, mais il n'avait plus un sou en poche.

— L'amour filial ne justifie pas le vol.

— Non, mais il le motive, rétorqua-t-elle sèchement.

— Si nous parlions de *vos* motivations, mademoiselle Snow ? Cette affaire semble vous tenir très à cœur, décidément… N'avez-vous rien de plus neuf à vous mettre sous la dent que cette vieille affaire ?

Valérie demeura impassible — mais se maudit intérieurement. Qu'avait donc Brant Colter de si particulier pour la pousser ainsi dans ses retranchements ? Il l'agaçait tant qu'elle n'avait qu'une envie : lui jeter son identité au visage et le voir se décomposer sous l'impact de la révélation.

33

Serait-il surpris ? Sans aucun doute. Effaré, même. *Ils* seraient tous effarés d'apprendre que la fille de Cletus Brown se trouvait parmi eux.

Mais l'heure n'était pas venue. Loin de là.

— Tout ce qui touche à l'affaire Kingsley est d'actualité, répliqua-t-elle. Il s'agit d'un des faits divers les plus célèbres de l'après-guerre, ne l'oubliez pas. Son pouvoir de fascination n'a jamais faibli, même auprès des jeunes générations. Interrogez n'importe quel passant, il vous offrira sa version des faits… Personnellement, je pense qu'un innocent a été envoyé en prison, victime d'un coup monté.

— Et dans quel but, selon vous ? Pourquoi mon père et ses hommes auraient-ils envoyé Brown en prison s'ils le savaient innocent ?

Elle haussa les épaules.

— Comme je l'explique dans mon article, ils étaient constamment humiliés par la presse et le FBI, qui les jugeaient incompétents. Ils pensaient arrêter le coupable lors de la remise de la rançon, mais leur piège n'a pas fonctionné. La campagne de calomnie s'est intensifiée, la situation est devenue intolérable… Il *fallait* qu'ils arrêtent quelqu'un — et Cletus Brown faisait l'affaire.

— Pourquoi lui, précisément ? Ils l'ont tiré au sort ?

— Il était le coupable idéal : détenteur d'un casier judiciaire, sans emploi, sans argent… Et surtout, il était lié aux Kingsley par l'intermédiaire de son beau-frère, qui l'aurait vendu pour quelques dollars.

— Hmm… Très convaincant, je dois l'admettre. Mais vous oubliez un détail : vous n'avez aucune preuve de ce que vous avancez.

Elle leva les yeux vers lui.

— Pas encore.

— C'est-à-dire ?

— Je ne renoncerai pas tant que je n'aurai pas prouvé l'innocence de Brown.

Un éclair d'impatience brilla dans les yeux sombres de Colter.

— Autrement dit, vous êtes prête à traîner trois honnêtes hommes dans la boue pour faire la une du *Memphis Journal* ?

— Il fut un temps où ces trois hommes auraient donné n'importe quoi pour faire la une du *Journal*, répliqua-t-elle calmement.

— Et depuis quand la presse à scandale se substitue-t-elle à la justice ? Vous n'avez pas la moindre légitimité dans cette affaire !

— Si votre père est innocent, il n'a rien à craindre de ma part. Vous non plus, d'ailleurs.

— Qui vous dit que je crains quoi que ce soit ?

Son expression était neutre, mais le ton de sa voix le trahit — et elle ne put retenir un frisson d'anxiété en y décelant une pointe de colère. Qui savait de quoi le fils de Judd Colter était capable lorsqu'il sortait de ses gonds ?

— Je vous enverrai un exemplaire de votre déposition dès que possible, déclara-t-il en se levant. Si vous désirez ajouter ou modifier quoi que ce soit, n'hésitez pas à me contacter.

Il s'apprêtait à sortir lorsqu'elle le rappela.

— Inspecteur Colter ?

Il se retourna, l'air interrogateur.

— La prochaine fois que vous verrez votre père, demandez-lui des nouvelles de Naomi Gillum.

— Pardon ?

— Naomi Gillum. Demandez-lui ce qui lui est arrivé.

La conférence de presse, qui avait démarré plus tard que prévu, battait son plein lorsque Brant arriva à l'hôtel de ville.

Une tente avait été dressée dans le parc pour accueillir les journalistes qui, micro ou stylo en main, interrogeaient Austin Colter, impeccable dans un costume gris perle à fines rayures bleues. Brant se fraya discrètement un passage parmi la petite foule de badauds qui bloquaient l'entrée et s'avança dans l'allée latérale, observant son cousin avec curiosité. Comme toujours, ce dernier semblait totalement maître de la situation. Rompu aux usages du métier, il répondait à chacun avec un sourire courtois, sans jamais se démonter — et demeura impassible lorsqu'un reporter plus agressif que les autres lança dans un silence de plomb :

— Qu'avez-vous à répondre au *Memphis Journal*, qui a attaqué votre famille dans son édition d'hier ?

— Personne ici n'ignore les méthodes employées par le type de presse dont le *Journal* se fait l'étendard. Des méthodes que vous, messieurs, et vous, mesdames — le sourire d'Austin se fit plus charmeur comme il se tournait vers un groupe de jeunes femmes — considérez comme une insulte à votre profession ! Mais personne n'ignore non plus les mérites des hommes impliqués dans l'article auquel vous faites référence. Mon père, Raymond Colter, était au service de la loi depuis dix ans lorsqu'un malfaiteur l'a gravement blessé à la jambe, l'obligeant à une retraite anticipée. Un autre que lui aurait maudit le sort, pleuré sur sa carrière brisée… Mon père, lui, a vu dans cet accident l'occasion de prendre un nouveau départ. Quelques mois à peine après l'accident, il a créé une petite entreprise de surveillance, mettant toute son expérience dans l'aventure. Deux ans plus tard, il figurait parmi les entrepreneurs les plus en vue de Memphis — respecté autant pour son succès que pour sa générosité envers les moins favorisés d'entre nous, puisqu'une partie des bénéfices de sa compagnie est investie chaque année dans l'amélioration des infrastructures sportives des quartiers difficiles !

Une lueur de triomphe au fond des yeux, il reprit son souffle, avant de poursuivre :

— Le capitaine Hugh Rawlins, également mis en cause dans le *Journal*, assure *votre* sécurité au sein de la police de Memphis depuis près de quarante ans, et si vous doutez de sa loyauté, demandez-lui de vous montrer ses médailles : vous en aurez pour l'après-midi !

Quelques rires fusèrent dans l'assistance, et Brant ne put retenir un soupir admiratif : d'hostile, l'atmosphère était devenue presque amicale.

— Quant à mon oncle, l'inspecteur Judd Colter, est-il utile de rappeler qu'il figure parmi les hommes de loi les plus célèbres des Etats-Unis ? Unanimement respecté, il est un modèle pour les jeunes recrues, un exemple de courage et d'intégrité pour nous tous. Epaulé par Hugh et par Raymond, il a consacré sa vie à combattre le crime et à lutter contre l'insécurité, et je suis fier, mesdames et messieurs, oui fier, d'avoir perpétué la tradition familiale en endossant l'habit de procureur général, qui m'a permis de contribuer *moi aussi* à réduire le taux de criminalité du comté ! D'autres questions ?

Le regard droit, le verbe clair, cet homme était taillé pour la politique, inutile de le nier. Ne venait-il pas d'amadouer une trentaine de journalistes cyniques ?

Et sa campagne électorale ne faisait que commencer ! se rappela Brant, médusé par les talents d'orateur de son cousin.

Contrairement à ce qu'il avait affirmé à Valérie, il n'avait jamais eu l'intention d'assister à cette conférence de presse — il n'était même pas au courant qu'elle devait avoir lieu ! Mais lorsqu'elle l'avait mentionnée, il avait dissimulé sa surprise, préférant lui laisser croire qu'il se rendait à l'hôtel de ville, plutôt que de lui révéler l'ampleur des dissensions familiales. Certaines vérités n'étaient pas bonnes à dire devant des étrangers, et le peu d'amitié qui le liait à Austin en faisait partie.

S'ils avaient été proches dans leurs jeunes années, partageant les bancs de l'école puis de la faculté de droit, ils avaient perdu depuis longtemps toute raison de s'apprécier. Kristin les avait séparés, ils ne s'étaient jamais réconciliés… et leurs vies avaient pris des directions différentes. Très différentes, songea-t-il en observant Austin passer une main dans ses cheveux dorés avec une nonchalance étudiée.

Kristin avait choisi son cousin. Sitôt marié, ce dernier avait été embauché au bureau du procureur, première étape d'une carrière aussi brillante que fulgurante dans la magistrature — et voie royale vers la politique, dont il rêvait depuis toujours. Brant, lui, avait rejoint les rangs de la police, au grand dam de son père qui avait longuement tenté de l'en dissuader.

En vain, naturellement.

Un pincement d'amertume lui noua la gorge. Aujourd'hui encore, le peu de cas que Judd avait fait de ses choix professionnels le heurtait, le souvenir de leurs discussions le blessait. Car il avait deviné la vérité : son père doutait qu'il ait les qualités requises pour faire un bon policier. Il ne croyait pas en lui, tout simplement.

Brant avait trouvé ailleurs le soutien qu'il cherchait. Auprès de Hugh Rawlins, notamment. Qui avait toujours eu foi en lui. Il l'avait pris sous son aile dès les premiers jours, lui enseignant les ficelles du métier, l'épaulant dans ses premières enquêtes, l'aidant à s'intégrer au sein de l'équipe — comme un père l'aurait fait pour son fils.

Judd, lui, ne s'était jamais soucié de Brant. Ni du reste de sa famille, d'ailleurs. Constamment accaparé par son travail, il avait consacré sa vie à la police. Et malgré tous ses défauts — et Dieu sait qu'il en avait ! — il était devenu le meilleur flic du comté. Un titre que personne, pas même Brant, n'osait lui contester.

Voilà pourquoi il ne croyait pas un mot des allégations de Valérie Snow.

Aussi convaincue soit-elle, elle se trompait.

Mais alors, *qui* avait tenté de la tuer cet après-midi ?

La conférence de presse touchait à sa fin, à présent, et Kristin, la femme d'Austin, le rejoignit sur l'estrade. Ils formaient un couple superbe — lui, grand brun aux yeux sombres, elle, sculpturale blonde aux yeux bleus — et rien dans leurs manières ne trahissait les vives divergences qui les avaient opposés deux mois plus tôt. Ils s'étaient pourtant séparés et Kristin avait tenté de regagner les faveurs de Brant.

Et sa place dans son lit.

Ecœuré, il tourna les talons… et aperçut Hugh Rawlins, debout près de la sortie. En uniforme, sa casquette vissée sur le crâne, il observait le spectacle d'un air fasciné. Brant s'approcha et lui tapa doucement sur l'épaule pour attirer son attention. Hugh sursauta — comme un enfant pris en faute, songea-t-il avec étonnement —puis désigna le podium d'un coup de menton.

— Il s'en sort bien, non ? Il a l'étoffe d'un président, ce petit !

— C'est vrai, concéda-t-il. Dis-moi, tu fréquentes les meetings politiques, maintenant ?

Hugh haussa les épaules. De taille et de corpulence moyennes, il ne présentait aucun signe particulier — hormis une longue cicatrice sur la joue droite, qui lui conférait un air presque menaçant.

Il saisit Brant par le bras.

— Tu as une minute ? J'ai besoin de prendre l'air.

Laissant l'hôtel de ville derrière eux, ils rejoignirent Main Street, dont le terre-plein central planté d'arbres offrait un havre de paix inattendu au cœur de Memphis. Hugh s'arrêta devant un banc pris d'assaut par un petit groupe de pigeons, qui se disputaient un cornet de pop-corn abandonné sur les lamelles de bois verni.

— J'étais au poste cet après-midi, déclara-t-il en se penchant vers les oiseaux. On m'a parlé de la journaliste du *Memphis Journal*. Tu y étais, n'est-ce pas ?

Comme Brant opinait, il reprit :

— Elle s'en est sortie ?

— Avec quelques égratignures, rien de plus. Un vrai miracle !

— Que s'est-il passé, exactement ?

— Rien d'extraordinaire : elle attendait à un carrefour quand un bus est arrivé. Elle a glissé sur la chaussée, et le conducteur l'a évitée de justesse.

Hugh haussa les sourcils.

— Alors, où est le problème ?

— Elle affirme qu'on l'a poussée.

— Tu la crois ?

Brant ramassa un grain de pop-corn, qu'il jeta aux oiseaux.

— Oui. J'y étais, Hugh. Cette femme n'a rien d'une étourdie : ce n'est pas le genre à glisser du trottoir…

— Admettons. Qui aurait fait le coup, dans ce cas ? A-t-elle une idée sur la question ?

Les accusations de Valérie lui revinrent aussitôt à la mémoire : « Si vous voulez vraiment savoir qui m'a jetée sous cet autobus, adressez-vous aux personnes que j'ai mentionnées dans mon article. A commencer par votre père ! »…

Mû par une impulsion, il décida de se taire.

— Pas vraiment, mentit-il.

— Et toi ? As-tu remarqué quoi que ce soit d'anormal ?

Etait-ce son imagination, ou Hugh était-il soudain plus nerveux ?

Et même s'il l'était, quoi de plus naturel ? Dans quelques semaines, il parviendrait au terme d'une carrière bien remplie, en tout point irréprochable. Aucun scandale ne l'avait jamais effleuré, aucune rumeur n'avait jamais circulé à son sujet. Parti de rien, il avait gravi un à un les échelons de la police, sans compter sur personne d'autre que lui-même — là où tant d'autres auraient accepté l' « aide » des gros bonnets pour arrondir leurs fins de mois. Si Judd inspirait le respect, la crainte même, Hugh, lui, suscitait la sympathie. Les flics l'appréciaient parce qu'il leur ressemblait.

Et rien ne serait plus injuste que de le voir mêlé à une sale affaire, quelques jours avant son départ en retraite.

— Rémy Devereaux, ça te dit quelque chose ? s'enquit Brant, de façon soudaine.

Hugh parut surpris.

— Devereaux ? C'était un des indics de ton père… mais il y a des années qu'on ne l'a pas vu à Memphis. Pourquoi ?

— Je l'ai aperçu dans la foule quelques secondes avant l'accident.

Son interlocuteur reporta son attention sur les pigeons, avant de répondre :

— Ça m'étonnerait. D'après ce que je sais, il s'était mis la mafia à dos, à l'époque… et je doute qu'il prenne le risque de revenir dans les parages tant qu'un seul de ces salopards sera encore en vie !

— Tu as sans doute raison. N'empêche que ce type lui ressemblait comme deux gouttes d'eau…

Hugh laissa un bref silence s'installer, puis il reprit :

— Et toi, Brant, qu'est-ce que tu fabriquais à ce carrefour en fin d'après-midi ?

L'espace d'un instant, il faillit prétendre qu'il se rendait à la conférence de presse de son cousin, mais il se ravisa. S'il souhaitait débrouiller les fils confus de cette affaire, autant jouer franc jeu avec Hugh.

— Je suivais la journaliste, avoua-t-il.

— Pourquoi ?

Il haussa les épaules.

— Pour voir à quoi elle ressemblait, j'imagine…

— Comment savais-tu que c'était elle ?

— Un coup de chance : j'ai appelé le standard du *Memphis Journal* et demandé à parler à Valérie Snow. Ils m'ont répondu qu'elle venait de partir en compagnie d'une collègue… Comme je me trouvais au pied de l'immeuble, je n'ai eu qu'à attendre quelques secondes pour les voir sortir ! Bizarrement, j'ai tout de suite su laquelle était Valérie. Je les ai suivies et… tu connais la suite.

— En effet, commenta Hugh sans le regarder. Et maintenant… que comptes-tu faire ?

— J'aimerais rester en charge du dossier. Peux-tu en parler au lieutenant Bermann pour moi ?

Responsable de la section Vols et Homicides, Bermann était le supérieur direct de Brant — et l'un des meilleurs amis de Hugh au commissariat central.

— Hmm… Vu que tu es également témoin dans cette affaire, ça risque d'être difficile, mais entendu, je lui en toucherai un mot.

— Merci.

— Franchement, je suis content que la fille s'en soit sortie. Mais si j'étais elle, j'y verrais une sorte d'avertissement… et je laisserais tomber l'affaire avant qu'il ne soit trop tard !

Brant secoua la tête.

— Ce n'est pas le genre de femme à se laisser intimider. Elle n'a qu'un mot à la bouche : prouver l'innocence de Cletus Brown !

Hugh lui lança un regard alarmé.

— Et comment diable compte-t-elle s'y prendre ?

— As-tu déjà entendu parler d'une certaine Naomi Gillum ?

Une lueur étrange brilla dans les yeux de Rawlins, puis, très vite, il détourna la tête.

— Gillum ? Non, ça ne me dit rien. Pourquoi ?

— Valérie Snow dit qu'elle pourrait avoir un lien avec l'enlèvement du petit Kingsley.

— Première nouvelle ! J'ai moi-même dressé la liste des témoins dans cette affaire il y a trente et un ans, et tu peux me croire : il n'y avait pas la moindre Naomi au tableau !

Il paraissait sincère… mais pourquoi gardait-il les yeux obstinément baissés ?

3.

— Que dis-tu, au juste ? Quelqu'un a essayé de te *tuer* ?

A ce mot, les yeux de Julian Temple s'illuminèrent d'une joie malicieuse.

— Oui. C'est exactement ce que je te dis.

Assise dans le bureau de son patron le lendemain de l'accident, Valérie s'efforçait de faire taire son amour-propre. Julian n'était pas réputé pour son tact, et elle se doutait bien qu'elle ne pouvait attendre une once de compassion de la part du roi des ragots… mais tout de même : un mot gentil aurait été le bienvenu !

Il ne viendrait pas, bien sûr. A quarante ans, le patron et rédacteur en chef du *Journal* n'avait qu'une obsession : traquer le scandale. Et rien n'était jamais trop sordide à ses yeux.

Aussi Valérie avait-elle dû se faire violence pour rejoindre son équipe, elle qui pratiquait le journalisme comme un sacerdoce, respectant à la lettre la déontologie du métier apprise auprès des meilleurs professeurs de Chicago. Après ses années passées au très sérieux *Sun-Times,* le *Memphis Journal* la faisait tomber bien bas…

Mais c'était justement pour cela qu'elle l'avait choisi : la série d'articles qu'elle désirait écrire sur l'affaire Kingsley n'aurait intéressé aucune rédaction digne de ce nom, tandis que Julian, lui, s'était enflammé pour son projet dès leur première rencontre. L'idée de compromettre quelques flics haut placés et de bousculer les notables locaux l'avait mis dans une joie telle qu'il l'avait embauchée sur-le-champ !

Son flair ne le trompait pas : les Kingsley, leur fortune, leur puissance et leur assise politique, représentaient une mine d'or pour un tabloïd. Depuis les heures sombres de l'enlèvement du petit Adam jusqu'aux exploits actuels d'Andrew, le jumeau survivant, tout ce qui les concernait faisait vendre, et c'était souvent par eux que le scandale arrivait. Fine mouche, Julian avait donc octroyé carte blanche à Valérie dès la signature de son contrat de travail.

C'était un homme complexe, dont elle peinait à cerner les motivations. Doté d'un physique de jeune premier, issu d'une des familles les plus riches de Nashville, il avait reçu le *Journal* en guise de récompense à sa sortie de Harvard. Le titre, à l'époque, était moribond, mais sa famille ne doutait pas que Julian en ferait un fleuron de la presse économique locale…

L'intéressé, lui, avait d'autres idées en tête. Et si, aujourd'hui encore, les siens méprisaient ses méthodes, ils ne pouvaient contester sa réussite.

Il gratifia la jeune femme d'un grand sourire.

— Bien, bien, bien… Ton article a visé juste, Val.

— Parce qu'on a essayé de me tuer ? Au fait, je suis saine et sauve, merci. Le bus ne m'a pas touchée.

— Ça tombe sous le sens, non ? Sinon, tu ne serais pas là pour en parler !

— On m'a quand même envoyée aux urgences… Où le fils de Judd Colter m'a interrogée, si tu veux tout savoir.

Julian écarquilla les yeux.

— Tu plaisantes ! Qu'est-ce qu'il faisait là ?

— Il prétend qu'il se rendait à la conférence de presse de son cousin, mais j'ai du mal à le croire. Il était là au moment précis où j'ai été poussée sous l'autobus : c'est tout de même

45

bizarre, non ? Et c'est lui qui me tenait la main quand j'ai repris connaissance…

Elle frissonna malgré elle au souvenir des yeux sombres de Brant braqués sur elle.

Elle avait rêvé de lui la nuit dernière — un rêve franchement érotique, admit-elle avec embarras. Le feu aux joues, elle glissa un regard vers le bureau : Julian ne s'était rendu compte de rien…

— Crois-tu qu'il aurait pu te pousser sous ce bus ? s'enquit-il avec agitation. Agir pour venger son père ? Le vieux Colter est souffrant, à ce qu'il paraît…

— Il a eu une attaque, confirma-t-elle.

— Parfait. On tient les gros titres, ma chérie ! Quelque chose du genre : « *Un fils fou de douleur essaie de sauver la réputation de son père* »… Tu vois ce que je veux dire ?

« On ne peut mieux », songea Valérie avec lassitude. Elle porta la main à ses tempes. Julian lui donnait systématiquement la migraine.

Il claqua des doigts et se mit à fouiller parmi les dossiers épars sur son bureau.

— J'allais oublier ! lança-t-il. Blackman a appelé pour toi.

Harry Blackman était le privé que lui avait recommandé Julian. D'abord sceptique, Valérie avait vite été convaincue par son sérieux, et c'était maintenant avec satisfaction qu'elle faisait appel à lui.

— Il a quelque chose pour toi, reprit le rédacteur en chef en lui tendant un morceau de papier rose. Il aimerait que tu passes le voir ce soir à son bureau.

Elle fronça les sourcils en prenant connaissance du message.

— A 21 heures ? Son quartier est infréquentable à la nuit tombée !

— Je sais, mais ça ne peut être que ce soir : il ne sera pas au bureau de la journée.

— Bon. Si c'est comme ça…

— Ecoute, je t'accompagnerais volontiers, mais j'ai déjà des projets. Demain soir, en revanche, j'aimerais que tu m'accompagnes à la soirée qu'organise la famille Kingsley dans son manoir pour financer la campagne électorale d'Austin Colter.

Il brandit deux billets, que Valérie lui arracha presque des mains.

— Génial ! Qui te les a vendus ?

— Ma famille a gardé de bons contacts avec les Kingsley, répliqua-t-il en haussant les épaules. Et puis, à cinq mille dollars le billet, ils ne peuvent pas se permettre de jouer les difficiles. Même s'ils froncent le nez, la contribution du *Journal* renflouera leurs caisses… La tenue de soirée est de rigueur, cela va sans dire.

— Naturellement, acquiesça-t-elle.

Brant Colter serait-il présent, lui aussi ? Les soirées de bienfaisance n'étaient sans doute pas son genre… mais qui sait ? Peut-être accepterait-il de porter le smoking pour soutenir son cher cousin ?

Peu après 20 heures, Valérie quitta le *Journal*, grimpa dans sa voiture — un bon vieux 4x4 bleu foncé — et se dirigea vers le fleuve.

Au volant de sa berline, Brant la suivait à distance respectable. Il n'avait pas la moindre idée de sa destination finale, mais une chose était sûre : elle cherchait les ennuis.

Dire qu'il était chargé de protéger celle qui rêvait de briser la réputation de son père… Quelle ironie !

— Les voies du destin sont impénétrables, murmura-t-il d'un air sombre.

Elle conduisait bien, zigzaguant entre les files de voitures avec une aisance de citadine. Passée la surprise de la voir monter dans un véhicule tout-terrain — il l'avait plutôt imaginée au volant d'une décapotable rouge —, il y avait décelé le signe d'un esprit pratique... auquel il espérait pouvoir faire appel. Car si quelqu'un essayait *réellement* de la tuer, elle devrait prendre les précautions nécessaires.

Or, en fait de précautions, Valérie n'en respectait aucune. Bien au contraire : elle se dirigeait maintenant vers un quartier du centre-ville où personne n'osait se risquer seul une fois la nuit tombée. Il retint un soupir. A l'heure qu'il était, elle devrait être chez elle, un bon bouquin à la main... Au lieu de quoi elle allait se balader dans le coin le plus mal famé de Memphis !

Il aurait dû être furieux. Mais au fond, l'audace de Valérie Snow le réjouissait. Presque fier de la découvrir aussi inflexible et volontaire qu'il se l'était imaginé.

Elle laissa sa voiture sur un parking payant, régla le gardien et s'engouffra dans un ancien entrepôt de coton reconverti, comme la majorité des bâtiments qui bordaient le fleuve, en immeuble de bureaux — assez miteux, il fallait le dire.

Brant s'empressa de se garer, puis il la suivit à l'intérieur. La porte de l'ascenseur se refermait quand il entra dans le hall obscur. Où avait-elle pu aller ? Il s'approcha des boîtes aux lettres, en quête d'un nom évocateur...

Bingo ! Une compagnie nommée Blackman Security siégeait au cinquième étage.

Harry Blackman. Ce type avait travaillé pour son oncle Raymond autrefois. D'après lui, c'était un des meilleurs privés de Memphis, mais son goût prononcé pour la bouteille avait fini par le perdre — et Raymond avait dû le licencier. Depuis, Harry jouait les indics, voire les escrocs, mangeant à tous les râteliers pour arrondir ses fins de mois. Ses démêlés avec la police comme

48

son sale caractère étaient notoires dans la profession, et rares étaient ceux qui acceptaient encore de traiter avec lui.

Autrement dit, Blackman n'avait rien d'un ange et si Valérie se rendait bien chez lui ce soir, elle aurait peut-être besoin de sa protection…

Alarmé, Brant s'engouffra dans la cage d'escalier qui menait aux étages supérieurs — et se figea aussitôt. Une ombre s'était dessinée derrière les fenêtres encrassées du hall. Probablement un vagabond… mais autant en avoir le cœur net.

Poussant la porte, il se précipita dans la ruelle. Le flot des voitures s'était tari avec le coucher du soleil, et plus personne, à cette heure tardive, ne s'aventurait dans cette partie de la ville — hormis les sans-abri, les toxicomanes en manque d'héroïne…

« … et les flics filant les jolies femmes », compléta-t-il en rasant les murs de l'entrepôt pour gagner l'arrière du bâtiment.

Il s'arrêta un instant, scruta les ténèbres… Personne en vue. S'était-il trompé ? Enfin, un léger tintement résonna dans le ciel nocturne. Il leva les yeux vers le toit de l'entrepôt, auquel menait un escalier métallique. Là ! Entre le troisième et le quatrième palier, une silhouette se déplaçait furtivement.

Le cœur battant, Brant s'élança à sa poursuite.

Harry Blackman était probablement l'homme le plus impressionnant que Valérie avait jamais vu. Et ce, pas seulement parce qu'il était énorme — il mesurait plus d'un mètre quatre-vingts pour cent treize kilos de muscles — ni parce qu'il arborait un tatouage en forme de poignard sur le haut du crâne…

Non, ce qui le rendait si redoutable, c'était le Colt Python 357 invariablement sanglé à sa ceinture. Le portait-il dans la rue ? Elle n'en avait aucune idée, puisqu'elle ne l'avait jamais rencontré ailleurs que dans son bureau où son revolver ne le quittait pas. Nul doute qu'il agissait ainsi pour se protéger des malfrats qui rôdaient dans le quartier ou de ceux qu'il pistait dans la journée... Mais Valérie aurait préféré qu'il range son arme au fond d'un tiroir durant leurs entretiens !

— B'soir, ma p'tite dame ! lança-t-il d'une voix aussi râpeuse que du papier de verre. J'ai localisé la femme que vous recherchez. A La Nouvelle-Orléans.

Le pouls de Valérie s'emballa.

— Elle vit encore ?

— Affirmatif. Sous le nom de Marie Lapierre. Elle possède une boutique vaudou dans le Quartier français.

La jeune femme ne fut guère surprise. Tout ce qui touchait à l'affaire Kingsley était émaillé d'étrangetés. Alors une boutique vaudou... Pourquoi pas ?

— Voici l'adresse.

Harry jeta un morceau de papier froissé sur le bureau. Ses phalanges étaient tatouées, elles aussi — sans doute des poignards miniatures, songea-t-elle en retenant un sourire.

— Quant à Odell Campbell, dont vous vouliez retrouver la trace, poursuivit-il, il est dans une maison de santé à Madison, à quatre-vingts kilomètres d'ici. Mais je doute qu'il puisse vous être utile : il est atteint de la maladie d'Alzheimer.

Valérie baissa la tête. Elle avait espéré convaincre son oncle de lui révéler la vérité. C'était le frère de sa mère ; il devait donc éprouver un semblant d'affection à son égard... Hélas, si la maladie avait fait son œuvre, l'affaire Kingsley ne lui évoquerait rien.

Elle nota néanmoins les coordonnées de la maison de santé. Hormis son père, ce vieillard était la seule famille qui lui restait. Elle lui rendrait donc visite, de toute façon.

— Qu'est-ce c'est que ce bruit ? marmonna Harry.

— Pardon ?

Perdue dans ses pensées, elle n'avait pas écouté le détective. De quoi parlait-il ? Sous ses yeux médusés, il se leva, l'arme au poing… Une demi-seconde plus tard, la fenêtre volait en éclats.

— Couchez-vous ! hurla Blackman en s'élançant vers l'interrupteur.

Elle se blottit sous le bureau tandis qu'il éteignait le plafonnier. La pièce fut plongée dans la pénombre, mais Valérie distingua nettement la silhouette massive de son compagnon, plaqué contre le mur. Il avançait prudemment vers la fenêtre quand un autre coup retentit.

— Harry ! s'écria-t-elle, terrorisée.

— Ne bougez pas ! Il est sur l'escalier de secours. J'y vais.

— Mais…

Trop tard. Il était parti. Que faire, à présent ? Attendre son retour ? Le tireur avait fait feu par deux fois, et elle ne tenait pas à rester prisonnière du bureau de Harry. Appeler la police ? Trouverait-elle le téléphone avant que le tueur ne la localise ? Mieux valait s'enfuir. Courir jusqu'à la voiture en espérant ne pas rencontrer le tireur.

Elle s'approchait lentement de la porte… quand un craquement retentit dans son dos. Le cœur en déroute, elle se retourna : un homme enjambait le rebord de la fenêtre ! « Harry », songeat-elle, ivre de soulagement, avant de s'apercevoir de son erreur : l'homme était aussi grand que le détective, certes, mais pas aussi corpulent.

Qui était-ce, alors ? Retenant son souffle, elle se cacha derrière une armoire tandis que l'intrus s'avançait dans la pièce. Se croyant seul, il longea le mur — et Valérie faillit crier de stupeur. Brant Colter ! Que faisait-il ici, quelques minutes après qu'on eut attaqué Harry ?

Il ouvrit la porte, jeta un œil dans le couloir, et sortit. A bout de nerfs, Valérie se recroquevilla sur elle-même. Brant

Colter était *ici*. Etait-ce lui qui avait tiré dans le bureau ? Pour la blesser, elle, et non Harry... parce qu'il n'avait pas réussi à la tuer en la poussant sous l'autobus ?

Cette fois, plus question d'hésiter. Elle devait déguerpir, et vite ! Elle se leva, jeta un œil dans le couloir... Personne. Toutes les portes des bureaux étaient fermées, et seule une faible lumière illuminait le palier obscur : l'ascenseur.

Prenant une profonde inspiration, elle s'élança vers l'appareil... et se figea, horrifiée, en remarquant la flèche qui clignotait sur le panneau indicateur. Quelqu'un montait au cinquième ! Harry ? Colter ? Ou un troisième homme ?

Prise de panique, elle fit volte-face, plissant les yeux dans la pénombre. Elle se rappelait vaguement avoir vu la cage d'escalier sur sa gauche... Elle essaya d'ouvrir les portes une à une. Toutes verrouillées.

Enfin, la chance lui sourit : la quatrième porte donnait sur une volée de marches. Valérie la poussa à l'instant précis où la cabine d'ascenseur arrivait à l'étage. Plaquée contre le mur, elle retint le battant d'une main tremblante et risqua un œil dans le couloir. Les portes de l'ascenseur s'ouvrirent en grinçant et un homme — massif, l'arme au poing — jaillit de la cabine et remonta le corridor au pas de course. Elle ne put distinguer ses traits, mais sa silhouette n'évoquait ni celle d'Harry ni celle de Brant. Parvenu près du bureau de Blackman, il ralentit et amorça son arme d'un geste si habile qu'elle en eut froid dans le dos. Etait-ce un tueur à gages professionnel ? Engagé pour se débarrasser d'elle ?

Cette pensée faillit causer sa perte. Sa main, que la peur rendait moite, glissa sur la poignée, et la porte se referma d'un coup sec. Se sachant repérée, Valérie s'engouffra dans l'escalier.

Au lieu de descendre, elle monta, espérant ainsi semer son agresseur. Elle se déchaussa — ses escarpins la gênaient dans sa course — et elle gravit, pieds nus, les marches quatre à quatre et déboucha sur le toit de l'immeuble. Le tonnerre grondait au loin ; il ne tarderait pas à pleuvoir. L'orage l'aiderait-il à s'enfuir ? Peut-être, s'il éclatait assez vite pour ralentir le tireur.

Haletante, elle courut vers le bord du bâtiment. Sept étages la séparaient du sol — et l'escalier de secours n'était nulle part en vue. Un entrepôt de même hauteur se dressait bien en face d'elle… mais à deux mètres cinquante de distance ! Elle cherchait une autre échappatoire quand la porte du toit s'ouvrit, livrant passage au tireur. L'obscurité masquait son visage, mais Valérie le vit distinctement lever le bras et pointer son arme dans sa direction.

Elle n'entendit pas la détonation… tout juste un sifflement lorsque la balle la frôla. L'entrepôt voisin était sa seule sortie de secours, déjà l'homme rechargeait son revolver.

Elle se retourna vers le gouffre qui séparait les deux entrepôts — et s'élança dans le vide.

Si elle n'avait pas paniqué à la dernière seconde, elle aurait pu mieux évaluer l'espace qui la séparait du but à atteindre. Mais elle commença trop tôt à chercher une prise. Perdant son élan, elle battit des bras pour s'agripper au bord du toit.

En vain.

4.

Elle chutait inexorablement dans le vide. Sa fin était proche à présent. Un cri de désespoir lui déchira la gorge, elle ferma les yeux pour ne plus voir le gouffre qui la happait…

Puis soudain, une main se referma sur son coude comme un étau, et une voix masculine lui lança :

— Ne regardez pas en bas. Je vous tiens.

Elle leva la tête. L'homme se tenait sur le toit de l'entrepôt voisin. En se penchant par-dessus bord, il avait réussi à lui saisir le bras quand elle avait percuté le mur. Elle le distinguait à peine dans l'obscurité, mais elle le reconnut aussitôt. Brant Colter. Il lui avait sauvé la vie.

Vraiment ? Il lui suffisait de desserrer son étreinte pour lui donner la mort…

De sa main libre, elle se cramponna à la gouttière.

— Lâchez-la, ordonna Brant. Je vais vous soulever.

Lâcher ? Pas question ! Valérie prit une profonde inspiration, rassemblant ses forces… mais ses bras lui faisaient si mal qu'elle devait serrer les dents pour ne pas hurler. Si Brant ne la retenait pas, elle se serait déjà écrasée au sol, sept étages plus bas.

Pourtant, une petite voix intérieure lui criait de ne pas lâcher la gouttière. De ne pas faire confiance à Brant Colter.

— Dépêchez-vous ! s'exclama-t-il avec impatience. On vient de vous tirer dessus et…

— C'était vous ?

— Bien sûr. J'adore flinguer les gens avant de leur sauver la vie. C'est ma tactique à moi… Maintenant, lâchez cette gouttière immédiatement si vous ne voulez pas me faire tomber avec vous.

Elle jeta un œil en bas. Un abîme la séparait de la rue. Sept étages… Impossible d'en sortir vivante.

— Qui me prouve que vous n'en profiterez pas pour me tuer ? s'enquit-elle d'une voix tremblante.

— Et si vous me faisiez confiance ?

Ses doigts glissèrent sur le rebord de la gouttière.

— Mon Dieu…, murmura-t-elle, horrifiée.

A l'instant où elle lâchait prise, Brant lui attrapa le poignet et, lui enserrant fermement les mains, il la hissa sur le toit de l'entrepôt. Valérie s'effondra sur elle-même, le souffle coupé par l'effort et la terreur.

— Venez, lança Brant. Ne restons pas à découvert. Le tireur peut surgir d'une seconde à l'autre.

— On n'entend plus rien, protesta-t-elle mollement en se laissant guider à l'autre bout du toit. Il a peut-être laissé tomber.

— Peut-être. Mais je préférerais trouver l'escalier de secours avant lui…

— Qui « lui » ?

Il hésita, avant de répondre :

— J'espérais que vous pourriez me le dire.

— C'est vous le flic, non ?

— Exact, mais c'est vous qui êtes visée. Vous ne savez vraiment pas qui pourrait souhaiter votre mort ?

— Je vous ai déjà dit ce que j'en pensais, marmonna-t-elle.

Ce type lui avait sauvé la vie, certes… mais cela n'innocentait pas son père pour autant !

Brant s'arrêta net. Une trouée dans les nuages laissa suffisamment filtrer la clarté de la lune pour qu'elle puisse voir son visage.

Et ses yeux d'encre rivés sur elle.

Elle frissonna.

— Je vous répète que mon père n'a rien à voir avec cette histoire, énonça-t-il froidement. Il peut à peine marcher sans sa canne ces jours-ci… Comment voulez-vous qu'il soit venu jusqu'ici pour vous tirer dessus ?

— Certes, mais rien ne l'empêchait de faire appel à un homme de main… Ce ne sont pas les contacts qui vous manquent, dans la police !

Il se raidit sous l'attaque, et Valérie sentit l'atmosphère se charger d'électricité. Laisserait-il exploser sa colère ? Elle le crut un instant — avant de déceler une autre émotion sur son visage blême : le doute, la peur peut-être, face à l'atroce vérité…Mais déjà, il se ressaisissait :

— Inutile de m'agresser. Je ne suis pas d'accord avec vous, et vous le savez. Concentrons-nous plutôt sur le moyen de sortir d'ici. Entendu ?

Valérie respira profondément.

— Entendu.

Il lui tendit la main.

— Venez.

La mort dans l'âme, elle glissa ses doigts dans les siens. Au même instant, un coup de tonnerre déchira le silence nocturne, et elle recula vivement, comme touchée par la foudre.

— Ne vous inquiétez pas. L'orage est encore loin, assura Colter.

— J'ai… j'ai cru que c'était un coup de feu, répliqua-t-elle, gênée.

Ils coururent vers l'escalier de secours, dont la rambarde métallique brillait sous la lune. Refusant l'aide de son compagnon, Valérie s'engagea prudemment sur le premier barreau. L'échelle fixée sur le mur de brique paraissait aussi vétuste que le bâtiment lui-même. A croire que personne ne l'avait empruntée depuis des années… « Pourvu que ça tienne ! » espéra-t-elle en tentant d'ignorer les grincements sinistres du métal rouillé… et la présence de Brant. A quelques centimètres de ses pieds nus. S'il levait les yeux, il bénéficierait d'une vue imprenable sur ses jambes, songea-t-elle soudain — avant de chasser cette pensée incongrue de son esprit.

Parvenu en bas, il lui tendit la main pour l'aider à descendre, la retenant une fraction de seconde de plus que nécessaire. Surprise, Valérie affronta son regard — identique à celui qui hantait ses cauchemars depuis trois décennies — et fut traversée d'une idée folle : et s'il essayait de l'embrasser ? Le repousserait-elle ?

La réponse l'atteignit comme une gifle. Non seulement elle ne le repousserait pas, mais elle lui offrirait ses lèvres avec ardeur…

— Ne restons pas là, dit-il doucement. C'est dangereux.

— Vous avez raison.

Elle frissonna malgré la chaleur. Il ne parlait pas du tireur, elle le savait. Et après ? Que pouvait-il se passer entre deux êtres que tout séparait ? Il lui prit le bras et l'entraîna vers la rue.

— Où est passé Harry ? murmura-t-elle pour elle-même.

Il haussa les épaules.

— Blackman est assez grand pour se débrouiller seul. Ce qui compte, c'est de vous sortir de là.

— Vous le connaissez ?

— Nous en reparlerons, rétorqua-t-il d'un ton sec. Allons-y.

Se fondant dans la nuit, ils traversèrent la rue et gagnèrent le parking. Sortant ses clés, Valérie déverrouilla la voiture à distance. Brant lui ouvrit la portière, et elle se glissa à l'intérieur avec un soupir de soulagement.

— Vous ne venez pas ? interrogea-t-elle, paniquée à l'idée de rester une seconde de plus dans cet endroit lugubre.

— Pas encore.

Voyant qu'elle hésitait, il ajouta :

— Filez. Vite !

— Mais…

— Ne discutez pas !

Il claqua la portière et Valérie démarra en trombe. Dans le rétroviseur, elle le vit traverser la rue et repartir vers l'entrepôt.

Cherchait-il le tireur ? Ou rejoignait-il un complice ?

Son revolver en main, Brant poussa la porte d'entrée. Sous la lumière glauque des néons, le hall était toujours désert. Il s'avança vers l'escalier, l'oreille tendue… mais seul le murmure monotone de la climatisation troublait le silence. Le tireur avait peut-être pris la poudre d'escampette…

A moins qu'il ne l'attende au coin d'une porte ? Il monta jusqu'au cinquième étage, examinant chaque palier avec soin. Rien. Parvenu à destination, il ouvrit la porte de la cage d'escalier à la volée et se risqua dans le couloir désert.

Des bruits étouffés s'échappaient du bureau de Blackman. Papiers froissés, jurons… Brant s'approcha discrètement. La porte était ouverte.

Debout derrière sa table de travail, Harry jurait comme un charretier en fouillant parmi les dossiers épars. Un filet de sang s'échappait de son arcade sourcilière.

Il ne s'aperçut pas immédiatement de la présence de Brant. Enfin, levant les yeux, il remarqua le revolver pointé sur lui.

— Nom de nom ! Qui êtes-vous ? s'exclama-t-il en se laissant lourdement tomber sur son siège.

— Police, répliqua Brant en brandissant son badge.

— Qui a appelé les flics ? La fille ? Où est-elle ?

— En sécurité. Et personne ne m'a appelé. J'étais dans le coin quand j'ai entendu des coups de feu.

Blackman lui lança un regard sceptique.

— Aucun flic ne traîne dans le quartier à moins d'avoir de bonnes raisons de le faire.

Plissant les yeux, il ajouta :

— Attendez une minute… Je vous connais !

— Inspecteur Brant Colter. Police de Memphis.

— Colter. J'en étais sûr. Vous avez un air de famille avec Raymond…

— Je suis son neveu.

Brant rengaina son arme et pénétra dans l'antre du détective, s'arrêtant à quelques pas de son bureau, jonché de papiers et de dossiers.

Blackman se cala contre le dossier du fauteuil.

— C'est ça…, dit-il d'un air songeur. Raymond a un fils, lui aussi : j'ai lu un article à son sujet l'autre jour. Paraît qu'il brigue le Congrès, maintenant. Qui aurait cru qu'un pareil morveux en arriverait là ? Mais bon, ce gosse avait déjà l'étoffe d'un politicien quand je travaillais pour Raymond… Il a toujours été retors. Toujours à fourrer son nez partout.

Brant ne commenta pas — au fond, Harry avait raison. Austin n'était pas, et n'avait jamais été, un type fréquentable.

— Maintenant que les présentations sont terminées… auriez-vous l'obligeance de m'expliquer ce qui s'est passé ici ?

— Vous le savez aussi bien que moi, grommela Blackman. Vous avez entendu les coups de feu. Quelqu'un m'a tiré dessus par la fenêtre. Je lui ai couru après, il m'a mis K.O. et s'est enfui. Fin de l'histoire. Du moins, jusqu'à ce que je retrouve ce petit sal…

— L'avez-vous identifié ?

Blackman secoua la tête.

— Bien sûr que non ! Ce blaireau m'a attaqué par-derrière.

— Alors, comment vous êtes-vous entaillé les sourcils ?

— J'étais en haut de l'escalier quand il m'a sauté dessus. Sacrée chance qu'il ne m'ait pas brisé le cou.

Imperturbable, il essuya son entaille d'un coup de manche.

Décidément, ce type était coriace. Cent treize kilos de muscles… L'éliminer, même en l'attaquant par surprise et dans l'obscurité, n'était pas été une mince affaire. Lui tirer dessus eût été bien plus simple… mais ce n'était pas lui que le tireur visait.

C'était Valérie.

— Pour quel genre de travail Mlle Snow vous a-t-elle engagé ?

— Désolé, mon vieux. Confidentiel.

— A mon tour d'être désolé : la vie de Valérie Snow est en danger, et j'apprécierais que vous coopériez. D'ailleurs, j'ai bien peur que vous n'ayez pas le choix.

— Ah bon ?

Blackman se pencha, les yeux brillant de colère.

— Je vais être clair avec vous. Valérie Snow a une dent contre la police. Et contre les Colter en particulier. Moi aussi : votre oncle m'a joué un tour pendable il y a quelques années, et je ne suis pas prêt à passer l'éponge. Autrement dit : vous êtes la dernière personne à qui je dirais quoi que ce soit.

Brant sentit la moutarde lui monter au nez.

— Je vous le répète : vous n'avez pas le choix. Je pourrais obtenir un mandat pour fouiller votre bureau, saisir vos dossiers, tout mettre sous scellés… Bref, je pourrais vous pourrir la vie, Blackman, si j'en avais envie.

L'intéressé haussa un sourcil.

— Vous parlez d'une nouvelle… Les flics me harcèlent depuis des années ! Alors un de plus ou de moins… Si vous avez des questions, allez les poser à ma cliente. Mais je doute qu'elle vous dise quoi que ce soit.

Brant en doutait aussi. Harry avait raison : Valérie ne lui faisait pas confiance — pour une seule et unique raison : il était le fils de Judd Colter.

Il se souvint brusquement de la façon dont elle l'avait regardé, un moment plus tôt, quand ils s'étaient retrouvés en bas de l'échelle de secours. De ce qu'il avait éprouvé : un désir foudroyant, bouleversant d'intensité. Jamais il n'avait autant rêvé de serrer une femme contre lui. Elle était belle, mystérieuse — et glaciale. Un mélange potentiellement dangereux… qui ne la rendait pas moins attirante.

Il ne savait toujours pas *qui* se cachait derrière la journaliste du *Memphis Journal*. Faute de réponse, il s'apprêtait à poursuivre son interrogatoire, lorsqu'il remarqua un dossier cartonné sous le bureau. Il l'attrapa et jeta un œil rapide à l'inscription manuscrite qui ornait la couverture : *Naomi Gillum*.

— Est-ce ce que vous cherchiez ? s'enquit-il en tendant le dossier à Blackman.

Lâchant un juron, le détective lui arracha la chemise cartonnée et l'ouvrit d'un geste sec. Elle était vide.

Sitôt rentrée chez elle, Valérie vérifia que la serrure ne portait pas de traces d'effraction. Et, pour la première fois depuis son arrivée à Memphis, elle se félicita d'avoir fait installer un système de sécurité dans son appartement. La ville était bien plus sûre que Chicago, et elle avait d'abord hésité à s'équiper d'une alarme, avant de céder aux recommandations de sa propriétaire. Bien lui en avait pris ! Car elle n'était sans doute pas plus à l'abri des cambrioleurs que des tireurs isolés…

A croire qu'elle n'était plus en sécurité nulle part, songeat-elle avec lassitude en se déchaussant. Quelqu'un avait tiré dans le bureau de Harry Blackman alors qu'elle s'y trouvait. Il se pouvait, bien sûr, que le tueur avait Harry pour cible… mais elle n'y croyait guère. Pas après les événements de la veille.

Deux fois. Deux fois en deux jours sa vie avait été menacée.

Désirait-on l'éliminer… ou seulement l'effrayer ? La seconde option semblait plus vraisemblable. Elle vivait seule et, à l'exception du système d'alarme, elle ne prenait aucune précaution particulière. Si quelqu'un souhaitait vraiment la tuer, ne serait-il pas déjà parvenu à ses fins ?

Elle frissonna, saisie d'une pensée macabre : si elle disparaissait, qui s'inquiéterait de son absence ? Qui partirait à sa recherche ? Sa mère n'était plus de ce monde. Tous ses amis vivaient à Chicago. Et les quelques collègues avec lesquels elle avait lié connaissance depuis son arrivée à Memphis ne remarqueraient rien d'anormal avant plusieurs jours…

Au fond, sa mort ne troublerait personne.

« Sauf Cletus », rectifia-t-elle en se servant un verre de vin. Car son père l'aimait… ou du moins, il l'avait aimée, autrefois. Il s'était soucié de ses joies et de ses peines. Le ferait-il encore si elle parvenait à le faire sortir de prison ?

Etait-ce la seule raison pour laquelle elle menait ce combat ? se demanda-t-elle en observant son reflet dans la vitre au-dessus de l'évier. *Pour ne plus être seule ?*

Bien sûr, elle voulait croire qu'elle agissait par amour de la justice. Qu'elle se battait parce que Cletus était innocent. Mais elle ne se leurrait pas : ses motivations étaient bien plus complexes. Libérer son père était une façon de se libérer elle-même. De s'affranchir de la culpabilité et de la honte qui la poursuivaient depuis trente ans.

Le plus logique aurait été d'aller trouver Cletus pour lui annoncer qu'elle avait repris l'enquête. Et lui demander son aide. Mais elle ne pouvait s'y résoudre. Par peur de le brusquer, pour lui éviter de nourrir de faux espoirs… et, aussi, parce qu'elle avait peur de l'affronter. Peur de le regarder dans les yeux. Peur de ce qu'elle risquerait d'y voir.

— Il est innocent ! affirma-t-elle à voix haute.

Puis, comme pour s'en convaincre une nouvelle fois, elle ouvrit l'une des boîtes en fer blanc alignées sur le comptoir de la cuisine, en sortit le journal intime de sa mère, le feuilleta, effleurant du bout des doigts les mots qu'elle connaissait désormais par cœur :

« Cletus n'a pas toujours été un époux idéal, ni un père parfait pour notre petite Violet, même si je sais qu'il l'aimait autant que moi. C'est pour lui sauver la vie qu'il est allé en prison.

» Un homme qui agit ainsi, qui est prêt à se sacrifier pour son enfant, ne peut pas être un assassin. Je sais, au plus profond de moi, qu'il n'a pas enlevé le petit Adam. Mon mari n'a pas assassiné le fils des Kingsley !

» Pourtant, c'est sur lui que la police s'est acharnée — avec l'aide de mon frère ! —, c'est lui qu'ils ont choisi comme bouc émissaire.

» A présent, je ne peux que rester assise et attendre, jour après jour, mois après mois, année après année, tandis que mon mari vieillit loin de nous, privé de sa liberté et de sa famille.

» Bien sûr, je pourrais tout raconter à la police… mais nos jours, alors, seraient comptés.

» C'est pour cela que nous avons quitté Memphis, Violet et moi. C'est pour cela que j'ai coupé les ponts avec Cletus. Parce que la menace rôde toujours. Les hommes qui ont envoyé mon mari en prison sont prêts à tout, même à assassiner une petite fille, pour empêcher la vérité d'éclater.

» Ce journal est mon seul confident. A lui seul je peux révéler le secret de ce qui s'est passé la nuit où Adam Kingsley a été enlevé. »

Le cœur serré, Valérie referma le cahier. Une coupure de presse s'en échappa — un article jauni par le temps, qu'elle déplia sur le comptoir de la cuisine. Illustré d'une photo en noir et blanc, il relatait l'arrestation de Cletus Brown. Elle avait tant scruté cette image qu'elle en connaissait chaque détail… mais comme toujours, elle fut saisie d'un haut-le-cœur à la vue de l'inspecteur Judd Colter agenouillé près d'une enfant épouvantée, sous les yeux admiratifs des badauds. « *Violet Brown, la fille du meurtrier* », précisait la légende.

Judd Colter était apparu comme un héros cette nuit-là ! Mais le regard qu'il lui avait lancé lorsqu'il avait frappé son père était à jamais gravé dans sa mémoire. Tout comme la terreur qu'il lui avait inspirée. En fin stratège, il avait attendu que les flashes crépitent devant la maison pour faire preuve de gentillesse à son égard. Pour se comporter avec un semblant d'humanité.

Il s'était servi de ces photos. Il s'était servi *d'elle* ; il l'avait avilie pour exister aux yeux des autres. Tôt ou tard, elle le lui ferait payer.

Elle porta son verre à ses lèvres. Judd Colter était un excellent comédien. Il avait dupé tout le monde sauf elle. Pour l'avoir vu terroriser sa famille, elle connaissait le vrai visage du héros de Memphis.

Elle frissonna au souvenir de son regard glacé.

De la haine qu'il lui inspirait.

De ce qu'il lui restait à faire.

Elle se redressa, troublée. Un autre visage dansait devant ses yeux. Plus jeune, plus séduisant. Plus énigmatique, aussi. Brant Colter. Elle avait frissonné sous son regard, tout à l'heure — de désir, cette fois. Un désir fou, irraisonné, plus puissant que tout ce qu'elle avait éprouvé jusqu'alors.

Mais comment en était-elle arrivée là ? Comment pouvait-elle trouver le moindre charme au fils de son pire ennemi ? Cela dépassait l'entendement ! Car, charmant ou non, Brant était un Colter. Et un flic, par-dessus le marché. Autrement dit : jamais il ne renierait les siens. Jamais il ne prendrait le parti des Brown contre celui des Colter.

Même s'il devait, pour cela, cautionner une erreur judiciaire.

La sonnette de la porte d'entrée brisa brutalement le silence, et Valérie sursauta. Il était 10 heures passées. Qui pouvait lui rendre visite à une heure pareille ?

Elle s'approcha de la fenêtre, jeta un œil au-dehors : une berline beige était garée dans l'allée. Ce ne pouvait être ni celle d'Angie, qui était partie en Californie ce matin, ni celle de Julian, qui conduisait une Mercedes noire.

L'estomac noué, elle regagna la cuisine. Que faire ? Appeler la police ?

Et lui dire quoi ? Que quelqu'un frappait à sa porte ?

La sonnette retentit de nouveau, impérieuse. Retenant son souffle, Valérie s'approcha de la porte et se pencha vers le judas.

L'image déformée de Brant lui rendit son regard.

— Ouvrez-moi ! Je dois vous parler.

Sa voix grave, étrangement douce, résonna à travers le battant, et Valérie se raidit aussitôt, sur la défensive.

Qui savait ce que cette voix pouvait obtenir d'une femme sans défense, au milieu de la nuit ?

— Valérie, répondez-moi. Vous ne voulez pas savoir ce qui s'est passé ce soir ?

La question était imparable. Elle ne pouvait décemment pas refuser de l'écouter sous prétexte qu'elle craignait de succomber à son charme ! Prenant une profonde inspiration, elle ouvrit la porte… et se heurta au regard de Brant. A son silence, aussi. Il la dévisageait avec intensité, comme s'il tentait de lire au plus profond d'elle-même.

Troublée, elle recula d'un pas. Il la bouscula et pénétra dans son appartement.

Elle ferma la porte, s'exhortant au calme.

— Que s'est-il passé ? s'enquit-elle. Avez-vous retrouvé Harry ?

— Oui. Il va bien. Mais le tireur a pris la fuite.

— Pratique, commenta-t-elle sèchement.

— Qu'insinuez-vous ?

Elle haussa les épaules.

— Que sa fuite arrange peut-être vos affaires.

Le regard de Brant se durcit.

— Vous continuez à penser que mon père, mon oncle ou Hugh cherchent à vous liquider ?

— Ce n'est pas une vue de l'esprit, inspecteur. Que vous le vouliez ou non, vos amis ont été chargés de l'affaire Kingsley. Ils ont arrêté Cletus Brown, alors qu'ils le savaient innocent. Les raisons qui les ont conduits à agir ainsi il y a trente ans sont les mêmes que celles qui les poussent à maintenir le silence aujourd'hui : ils sont devenus des héros, et ils veulent le rester.

— Et vous croyez qu'ils seraient prêts à vous tuer pour vous faire taire ?

La colère qui brillait dans ses yeux sombres raviva l'angoisse de Valérie. Pourquoi avait-elle laissé cet homme entrer chez elle ? C'était un Colter, pour l'amour du ciel ! Qui savait de quoi il était capable ?

— Oui, je le crois, assena-t-elle néanmoins en se dirigeant vers le coin cuisine.

Elle s'apprêtait à prendre son verre de vin quand elle remarqua avec effroi la coupure de presse étalée sur le comptoir. Seigneur…Pourvu que Brant ne la voie pas ! Trop tard : il approchait à son tour.

Prise de panique, elle tendit la main pour subtiliser l'article avant qu'il ne l'aperçoive… puis se ravisa. Son geste ne ferait qu'éveiller la curiosité de Brant. Mieux valait s'abstenir… et observer sa réaction du coin de l'œil, décida-t-elle en portant son verre à ses lèvres.

Il se pencha, examina la coupure de presse sans un mot, puis reporta son attention sur elle.

— Je me souviens de cette photo. Elle a fait la une des journaux après l'arrestation de Brown. Mon père en a un exemplaire encadré dans son bureau.

A cette pensée, Valérie sentit un frisson glacé lui parcourir la nuque.

— Je le comprends : l'image est tout à son honneur, ironisa-t-elle. Le pays entier s'est ému de le voir réconforter la fille de l'odieux criminel qu'il venait d'arrêter !

— J'ai vu la petite fille aux actualités, moi aussi, confia Brant d'un ton étrangement mélancolique. Elle avait l'air si perdue et si terrifiée… Pourtant, je crois que je l'ai enviée à l'époque.

La jeune femme en eut le souffle coupé.

— *Enviée ?* Pourquoi ?

— Parce qu'elle avait réussi à obtenir ce qui me manquait : l'attention de mon père.

Il baissa les yeux, l'air embarrassé, comme s'il venait de mesurer la portée de son aveu.

— Les gamins ont des idées stupides, vraiment ! marmonna-t-il.

Abasourdie, Valérie le contemplait fixement, incapable de trier les émotions qui la submergeaient. Tout se bousculait en elle : la compassion que Brant lui inspirait, l'envie de le réconforter, le regret de devoir lui mentir…

Mais comment poursuivre son enquête si elle dévoilait son identité ? Qui la croirait quand elle clamerait l'innocence de Cletus ?

Sûrement pas Brant. Pas quand la réputation de son propre père était en jeu.

Il regarda la photo en fronçant les sourcils.

— Dieu sait que mon père a ses défauts ! Mais ce que vous présumez de lui, de Raymond et Hugh… Ce sont eux qui ont motivé mon entrée dans la police. Jamais je n'ai douté de leur intégrité ! Et vous me demandez d'admettre qu'ils ont fabriqué de fausses preuves pour incriminer un innocent… Vous me demandez de croire qu'ils ont conspiré pour l'envoyer en prison.

Il respira profondément avant de plonger son regard dans le sien.

— C'est très difficile à admettre.

Elle hocha la tête. Sa gorge se serra douloureusement, inopinément.

— Peut-être ne l'admettrez-vous jamais, et je vous comprends. Ce sont vos proches que j'accuse d'un crime atroce… mais qui d'autre aurait intérêt à me faire taire, selon vous ? Qui d'autre craindrait mes révélations au point d'envoyer un tueur à ma poursuite ?

Le regard de Brant s'assombrit encore.

— Celui qui s'en est le mieux sorti, lança-t-il.

Elle le regarda, surprise :

— Qui ?

— Si Cletus Brown est innocent, le vrai ravisseur est encore en liberté. Il — ou elle — aurait tout intérêt à empêcher la vérité d'éclater.

— Oui, mais…

Brant haussa les épaules.

— Mais quoi ? Vous accusez mon père, mon oncle et l'officier Rawlins d'avoir envoyé un innocent en prison pour flatter leur ego mais vous ne m'expliquez pas qui, d'après vous, a réellement kidnappé Andrew Kingsley. Vous devez pourtant avoir une théorie sur le sujet, non ?

Valérie se raidit. L'offensive de Colter avait été si subtile qu'elle ne l'avait pas vue venir.

— Je n'ai jamais prétendu résoudre cette affaire, se défendit-elle. Tout ce que je veux faire, c'est apporter la preuve de l'innocence de Cletus Brown. On a attenté à ma vie à deux reprises en deux jours. Je fais terriblement peur à quelqu'un, vous ne pensez pas ?

— Je ne sais plus que penser.

Il passa une main dans ses cheveux et quelques gouttes de pluie brillèrent dans ses mèches brunes. L'orage avait éclaté. Bizarrement, le mauvais temps rendait sa maison plus sûre. Plus intime.

Brant en avait-il conscience, lui aussi ? Elle glissa un regard vers lui. Comment faisait-il pour être aussi attirant ? Elle aurait volontiers passé la soirée à le contempler… A *l'embrasser* aussi.

Seigneur !

Elle se ressaisit, outrée. Oubliait-elle qu'il était *aussi* un flic ? Qu'il s'appelait Colter ?

— Peut-être devriez-vous céder l'enquête à un de vos collègues, suggéra-t-elle d'un ton volontairement froid. Il vous sera difficile de rester objectif, vu les circonstances.

Une lueur étrange étincela dans ses yeux sombres. Il fit quelques pas vers elle, lui prit le bras. Elle sentit la chaleur de sa paume l'envahir, s'immiscer en elle…

— Vous n'avez pas intérêt à ce que j'abandonne l'enquête, affirma-t-il.

Elle tenta de le défier, mais ne put que murmurer :

— Pourquoi ?

— Parce que personne ne souhaite connaître la vérité plus que moi.

5.

Parvenue à destination, Valérie jeta un œil dans son rétro-viseur. Elle n'aurait pas été surprise de découvrir que Brant Colter l'avait suivie… Mais la berline beige n'était nulle part en vue — pas plus ici, sur le parking de la maison de retraite de Sunnydale, que sur l'autoroute quasi déserte qu'elle avait empruntée pour s'y rendre. A croire que l'inspecteur avait pris au sérieux sa suggestion de la veille, et décidé de confier l'affaire à un de ses collègues… Elle aurait dû en être soulagée mais curieusement la pensée qu'il avait peut-être renoncé à la protéger l'inquiétait.

Sans compter qu'il pouvait se révéler un allié précieux, lui qui affirmait chercher la vérité avant tout. Ce n'étaient que des mots… mais il les avait énoncés avec une telle force qu'elle l'avait cru sur-le-champ.

Bien malgré elle, naturellement.

Au fond, la situation ne manquait pas de piquant, songea-t-elle en pénétrant dans le hall de la maison de retraite. Qui aurait imaginé que Brant et elle se retrouveraient un jour embarqués dans la même aventure ? Car, si leurs motivations demeuraient opposées, ils poursuivaient le même but, à présent…

Elle expliqua le motif de sa visite à l'hôtesse d'accueil, et une infirmière la conduisit jusqu'à la chambre d'Odell Campbell, cet étranger qui, autrefois, avait été son oncle. Elle s'était préparée à une absence totale d'émotion, mais lorsqu'elle le vit, recroquevillé dans une chaise à bascule près de la fenêtre, son cœur se serra douloureusement.

Cet homme était, avec son père, le seul membre de sa famille encore en vie. Et malgré le mal qu'il leur avait fait, ce fut avec des yeux chargés de larmes qu'elle s'approcha de lui.

— Bonjour, murmura-t-elle.

Aucune réponse — pas même un battement de cils. Troublée, Valérie questionna du regard l'infirmière, demeurée sur le pas de la porte.

— Pauvre Odell, déplora-t-elle. Son état empire de jour en jour…

— J'ignorais qu'il était si souffrant. Puis-je rester un moment avec lui, malgré tout ?

— Bien sûr. Mais ne vous faites pas d'illusions : il y a des mois qu'il n'a pas prononcé un mot, l'avertit-elle avant de s'éloigner dans le couloir.

Valérie demeura silencieuse un moment, les yeux rivés sur son oncle. Sous le masque des ans et de la maladie, elle devinait confusément les traits de celui qu'il avait été. Un bel homme, sans doute. Le front haut, le nez droit… « Comme Maman », songea-t-elle soudain, la gorge nouée.

— Je m'appelle Valérie, dit-elle. Mais lorsque j'étais enfant, je m'appelais Violet. Violet Brown. Je suis la fille de Grace.

Elle retint son souffle. Odell venait de cligner des yeux… Ou était-ce son imagination qui lui jouait des tours ?

— Vous souvenez-vous d'elle ? reprit-elle d'un ton pressant. C'était votre petite sœur. Vous étiez très proches autrefois. Elle m'a raconté que vous passiez des heures à jouer ensemble, quand vous étiez enfants.

Second battement de paupières — nettement perceptible, cette fois. Puis un son s'échappa des lèvres parcheminées d'Odell, mais il était si étrange, si peu *humain*, que Valérie recula, effarée.

L'espace d'un instant, elle faillit s'enfuir… mais la compassion et l'envie d'en savoir plus la retinrent. S'approchant de nouveau, elle posa une main sur la sienne. Sa peau était aussi fine et fragile que celle des nouveau-nés.

— Gracie, marmonna-t-il.

La jeune femme retint un cri de joie. Il n'avait pas tout oublié !

— Oui ! s'exclama-t-elle. Gracie. C'est comme ça que vous l'appeliez autrefois. Vous vous en souvenez, n'est-ce pas ? Et Cletus, son mari, vous vous souvenez de lui, aussi ?

Elle fixa son oncle avec intensité… mais cette fois, rien ne se produisit. Figé dans son fauteuil, Odell avait la raideur d'une statue de cire. L'avait-il seulement *entendue* ? s'interrogea-t-elle avec dépit, cherchant en vain une lueur dans les yeux vides du vieillard.

Rien n'était moins sûr, hélas.

Mais elle ne voulait pas partir. Pas avant de lui avoir raconté *son* histoire.

Se redressant, elle tira une chaise près de la fenêtre, et s'assit à côté de son oncle. Les mots, d'abord, refusèrent de franchir ses lèvres… puis, enfin, elle brisa le silence. Et narra d'une voix émue ce qu'avait vécu la petite Violet après l'arrestation de son père. La fuite vers Chicago. Son enfance, puis son adolescence auprès de Grace. Ses études, ses débuts dans le journalisme. La maladie et la mort de sa mère, enfin.

Lorsqu'elle s'arrêta, dix minutes s'étaient écoulées, et elle n'avait pas obtenu la moindre réaction de son oncle.

Elle se leva et l'observa un long moment, partagée entre la pitié et la colère. A quoi bon rester plus longtemps, à présent ?

— Je suis heureuse de vous avoir revu, conclut-elle. Je ne sais pas pourquoi vous avez témoigné contre mon père, mais vous en payez le prix… Je vous pardonne, et je suis sûre qu'il ferait de même, s'il savait ce qui vous arrive.

Les lèvres du vieil homme se mirent à trembler, comme s'il cherchait à parler. Aussitôt, Valérie se pencha vers lui.

— Avez-vous quelque chose à me dire au sujet de mon père ?

— Innocent, coassa Odell. Innocent.

Lorsque Valérie regagna le hall d'accueil, quelques minutes plus tard, elle était plus perplexe que jamais. La voix désincarnée d'Odell résonnait en boucle dans sa tête… Mais avait-il réellement prononcé le mot « innocent », ou n'avait-elle entendu que ce qu'elle avait envie d'entendre ?

La seconde option semblait la plus plausible, hélas : il semblait bien trop diminué pour faire preuve de lucidité. Et même s'il jurait que Cletus était innocent, quel tribunal accepterait le témoignage d'un homme gravement atteint de la maladie d'Alzheimer ?

— Mademoiselle Snow ?

Elle se retourna. L'infirmière qui l'avait accompagnée jusqu'à la chambre d'Odell courait à sa rencontre.

— Vous avez une minute ? s'enquit-elle en reprenant son souffle. J'aimerais vous demander quelque chose.

— Bien sûr. De quoi s'agit-il ?

— Etes-vous une parente de M. Campbell ?

Valérie n'hésita qu'un instant, avant de répondre :

— Pas vraiment. Je suis journaliste, comme je l'ai expliqué à votre collègue en arrivant.

— J'avais bien compris, mais je me demandais si vous ne connaissiez pas quelqu'un de sa famille, malgré tout.

— Pourquoi ? Il y a un problème ?

— Non. C'est juste que… En fait, quand M. Campbell est arrivé chez nous, il était déjà très malade et son notaire a signé les papiers d'admission pour lui. Il nous a expliqué qu'il l'avait retrouvé dormant sous des cartons près de son étude… Apparemment, M. Campbell vivait à la rue depuis des années, même avant de tomber malade, et tout le monde le prenait pour un mendiant… Sauf qu'il a de l'argent. Une jolie somme, à ce qu'il paraît.

Valérie fronça les sourcils.

— Je ne comprends pas… S'il est riche, pourquoi dormait-il dehors ?

— Parce qu'il refusait d'entamer sa fortune. Il a tout légué à sa belle-sœur et à sa nièce il y a des années, mais son notaire n'a jamais pu les joindre. A croire qu'elles se sont évanouies dans la nature…

Son regard se durcit, comme elle ajoutait :

— Elles doivent faire la paire, toutes les deux ! C'est pourtant pas compliqué de venir aux nouvelles de temps en temps… Mais non, elles préfèrent attendre tranquillement qu'il disparaisse pour réclamer leur part du magot ! Si c'est pas une honte, des gens pareils…

— Je suis désolée, marmonna Valérie. Je ne peux pas vous aider.

L'infirmière hocha la tête.

— Je m'en doutais, mais ça valait la peine d'essayer… Reviendrez-vous le voir ?

— Peut-être.

Elle prit congé, dissimulant son trouble sous un sourire courtois. Dehors, le parking était inondé de soleil, et elle dut mettre ses mains en visière pour distinguer sa voiture parmi la dizaine de carrosseries rutilantes alignées sous ses yeux. Ses mains tremblaient encore lorsqu'elle ouvrit la portière, et elle s'interdit de démarrer avant d'avoir retrouvé tout son calme.

Les révélations de l'infirmière l'avaient terrassée. Ainsi, son oncle avait vécu dans une misère noire pendant des années plutôt que de toucher à sa fortune ! Dévoré de culpabilité, il avait dormi en compagnie des rats pour lui léguer jusqu'au dernier centime la somme qu'il avait acquise en témoignant contre Cletus ?

L'ironie de la situation lui donnait la nausée. Comment pourrait-elle se réjouir d'hériter de l'homme qui avait envoyé son père en prison ?

Comme convenu, Valérie se rendit le soir même avec Julian à la réception organisée par les Kingsley pour financer la campagne d'Austin Colter. La demeure familiale semblait transformée en camp retranché pour l'occasion, et ils durent montrer leurs invitations à trois vigiles successifs avant d'être autorisés à franchir les grilles du parc.

Julian engagea son élégante Bentley le long d'une allée bordée de pins qui ouvrait, au détour d'un virage, sur un magnifique jardin à l'anglaise, alternant pelouses immaculées, massifs luxuriants et bosquets ombragés au pied d'un imposant manoir de style Tudor, tout en briques rouges sous un toit à double pente.

Un voiturier les attendait devant le perron. Il aida Valérie à sortir, puis s'installa au volant et démarra doucement, les laissant seuls au pied de l'imposant escalier de marbre qui menait à la porte d'entrée.

Intimidée, Valérie leva les yeux. Jamais elle n'avait vu pareil endroit : les proportions du manoir, surtout, l'impressionnaient. Les fenêtres brillamment éclairées semblaient se compter par centaines et la hauteur de l'édifice lui donnait le tournis…

Et puis, comment ne pas songer à cette terrible nuit, trente et un ans plus tôt ? Ce soir-là aussi, les plus grosses fortunes de l'Etat avaient été conviées à un dîner d'apparat chez les Kingsley. Le ballet des limousines, les femmes en robes longues, les domestiques en livrée, les lumières, la musique… tout invitait aux réjouissances, comme ce soir. Et les invités se pressaient dans le salon, inconscients du drame qui se jouerait au-dessus de leurs têtes, quelques heures plus tard…

Le drame qui avait bouleversé sa vie.

Elle avait lu quelque part que la nursery se trouvait au premier étage, à l'arrière de la maison. Un balcon dominait le jardin et, d'après les comptes rendus de l'époque, le ravisseur l'avait escaladé pour s'introduire dans la chambre des enfants. L'entreprise avait été d'autant plus aisée que la nounou avait laissé la porte-fenêtre entrouverte…

Adam Kingsley avait été arraché à son berceau — après avoir été chloroformé, selon les experts — et emmené à travers le parc sans qu'aucun bruit suspect ne vienne troubler le sommeil des deux enfants endormis à son côté, son jumeau Andrew et Bradlee, la petite fille d'un couple d'invités. La nounou, installée dans la pièce voisine, n'avait rien entendu de suspect, non plus.

Un tel enlèvement relevait du tour de force. Et personne, pas même le criminel le plus accompli, n'y serait parvenu sans l'aide de complices, vraisemblablement postés à l'intérieur du manoir.

Aux premiers jours de l'enquête, les inspecteurs avaient dirigé leurs soupçons sur la nounou, une certaine Jenny Arpello, qui était entrée au service des Kingsley peu de temps avant les faits. Mais lorsque Cletus avait été arrêté, la police n'avait pu établir aucun lien entre Jenny et lui, et la jeune femme avait été innocentée. Elle avait aussitôt quitté Memphis pour le nord du pays où elle vivait désormais.

Avait-elle malgré tout participé à l'enlèvement d'Adam ? Valérie réprima un frisson. Comme le lui avait fait remarquer Brant Colter, si Cletus était innocent, le vrai ravisseur était toujours en liberté, lui… Et il — ou elle — ne voyait sans doute pas ses articles d'un très bon œil.

La menace était-elle réelle ? Sans doute, même si elle n'avait jamais envisagé la situation sous cet angle. Elle ne cherchait qu'à confondre Judd Colter, pas à démasquer l'assassin du petit Kingsley ! Mais force lui était d'admettre qu'elle dérangeait bien plus qu'un trio de policiers à la retraite… Le ravisseur rôdait peut-être déjà près d'elle, prêt à la faire taire. Par tous les moyens.

Dans ce cas, ses chances de survie étaient minces ! estimat-elle avec cynisme. Visée à la fois par ceux qui avaient envoyé son père en prison et par celui ou celle qui avait tué Adam Kingsley, comment pourrait-elle s'en sortir ?

A moins que… s'il s'agissait d'un seul et même groupe ? Elle n'y avait jamais songé auparavant, mais l'hypothèse n'était pas à exclure. Oui, qui prouvait que les frères Colter et Hugh Rawlins n'étaient pas *eux-mêmes* impliqués dans l'enlèvement du petit garçon ?

Ne seraient-ils pas alors plus désireux encore de la réduire au silence ?

Un long frisson la parcourut — qui n'échappa pas à Julian.

— Tu as froid ? s'enquit-il en lui prenant le bras. Viens. Il fera meilleur à l'intérieur.

Elle se laissa guider jusqu'en haut des marches, où ils présentèrent de nouveau leurs invitations, avant d'être débarrassés de leur vestiaire — une étole pour Valérie, une redingote pour Julian — par un maître d'hôtel d'une exquise courtoisie.

— Je me demande si la maîtresse des lieux nous fera l'honneur de sa présence, chuchota Julian tandis qu'ils traversaient le hall, quelques instants plus tard. Il y a des années qu'elle n'est pas apparue en public.

Valérie hocha la tête. Les rumeurs les plus diverses circulaient sur la santé d'Iris Kingsley, qui fuyait les mondanités, limitant ses sorties au strict nécessaire.

Valérie admirait les tapisseries qui ornaient le couloir. Le manoir était si richement décoré qu'il évoquait un palais vénitien, et elle aurait volontiers consacré sa soirée à contempler les toiles de maître, les statuettes en bronze et les tapis persans… si Julian ne l'avait entraînée à grands pas vers la salle de bal.

Le spectacle qui les y attendait la laissa sans voix. Sous de somptueux lustres en cristal, plusieurs centaines d'invités évoluaient au son d'un orchestre installé sur la galerie qui surplombait la pièce. Des vasques emplies de fleurs exotiques, posées sur chaque cheminée, exhalaient leurs parfums délicats. Le tableau était digne d'un conte de fées — et Valérie, un brin ironique, se demanda si elle y avait vraiment sa place. Sa robe, certes, lui attirait quelques regards admiratifs… mais demain, telle Cendrillon, elle la rendrait à la boutique où elle l'avait louée, et c'en serait fini de sa carrière de princesse !

Julian, lui, se livrait déjà à son activité favorite : la quête aux ragots. L'oreille tendue, l'œil aux aguets, il semblait prêt à bondir sur la première personnalité venue pour lui arracher ses secrets.

— Alors ? glissa-t-elle, amusée. Quoi de neuf au pays des merveilles ?

— Rien d'ébouriffant… Tiens, voilà Austin Colter, reprit-il en lui désignant un grand brun, à quelques mètres de là. En pleine opération séduction, comme toujours.

Valérie glissa un regard vers l'homme en question, et fut saisie de stupeur. Ces yeux sombres, ce front haut, cette carrure athlétique… C'était Brant ! « En plus lisse », corrigea-t-elle aussitôt, tandis que le visage de l'inspecteur lui revenait à la mémoire. S'il partageait avec son cousin les traits distinctifs de la famille Colter, Brant n'avait pas l'allure d'un gendre idéal… alors qu'Austin, lui, aurait charmé la plus acariâtre des belles-mères ! comprit-elle en le voyant sourire de toutes ses dents à son auditoire de vieilles dames bijoutées.

Se sentit-il observé ? Toujours est-il qu'il se tourna, croisant son regard tandis qu'elle passait près de lui. Son expression, alors, se fit presque agressive… puis il se pencha vers une de ses interlocutrices, et Valérie poursuivit son chemin.

L'incident n'avait duré qu'un instant, mais il l'avait infiniment troublée. Ne venait-elle pas d'apercevoir le vrai visage d'Austin Colter ? Sous son masque rassurant se cachait un autre homme : sournois, cruel peut-être.

Comme Brant Colter, il paraissait animé d'une rage froide, d'une colère savamment maîtrisée, dissimulée sous des manières impeccables. Mais qu'arriverait-il s'ils en perdaient le contrôle ? Seraient-ils alors capables de pousser une femme sous un autobus ? De tirer sur elle à bout portant ?

La question l'indisposait d'autant plus qu'elle ne pouvait ignorer la tournure de ses relations avec Brant Colter : de strictement professionnelles, elles avaient pris un virage nettement plus intime depuis la veille. Déjà, elle voulait le croire innocent… ce qui, d'un point de vue journalistique, manquait fort d'objectivité. Serait-elle capable de poursuivre son enquête avec toute l'honnêteté requise, s'il continuait de travailler à son côté ?

Quelqu'un la bouscula, et elle s'aperçut qu'elle se tenait en bordure de la piste de danse. Julian avait disparu, la laissant seule parmi la foule. Elle battit rapidement en retraite vers un coin sombre de la salle — l'endroit idéal pour voir sans être vue.

La réception battait son plein, à présent. Les danseurs virevoltaient gracieusement au son de la musique sous le regard tantôt amusé tantôt envieux des invités plus âgés. Hauts dignitaires, responsables de partis politiques, sénateurs et juges se mêlaient aux notables de Memphis, chacun confirmant par sa présence le rôle essentiel des Kingsley dans la vie locale.

Et cela durait depuis des générations… Ne comptaient-ils pas dans leurs rangs deux sénateurs, un secrétaire d'Etat et plusieurs diplomates ? Seul Edward, le père des jumeaux, avait failli connaître l'échec, lui qui s'était trouvé en sérieux ballottage lors de sa campagne pour le poste de gouverneur, trente ans plus tôt. Les électeurs, apparemment, n'avaient guère apprécié qu'il se remarie quelques mois seulement après la disparition de sa première épouse, décédée d'un cancer. C'était pour les rallier à sa cause que sa mère, Iris Kingsley, avait organisé une somptueuse réception...

Au cours de laquelle son petit-fils avait été enlevé.

Naturellement, ce drame avait retourné l'opinion publique en faveur d'Edward, qui avait remporté une victoire écrasante sur son concurrent quelques semaines plus tard. Devenu gouverneur du Tennessee, il avait conduit deux mandats sans jamais perdre sa popularité, avant de prendre sa retraite quelques années plus tôt.

Pourquoi avait-il accepté de soutenir Austin Colter ? Ils n'appartenaient pas au même monde, et ne partageaient sans doute pas les mêmes idées. Seul l'enlèvement du petit Adam semblait les lier l'un à l'autre. Comme il liait tant d'autres personnes ici présentes, songea-t-elle soudain.

A commencer par elle-même.

Comment réagiraient les Colter et les Kingsley s'ils apprenaient que la fille de Cletus Brown se trouvait parmi eux ce soir ? Un sourire amer plissa ses lèvres. La réponse ne faisait pas de doute : ils la jetteraient dehors sans ménagement. Peut-être même l'insulteraient-ils, comme les voisins la nuit de l'arrestation de son père ?

« Fille d'assassin ! » Elle prit une profonde inspiration. Non. Pas question de laisser ces souvenirs atroces la hanter, une fois de plus. Elle se força à vider son esprit, à n'écouter que la musique, à ne penser qu'au présent. Justement, l'orchestre entamait une rumba, et elle se surprit à balancer ses hanches au rythme délicieusement langoureux de la danse cubaine. Les invités, ravis, se pressaient sur la piste et, pendant un moment, elle s'immergea dans le spectacle qu'ils offraient, laissant son regard errer sur les visages souriants... jusqu'à ce qu'il s'arrête sur celui qu'elle avait cherché toute la nuit, sans vraiment espérer le trouver.

Brant Colter.

La femme qu'il tenait dans ses bras rayonnait d'une beauté tranquille, que rehaussaient encore l'élégance de sa robe lavande et la souplesse de ses cheveux châtains, simplement lâchés sur ses épaules nues. Grande, elle paraissait pourtant fragile, presque vulnérable — le genre de femme que les hommes adorent protéger. Et auxquelles elle avait souvent tenté de ressembler... en vain, bien sûr : les épreuves de la vie avaient très tôt camouflé sa fragilité sous un vernis de détermination, « désormais aussi épais qu'une cotte de maille ! », se dit-elle avec ironie.

— Vous n'avez rien à craindre, vous savez, affirma une voix masculine à son oreille.

Surprise, Valérie tressaillit — et se trouva nez à nez avec Andrew Kingsley. Bien qu'elle ne lui ait jamais été présentée, son visage lui était si familier qu'elle le reconnut aussitôt.

— Pardonnez-moi, je ne voulais pas vous effrayer, s'excusa-t-il dans un sourire. Vous sembliez un peu perdue, dans ce coin sombre... comme si vous vous cachiez. Je me trompe ?

Elle s'exhorta au calme. Voilà des semaines qu'elle tentait d'obtenir un entretien avec les Kingsley, des semaines qu'elle se heurtait aux refus répétés d'Iris et d'Edward... et le hasard mettait Andrew sur sa route ? L'occasion était inespérée. Elle devait jouer serré, et vite !

— Je ne me cache pas. Je regarde les danseurs, c'est tout.

— J'avais remarqué. Vous sembliez fascinée par ce couple, là-bas.

Il désigna Brant et sa partenaire d'un signe discret du menton, avant de reprendre d'un ton léger :

— Si votre regard avait pu tuer... vous l'auriez fait, non ?

Elle rougit, troublée.

— Ce... Ce n'est pas ce que vous pensez. Simplement, je... Je connais cet homme et j'ai été surprise de le voir ici.

Les yeux fixés sur la foule, Andrew ne commenta pas. Elle en profita pour l'observer plus attentivement. Grand, très athlétique, le regard outremer sous d'épais cheveux sombres, il avait tout d'un bourreau des cœurs... y compris l'indispensable cicatrice au coin des sourcils, nota-t-elle avec une pointe de dérision.

Car Andrew Kingsley était un casse-cou : amateur de courses automobiles, il ne perdait jamais une occasion de pulvériser les records de vitesse. Nul doute qu'il avait gagné sa cicatrice lors d'une de ses virées nocturnes qu'aimait à relater la presse à scandale. Menacé plusieurs fois de retrait de permis, il avait promis de s'assagir... mais continuait d'entretenir une écurie de bolides aussi dangereux que dispendieux.

Adam lui aurait-il ressemblé ? La question semblait inévitable — et Valérie ne pouvait s'empêcher de s'interroger en étudiant Andrew à la dérobée. Le petit garçon, en grandissant, aurait-il eu le même nez, les mêmes yeux que son frère ? Aurait-il été aussi séduisant, aussi charmant que lui ?

Sans doute Andrew lut-il dans ses pensées, car il confia avec un sourire désarmant :

— Si j'en juge d'après l'étonnante ressemblance familiale, votre ami doit être un Colter.

— Vous avez raison, confirma-t-elle. Il s'appelle Brant Colter ; il est inspecteur de police.

Le sourire de son interlocuteur se figea.

— Ah ! Je comprends mieux, à présent.

— Pardon ? s'enquit-elle, surprise.

— Je comprends mieux pourquoi ma femme danse avec lui.

Un soulagement délicieux la submergea : ainsi, la jolie partenaire de Brant était l'épouse d'Andrew ! Elle n'avait donc rien à craindre... Elle se ressaisit, vexée de se découvrir jalouse

— oui, *jalouse* — de cette femme. Quand donc cesserait-elle ces minauderies ridicules ? Brant avait le droit de danser avec qui bon lui semblait, non ?

Elle leva les yeux vers Andrew, prête à poursuivre la conversation, mais il fixait son épouse avec une telle intensité qu'elle demeura muette. Lui non plus ne paraissait pas ravi de la voir danser avec Colter…

Une autre femme s'avança sur la piste, et Valérie sentit son cœur se serrer. Blonde sculpturale, elle attirait tous les regards… et se dirigeait droit sur Brant ! Un sourire impérial aux lèvres, elle attendit qu'il s'immobilise, avant de glisser son bras sous le sien avec une familiarité qui ne trompait pas.

Valérie se força à reporter son attention sur Andrew. Tout, plutôt que d'observer la blonde se lover contre Colter !

— Mon épouse a gardé des liens avec la police, expliqua-t-il d'une voix sourde. Son père, qui était capitaine de brigade, a été tué lors d'une mission, il y a quelques années.

— Je suis désolée.

Il accepta sa sympathie d'un léger signe de tête.

— J'avais espéré qu'elle tournerait la page, mais ses amis d'enfance resurgissent de temps à autre. C'est normal, je suppose… d'autant que nous sommes amenés à les fréquenter davantage aujourd'hui, puisque ma famille a décidé de soutenir la campagne d'Austin Colter.

— A ce sujet, je voulais vous demander…, commença-t-elle, saisissant la balle au bond. Votre famille s'est retirée du jeu politique. Pourquoi y revenir ? Et pourquoi avec Austin Colter ?

— Nos familles sont liées depuis des années. Le père et l'oncle d'Austin nous ont rendu un grand service autrefois. Il est normal qu'à notre tour, nous leur apportions notre soutien…

— Vous parlez de l'enlèvement de votre petit frère, n'est-ce pas ? s'enquit-elle doucement, consciente d'avancer en terrain miné. Ce sont Raymond et Judd Colter qui ont arrêté Cletus Brown, à l'époque.

Andrew parut surpris.

— Comment le savez-vous ?

— Je travaille sur ce sujet depuis des mois. Je suis journaliste, monsieur Kingsley. Mon nom est Valérie Snow.

Son regard, à la mention de son identité, se fit plus aigu.

— Ainsi, l'ennemi est parmi nous.

— Je ne suis pas votre ennemie, répliqua-t-elle courageusement. Je cherche la vérité, rien de plus. Et j'imagine que votre famille, plus que toute autre, souhaite briser les mensonges qui entourent cette affaire.

— Ma famille pense qu'il n'y a aucun mensonge, rétorqua-t-il sèchement. Ma grand-mère et mon père sont convaincus que l'assassin de mon frère et Cletus Brown ne sont qu'un seul et même homme.

— Et vous ? risqua-t-elle. Le pensez-vous aussi ?

— Je n'ai jamais eu de raisons de penser autrement.

Il fixa de nouveau la piste de danse, comme s'il se préoccupait davantage des agissements de son épouse que de ceux de son « ennemie », ainsi qu'il venait de la qualifier.

La conversation semblait close, et Valérie se résignait déjà à l'échec de leur entretien, lorsqu'il se retourna vers elle.

— Et si je vous montrais les lieux du drame ? énonça-t-il calmement. Ça vous aiderait ?

Elle écarquilla les yeux.

— La nursery, vous voulez dire ?

Il acquiesça.

— Pourquoi feriez-vous une chose pareille ? Pourquoi pactiser avec moi, si vous me considérez comme une ennemie ?

Il parut hésiter, puis répondit d'un ton presque solennel :

— J'ai lu vos articles, mademoiselle Snow. Votre théorie ne me laisse pas indifférent.

Et, sans un mot de plus, il se dirigea vers les grandes portes vitrées qui ouvraient sur le hall. Valérie, encore sous le choc, n'eut que le temps de le suivre avant qu'il ne disparaisse dans la foule.

— Alors, qu'est-ce que ça te fait, de vivre dans un endroit pareil ? demanda Brant à Hope Kingsley.

Il connaissait la jeune femme depuis des années. Ils avaient grandi dans le même quartier et fréquenté la même école — Brant avait dix ans quand Hope était entrée au cours préparatoire. Malgré leur différence d'âge, une solide amitié s'était nouée entre eux, encore renforcée par celle de leurs pères, qui travaillaient tous deux dans la police.

Elle esquissa un sourire que démentaient ses yeux d'améthyste, plus sombres que d'ordinaire.

— C'est terrifiant. Surtout au début… Maintenant, ça va mieux. On s'habitue à tout, même au luxe ! ironisa-t-elle.

— Je veux bien te croire, répondit-il sur le même ton. Au fait, depuis combien de temps êtes-vous mariés, Andrew et toi ?

— Nous fêterons nos dix ans dans un mois.

— Déjà ? Bon sang… Je n'aurais jamais cru que…

— Que Papa est mort depuis dix ans ? conclut-elle à sa place. Moi aussi, j'ai du mal à le croire.

Dan Sterling, son père, avait trouvé la mort lors d'une intervention de routine dans un des quartiers chauds de Memphis. Appelé pour un banal problème de voisinage, il était tombé nez à nez avec des trafiquants de drogue, qui l'avaient tué à bout portant sans le moindre état d'âme.

Adoré des siens comme de ses collègues, Dan avait été très regretté, et Brant se souvenait avec beaucoup d'émotion de ses funérailles, du chagrin qui marquait les visages — celui de Hope, en particulier. Âgée de vingt-deux ans à l'époque, elle paraissait porter toute la tristesse du monde sur ses épaules.

Six mois plus tard, elle épousait Andrew Kingsley. Avait-elle cherché à fuir son deuil et celui de sa mère dans un mariage aussi hâtif que fastueux ? Peut-être. Il n'avait jamais eu l'occasion de le lui demander : la vie les avait séparés, et ils ne s'étaient plus croisés que de loin en loin. Mais il s'était plu à l'imaginer heureuse, comblée par un époux attentif et généreux.

S'était-il trompé ? Ce soir, en tout cas, elle n'irradiait pas le bonheur. Ses yeux reflétaient une tristesse infinie, d'autant plus poignante qu'elle n'en avait manifestement pas conscience, devina-t-il en l'observant à la dérobée.

— J'ai revu Jake McClain l'autre jour, déclara-t-il pour rompre le silence. Tu te souviens de lui ?

— Bien sûr… C'était mon premier amoureux, je te rappelle ! Comment va-t-il ?

— Plutôt bien.

— Hmm. Je suis vraiment contente pour lui. Ça fait plaisir d'avoir des nouvelles, tu sais.

Elle demeura silencieuse un instant, puis reprit :

— Je pense souvent à nous tous, autrefois… Et je me demande ce qui serait arrivé si tu avais épousé Kristin, et moi Jake…

Il haussa les épaules.

— Ne te pose pas la question, Hope. Nous avons tous fait des choix, et c'est très bien ainsi.

Elle leva les yeux vers lui, l'air interrogateur.

— Mais toi, Brant… As-tu vraiment tourné la page ?

— Pour Kristin ? Évidemment. Si je continuais à lui en vouloir dix ans après notre rupture, ce serait inquiétant, non ?

Elle secoua la tête, l'air embarrassé.

— Pardonne-moi d'insister mais… pourquoi n'as-tu pas voulu danser avec elle, alors ?

— J'ai refusé de danser avec Kristin parce que je voulais rester avec toi, affirma-t-il sans hésitation.

Sans compter qu'il n'avait guère apprécié de voir la femme d'Austin lui réclamer une danse d'un air de propriétaire ! La remettre à sa place lui avait procuré une jubilation qu'il savourait encore…

La musique s'arrêta, et il proposa à Hope d'aller chercher un rafraîchissement au buffet. Elle accepta de bonne grâce, lui offrant son bras. Ils approchaient du but — une longue table derrière laquelle officiaient plusieurs serveurs en gants blancs — quand un léger froncement de sourcils apparut sur le visage de sa compagne. Suivant son regard, Brant aperçut un couple qui se glissait derrière les portes donnant sur le hall. Grand, brun, l'homme ne pouvait être qu'Andrew Kingsley. Mais qui était la femme ? Svelte, dotée d'une sublime crinière de jais, moulée dans une robe de soie noire d'une élégance absolue, elle se déplaçait avec l'aisance de celles qui n'ont rien à prouver.

Une créature superbe, conclut-il en la suivant du regard. Juste avant de franchir la porte, elle se tourna brièvement… et il laissa échapper un hoquet de stupeur.

Hope le dévisagea avec étonnement.

— Tu la connais ?

Il retint un soupir. Inutile de jouer les indifférents, à présent — pas avec Hope, en tout cas !

— Oui. Elle s'appelle Valérie Snow. Elle est journaliste.

— Celle qui travaille au *Memphis Journal* ? Mon Dieu ! Que fait-elle ici ?

— Aucune idée. Elle couvre peut-être la campagne d'Austin ?

Son amie secoua la tête, l'air préoccupé.

— Ça m'étonnerait… A mon avis, elle est ici pour enquêter sur l'enlèvement.

— Peut-être, éluda-t-il. Est-ce ton mari qui est avec elle ?

— Oui, acquiesça-t-elle, le regard soudain fuyant. Tu peux faire confiance à Andrew pour dénicher la plus jolie fille de l'assistance !

En ville, les rumeurs allaient bon train sur les infidélités présumées de l'héritier des Kingsley, mais Brant avait toujours refusé de leur prêter crédit. Comme son père avant lui, Andrew faisait la fortune de la presse à scandale, qui n'était pas réputée pour la véracité de ses informations. Ce soir, pourtant, il devait se résoudre à croire les tabloïds. Car le regard de Hope ne trompait pas : c'était celui d'une épouse blessée, bafouée dans son amour.

Serrant les poings, il tenta de réfréner l'agressivité qui montait en lui. Il avait toujours considéré Hope comme une petite sœur, et la découvrir malheureuse réveillait ses instincts de protecteur.

— Je ne suis pas mauvais non plus à ce jeu-là, plaisanta-t-il. Et ce soir, c'est moi qui ai trouvé la plus jolie fille !

Il ponctua son propos d'un regard ouvertement admiratif, qui la fit rougir. Exactement comme il l'avait souhaité, songea-t-il avec tendresse en la serrant contre lui.

— C'est bon de te revoir, Brant, murmura-t-elle. Tu m'as manqué. Vous m'avez tous manqué.

— Rien ne t'empêche de passer de temps à autre, tu sais. Je serai toujours heureux de bavarder avec toi.

— Merci. Je n'y manquerai pas, assura-t-elle avec émotion. Maintenant, si tu veux bien m'excuser… Je vais rejoindre la grand-mère d'Andrew. Elle ne se sentait pas très bien cet après-midi, et j'ai promis de passer un moment avec elle ce soir.

Il l'embrassa, puis la regarda s'éloigner vers le coin de la salle où se tenait Iris Kingsley. Assise très droite dans une bergère de velours, elle était entourée de son fils, Edward, qui portait sa soixantaine avec assurance, de sa bru, Pamela, très en beauté dans une robe pourpre au décolleté audacieux pour son âge, et du fils de cette dernière, Jérémy Willows.

Brant ne leur avait jamais été présenté, et aurait été incapable de les reconnaître quelques semaines plus tôt. Bien que l'enlèvement du petit Adam ait marqué son enfance, il ne s'était jamais intéressé de près à l'affaire, ni à la famille Kingsley. Puis, Valérie Snow était arrivée en ville. Elle avait commencé à poser des questions que personne ne voulait entendre, à publier des articles que beaucoup préféraient ne pas lire…

En un mot, à chercher les ennuis.

Intrigué, troublé par la violence de ses accusations, Brant s'était pris de passion, à son tour, pour ce terrible fait divers. En l'espace de quelques jours, il avait lu tous les articles parus sur le sujet. La famille Kingsley n'avait désormais plus de secrets plus lui. Il savait, par exemple, que Pamela était la seconde épouse d'Edward, qui l'avait rencontrée peu après le décès de sa première femme — la mère des jumeaux —, atteinte d'un cancer. Divorcée et mère de Jérémy, issu de son précédent mariage, Pamela avait d'abord peiné à s'imposer auprès d'Iris et surtout des jumeaux, qui ne lui pardonnaient pas d'avoir pris la place de leur mère.

Bien sûr, après l'enlèvement d'Adam, les liens s'étaient resserrés… et ils présentaient maintenant le visage d'une famille unie.

Jérémy était devenu un brillant avocat d'affaires, tandis qu'Andrew affichait son goût pour les voitures de course et les jolies femmes — au risque de mettre son mariage en péril, manifestement.

Il tenta de ne pas penser à Valérie, seule avec Andrew en ce moment même… dans une des chambres, peut-être ? Il tenta de ne pas penser à la façon dont sa robe glissait comme une caresse sur la courbe de ses reins. Il tenta de ne pas imaginer comment des mains d'homme — celles d'Andrew, peut-être ? — effleureraient ces mêmes courbes…

Il tenta de ne pas penser à Valérie du tout. Ses accusations le heurtaient, ses articles le blessaient. Elle semait le désordre dans sa vie, et il n'aimait pas ça.

Mais comment oublier qu'il l'avait sauvée d'une mort certaine ? Comment oublier que, sans lui, elle se serait écrasée au bas d'un immeuble de sept étages ?

Il secoua la tête pour échapper à l'image qui se présentait à son esprit — Valérie, sans vie, étendue sur le bitume. Lorsqu'il se redressa, il aperçut sa mère et son oncle Raymond près du buffet. Très près l'un de l'autre, ils chuchotaient avec des mines de conspirateurs. Intrigué, il les observa plus attentivement — et finit par croiser le regard de sa mère.

Qui rougit, l'air coupable, avant de détourner les yeux.

6.

Un malaise diffus s'empara de Valérie tandis qu'elle empruntait les couloirs du deuxième étage au côté d'Andrew Kingsley. Pourquoi, au juste, son hôte avait-il offert de lui montrer la chambre d'enfants ? N'était-ce pas une proposition déguisée de la part de celui que la rumeur qualifiait de séducteur invétéré ?

« Il est marié, tenta-t-elle de se rassurer. Il a une femme magnifique. »

Une femme qui, au même moment, dansait avec Brant…

Valérie préféra ne pas y penser. Quand elle avait vu l'inspecteur enlacer Mme Kingsley, une jalousie presque douloureuse l'avait envahie — et il lui avait fallu *se forcer* à détourner les yeux pour retrouver le contrôle d'elle-même. Or, ce soir, elle devait garder les idées claires. L'occasion de pénétrer dans le manoir des Kingsley, de parler avec l'un d'eux, ne se représenterait probablement jamais. Profiter pleinement de la chance qui lui était donnée était son seul objectif.

Pas question de se laisser distraire par Colter.

Elle devait, en outre, se concentrer sur le chemin qu'ils avaient emprunté. Le dédale de couloirs et de halls lui avait fait perdre son sens de l'orientation et elle craignait de ne pouvoir regagner seule la salle de bal.

L'aile où ils se trouvaient était à l'opposé des pièces de réception ; elle semblait déserte. Il n'y avait apparemment personne pour les voir…

« Ni pour entendre les appels au secours », songea Valérie en frissonnant. Ce n'était pas à elle qu'elle pensait… mais à la nuit du drame, et aux cris désespérés du petit Adam.

Elle sursauta lorsque Andrew lui prit le bras.

— Par là, indiqua-t-il.

Il s'était assombri depuis qu'ils avaient quitté la salle de bal. Songeait-il, lui aussi, à cette terrible nuit ?

Il s'arrêta devant une double porte en chêne.

— La chambre d'enfants, annonça-t-il d'un ton si lugubre que Valérie lui lança un regard alarmé.

Quelles étaient ses intentions, au juste ? Désirait-il, lui aussi, mettre un terme à son enquête ?

Mais déjà ses traits s'étaient détendus, ne laissant plus filtrer qu'une immense tristesse.

— Personne n'a été autorisé à venir ici depuis l'enlèvement de mon frère, poursuivit-il, les yeux rivés sur la porte. Grand-mère y a veillé personnellement. J'ai déménagé dans une autre aile. Mais le lit d'Adam est toujours là, avec ses jouets.

Comme s'ils attendaient son retour, songea Valérie.

Un retour qui n'aurait jamais lieu.

Andrew poussa les battants, et ils entrèrent.

Elle retint son souffle. Jamais elle ne s'était sentie plus proche de la vérité qu'à cet instant précis. Cette chambre détenait les secrets qu'elle brûlait de percer. Le ravisseur était venu *ici*. Son identité devait encore imprégner les murs, les tentures, le petit lit d'Adam…. Si elle se concentrait suffisamment, parviendrait-elle à percevoir sa présence ?

— Nous étions trois cette nuit-là, reprit Andrew en se dirigeant vers le berceau de son frère. Les lits étaient alignés contre ce mur.

De la main droite, il lui montra où se trouvait chacun des petits lits.

— J'étais là, poursuivit-il. Adam était à côté de moi, de ce côté. Et de l'autre côté, une petite fille qui s'appelait Bradlee. Bradlee Fitzgerald. Ses parents étaient de vieux amis de la famille. Ils assistaient à la soirée de bienfaisance que donnait mon père en bas.

— Poursuivez, intima-t-elle doucement.

— Nous étions très agités. La nounou n'arrivait pas à nous calmer. Nous savions que les adultes s'amusaient en bas et nous refusions de nous coucher. Il faisait chaud, les portes-fenêtres étaient ouvertes…

Valérie ne le quittait pas des yeux, stupéfaite. Il avait trois ans la nuit du drame. La précision de ses souvenirs était extraordinaire ! A moins qu'il ne les confonde avec les explications que ses parents lui avaient données à l'époque ? Cela arrivait parfois. Les souvenirs n'étaient alors qu'une reconstitution raisonnée de la réalité…

Etait-ce le cas de ceux d'Andrew ? Peut-être. Mais alors, il avait entendu l'histoire si souvent qu'il en paraissait intimement convaincu. Captivée par son récit, elle n'eut aucun mal à se représenter la chambre d'enfants, telle qu'elle avait dû être cette nuit-là.

— Adam s'est endormi le premier, poursuivit Andrew. Il était fatigué. Pamela l'avait grondé car il s'était mal tenu au petit déjeuner, et il ne s'en était pas encore remis. Adam était comme ça. Il prenait tout à cœur. C'était un petit garçon très sérieux.

— Vous vous souvenez si bien de lui ? s'enquit-elle, en espérant qu'elle ne paraîtrait pas indiscrète.

Il haussa les épaules.

— Bien sûr. Nous étions jumeaux. Quand il a été enlevé, une partie de moi a été enlevée avec lui.

— Il vous manque encore, n'est-ce pas ?

— Personne ne peut comprendre ce que j'ai vécu depuis qu'il est parti… Je me suis construit sur son absence. La vitesse, les femmes, le danger : je crois que j'essaie de vivre pour deux.

— Je vous comprends, assura-t-elle. Moi aussi, je sais ce que c'est que de voir sa vie bouleversée à jamais, dès son plus jeune âge. De se demander constamment ce qu'elle aurait pu être si les circonstances avaient été autres.

— Il avait l'intelligence, et moi le charme, ajouta-t-il en la gratifiant brusquement d'un sourire désarmant. Il aurait réussi, j'en suis convaincu.

— Vous étiez pourtant de vrais jumeaux, n'est-ce pas ?

Il rit, visiblement soulagé d'avoir dédramatisé la situation, avant de reprendre :

— Je ne les ai pas crus quand ils m'ont annoncé sa mort. Comment pouvais-je être encore en vie alors qu'Adam ne l'était plus ?

Glissant la main sous le col de sa chemise, il tira une chaînette au bout de laquelle était accroché un petit médaillon doré. Il le retourna, montrant à Valérie que l'autre côté était lisse, comme une pièce de monnaie estampillée d'un seul côté.

— Adam portait l'autre côté du médaillon, expliqua-t-il. Grand-mère nous les avait offerts pour nos trois ans. Nous ne nous en séparions jamais.

Elle garda le silence. Où voulait-il en venir ?

— Après le procès, lorsque nous avons récupéré les effets personnels de mon frère, le médaillon avait disparu, poursuivit-il.

— Il est peut-être tombé quand le ravisseur l'a emmené…

Andrew secoua la tête.

— Je ne crois pas. Quand on l'a retrouvé, il portait le même pyjama que la nuit du drame. Sa couverture a été enterrée avec lui, ainsi qu'un petit chien en peluche avec lequel il dormait toujours.

— Qu'insinuez-vous ?

Il était sur le point de lui faire une révélation, c'était certain.

— J'insinue que le coupable a délibérément gardé le médaillon. Avait-il peut-être l'intention de nous l'envoyer pour nous prouver qu'il détenait Adam ? Je n'en sais rien. Mais une chose est sûre : les flics qui ont fouillé la maison de Brown n'ont pas trouvé le médaillon.

Cette fois, Valérie sentit son cœur s'emballer.

— Etes-vous en train de dire que Cletus Brown est innocent ?

Andrew la dévisagea longuement, avant de répondre :

— Je n'irai pas jusque-là. Mais cette histoire me hante depuis des années. Je me suis toujours dit que si je retrouvais le médaillon, je saurais enfin ce qui est réellement arrivé à mon frère.

Un œil sur l'escalier, Brant écoutait son oncle Raymond lui expliquer que Judd — trop fatigué — avait décliné l'invitation à la soirée, et qu'il avait convaincu la mère de Brant de l'accompagner.

— Je ne voulais pas venir ! s'exclama Dorothy. Pas sans ton père. Mais Raymond m'a dit qu'Austin comptait sur le soutien moral de la famille au grand complet et je ne voulais pas lui faire faux bond. Mme Thurman, la voisine, a accepté de passer voir ton père… et me voilà !

L'air ravi, elle passa en revue la salle de bal scintillante.

— Je n'ai jamais rien vu de tel ! reprit-elle. A part peut-être le bal de la police. Et encore. Même le Peabody n'est pas aussi somptueux, conclut-elle, faisant référence à l'hôtel qui accueillait chaque année les réceptions officielles des forces de l'ordre.

Brant n'avait jamais vu sa mère aussi volubile ni aussi excitée. Le sourire aux lèvres, les yeux pétillants, elle paraissait dix ans de moins.

La maladie de son père l'avait beaucoup affectée mais, ce soir, elle semblait avoir mis ses soucis de côté. Brant repensa à la culpabilité qu'il avait lue sur son visage tout à l'heure : de quoi Raymond et elle pouvaient-ils bien parler ?

— Tu es faite pour ce genre d'endroits, Dot, fit affectueusement Raymond.

Se reprenant, il ajouta :

— Toi *et Judd*, bien sûr. Quel dommage qu'il ne soit pas là ce soir ! Austin et lui ont toujours été proches.

« Plus proche qu'il ne l'a jamais été de son fils », compléta Brant même s'il ne comprenait pas la raison de cette proximité. Austin n'était ni particulièrement aimable ni admirable, mais il avait toujours réussi à faire ce qu'il voulait de Raymond et de Judd.

Un politicien-né, songea-t-il en observant son cousin qui, à l'autre bout de la salle, échangeait des poignées de main vigoureuses avec les invités des Kingsley.

Kristin se tenait à son côté, radieuse et angélique dans sa robe blanche, sa chevelure blonde délicatement relevée en chignon sur sa nuque gracile. Elle aussi avait conquis la foule — femme d'affaires à succès, militante distinguée, épouse pleine d'adoration pour son mari. Une créature parfaite, en somme.

Mais totalement dénuée d'humanité.

Comment oublier le soir où il lui avait fait part de son projet d'entrer à l'école de police ? Il venait d'être reçu au barreau et plusieurs cabinets d'avocats avaient déjà sollicité ses services. Des propositions d'emploi qui ne le tentaient guère, aussi alléchantes soient-elles.

Il s'était attendu à ce que Kristin s'oppose à son changement de carrière, à ce qu'elle soit déçue, mais il n'aurait pas cru qu'elle puisse l'agresser et le griffer au visage comme un chat sauvage.

Comment osait-il lui faire une chose pareille ? hurlait-elle. Briser tous *ses* projets d'avenir ?

Des années s'étaient écoulées, et il avait depuis longtemps tiré un trait sur cette histoire. Mais parfois, quand il voyait Kristin auprès de son cousin, un doux sourire aux lèvres, il repensait à l'autre Kristin — celle qu'il avait découverte le soir où elle avait rompu leurs fiançailles.

Celle qui lui avait semblé capable de tout.

Il se retourna et croisa le regard compatissant de sa mère. Comme le reste de la famille, elle était persuadée qu'il était toujours épris de la jeune femme… S'ils avaient su, au contraire, comme il la méprisait ! S'ils avaient su jusqu'où son égoïsme et sa quête de pouvoir pouvaient la mener !

Dorothy lui toucha le bras.

— Je vais discuter avec Austin. Ça te dirait de m'accompagner ?

— Non merci, rétorqua-t-il d'un ton sec, tout en sachant qu'elle se méprendrait sur ses intentions.

Lorsqu'elle eut disparu dans la foule, Raymond lui posa une main sur l'épaule.

— Tu n'as aucun souci à te faire pour ta mère, tu sais.

Il lui jeta un regard surpris.

— Comment ça ?

— Ton père a eu une attaque, Brant. Il ne sera plus jamais l'homme qu'il a été.

— Il va de mieux en mieux, protesta-t-il, prenant automatiquement la défense d'un homme qui pourtant ne lui avait jamais témoigné une once de loyauté, hormis pour lui rappeler qu'il était un Colter et que les Colter présentaient toujours un front uni.

— Sois réaliste, rétorqua Raymond. Les faits sont là — et Dieu sait qu'il m'en coûte de les regarder en face : Judd ne sera plus des nôtres pour longtemps. Aussi, je tiens à t'assurer que ta mère ne manquera de rien. J'y veillerai personnellement.

— Tu n'as pas à la prendre en charge !

— Je m'en suis bien sorti, poursuivit-il comme s'il n'avait pas entendu sa remarque. J'ai gagné beaucoup d'argent. Parfois je me dis que la meilleure chose qui me soit arrivée, c'est d'avoir reçu cette balle dans la jambe et d'avoir été obligé de quitter la police. J'étais un bon flic, mais comparé à Judd, je ne faisais pas le poids.

Ses mots se teintèrent d'une légère amertume comme il ajoutait :

— Chacun sa spécialité, non ? Moi, c'est plutôt les affaires... J'ai bien gagné ma vie. Mis un joli pécule de côté, plus que j'en aurai jamais besoin. J'ai toujours eu beaucoup d'affection pour ta mère, Brant. Et tu le sais.

Il écoutait son oncle, les lèvres serrées.

— Serais-tu en train de me demander sa main ?

Raymond eut l'air choqué. Ses yeux étincelèrent de colère... et d'un semblant de culpabilité. La même que celle qui avait teinté le visage de Dorothy quand elle avait remarqué que Brant les observait.

Reculant d'un pas, son oncle l'observa avec sévérité.

— Je me passerais bien de ce genre de réflexion, fiston.

« Je ne suis pas ton fils », faillit-il rétorquer, avant de le gratifier d'un sourire pincé.

— Tu as raison. Pardonne-moi. Cette conversation m'a mis mal à l'aise. En fait, je ne vois pas où tu veux en venir.

— Ce n'est probablement pas le meilleur moment pour parler, marmonna Raymond.

Il passa la salle en revue puis hocha la tête, comme s'il répondait au signal de quelqu'un. Il s'excusa et se mêla aux invités à l'instant où Valérie et Andrew Kingsley apparaissaient en haut de la cage d'escalier.

— Enfin seuls, chuchota Brant en entraînant Valérie sur la piste de danse.

Elle leva les yeux, surprise par l'apparition soudaine de l'inspecteur et par son cœur qui s'accélérait.

— Nous ne sommes pas vraiment seuls, répliqua-t-elle d'un ton léger. Il doit bien y avoir deux cents personnes.

— Vraiment ? C'est étrange, je ne vois que vous.

Seigneur ! Brant Colter, l'inspecteur, était intimidant. Mais Brant Colter, le charmeur, était franchement irrésistible !

— J'ai failli ne pas vous reconnaître, mentit-elle effrontément. Je crois que je n'ai jamais vu de flic en smoking.

— Et je crois que je n'ai jamais vu de journaliste…

Il la déshabilla du regard, avant de conclure :

— … aussi élégante.

— Dois-je en déduire que vous aimez ma robe ?

— Tout juste. Vous dansez ?

— Ai-je le choix ? rétorqua-t-elle, incapable de lui résister.

— Non.

Il l'enlaça d'un geste souple, et la guida vers le centre de la piste. Juchée sur de hauts talons, elle était aussi grande que lui. Leurs corps s'imbriquaient parfaitement, comme les deux morceaux d'un puzzle trop longtemps séparés. Leurs yeux étaient presque au même niveau, leurs lèvres à quelques centimètres et Valérie ressentit l'envie irrépressible de combler la courte distance qui les séparait. De sceller sa bouche à la sienne et de laisser la nature suivre son cours…

— J'ai été surprise de vous voir ici.

Elle reconnut à peine sa propre voix dans ce murmure doux et tremblant. Brant avait-il remarqué la différence, lui aussi ? Avait-il senti son pouls s'emballer ?

— Etes-vous venu pour soutenir votre cousin ?

— Presque. Je suis venu, car les Colter présentent toujours un front uni, rétorqua-t-il sans conviction. Mais je pourrais vous retourner la question. Que faites-vous ici ?

— J'accompagne mon patron, Julian Temple.

— L'infâme roi des ragots ! Comment faites-vous pour le supporter ?

Valérie haussa les épaules.

— Il n'est pas si terrible que ça, vous savez. Il me donne carte blanche et…

— Et il se fiche pas mal de ces petits concepts empoisonnants que sont l'éthique, la morale et le respect de la vie privée. C'est vraiment un malin, votre patron !

Elle aurait aimé prendre la défense de Julian mais en toute honnêteté, la tâche était impossible.

— Le titre était en chute libre quand il l'a repris, l'informat-elle. Il en a fait un quotidien à grand tirage.

— En publiant des articles à sensation, répliqua Brant. Je ne serais pas surpris d'apprendre que c'est moi qui vous ai tiré dessus hier soir, juste histoire de faire la une.

Valérie se raidit en se remémorant la jubilation de Julian quand elle lui avait annoncé l'agression dont elle avait été victime. Sa priorité avait *en effet* été de faire la une.

— Et vous pensez que Julian aurait tout organisé ? marmonna-t-elle, interloquée. Vous n'êtes pas sérieux !

— Un bon flic n'exclut aucun suspect.

— Aucun ?

— Aucun, Valérie.

Il était on ne peut plus clair. Elle aurait dû s'en réjouir, mais elle ne pensait qu'à son prénom qu'il venait de prononcer pour la première fois.

Ils se turent, leurs corps oscillant au rythme de la musique.

Enfin, il brisa le silence :

— Vous avez disparu un long moment avec Andrew Kingsley. Pourquoi ?

— Il m'a montré la chambre d'enfants où a été kidnappé Adam.

Brant fronça les sourcils.

— Et ça vous a pris tout ce temps ?

Elle recula d'un pas pour le regarder.

— Vous nous avez chronométrés, ou quoi ?

— Kingsley a une sacrée réputation. Je n'aimerais pas que vous tombiez amoureuse de lui.

— Amoureuse ? Au cas où vous ne l'auriez pas remarqué, je n'ai plus vingt ans ! Je suis assez grande pour me débrouiller seule.

— Bien, murmura-t-il. Je voulais juste vous mettre en garde.

— Bien, répéta-t-elle. Mise en garde enregistrée.

L'air sombre, il l'étreignit de nouveau, accélérant la cadence pour traverser la piste. Et Valérie fut frappée d'une évidence : le ton sur lequel il avait parlé de Kingsley n'était pas celui d'un flic… mais d'un homme jaloux.

Ce qui voudrait dire… Son cœur fit un bond dans sa poitrine.

Elle se remémora sa propre réaction quand elle l'avait vu danser avec une autre femme — l'épouse d'Andrew Kingsley. Puis quand la blonde lui avait pris le bras.

Avait-elle éprouvé de la jalousie ? Ou l'envie d'être cette femme qu'il serrait contre lui ? Le désir de passer son bras sous le sien ?

Mais alors… était-elle en train de tomber amoureuse de lui ?
« Tu divagues ! » se sermonna-t-elle. Qu'elle soit attirée par cet
homme, soit. Mais de là à éprouver des *sentiments* à son égard…
Elle ne pouvait se le permettre. Prouver l'innocence de son père
était, et devait rester, sa seule préoccupation.

Sans compter que Brant n'avait rien d'un prince charmant.
C'était un flic, un Colter, le fils de l'homme qui avait jeté son père
en prison. Il était là quand on l'avait poussée sous l'autobus. Il
rôdait dans les parages, la veille, quand on lui avait tiré dessus.
Elle n'avait aucune raison de lui faire confiance.

A part une. Il lui avait sauvé la vie.

Cela expliquait-il l'attirance croissante qu'elle éprouvait
pour lui ? s'interrogea-t-elle, mal à l'aise. Et que dire de cette
soudaine *proximité* ?

Comme s'il avait lu dans ses pensées, Brant resserra son étreinte
autour de sa taille. Cette situation l'aurait effarée il y a quelque
temps, mais ce soir, elle la ravissait. Lui donnait des frissons.
La rendait plus sensuelle, plus fragile… Plus femme.

Ils dansaient près des portes-fenêtres, ouvertes sur la terrasse,
quand l'orchestre s'interrompit un instant. Brant lui prit le bras
et l'entraîna dehors, sur les pelouses éclairées par la lune.

Ils n'étaient pas seuls. Valérie entendait des rires, des éclats
de voix dans la pénombre ; la musique avait repris dans la salle
de bal. Une légère brise agitait les cimes des pins, ravivant
l'odeur douce et entêtante du jasmin qui poussait à l'angle de
la terrasse.

Ils traversèrent la pelouse principale, cherchant la quiétude
dans les profondeurs du jardin. La clarté de la lune se fit plus
inégale, filtrant à travers la dentelle des branchages. La pénombre
rendait le visage de Brant plus mystérieux, plus dangereux…
Plus séduisant que jamais.

— Vous ne ressemblez pas aux flics que j'ai rencontrés,
confia-t-elle.

Elle retint son souffle tandis qu'il lui prenait la main, l'attirant vers lui.

— Vous en avez rencontré beaucoup ?

— Quelques-uns.

S'il savait ! songea-t-elle. S'il savait quels flics avaient croisé sa route !

Leurs visages se frôlaient, à présent. Leurs lèvres ne tarderaient pas à se toucher. Ils s'embrasseraient, s'étreindraient, ne maîtriseraient plus rien. Puis…

Puis quoi ? se demanda-t-elle désespérément. Se donner à Brant reviendrait à pactiser avec l'ennemi, elle le savait. Pourtant, à cet instant, cela ne comptait plus. Seule comptait la façon dont il la regardait à la clarté de la lune.

— Vous ne ressemblez pas aux journalistes que j'ai rencontrés, répliqua-t-il.

— Vous en avez rencontré beaucoup ?

Il rit doucement.

— Quelques-uns. Mais aucun comme vous. Je ne vous imaginais pas du tout comme ça quand j'ai lu votre article.

— A quoi vous attendiez-vous ?

— A quelqu'un de plus… militant, peut-être, dit-il en haussant les épaules.

— Je peux être extrêmement militante.

Il rit de nouveau.

— Je n'en doute pas. C'est pour cela que vous m'intriguez. Vous êtes forte tout en étant extrêmement douce et sexy.

— C'est une bonne combinaison ?

— Très bonne. Excellente, même, murmura-t-il juste avant d'approcher ses lèvres des siennes.

Valérie ferma les yeux et attendit qu'il prenne les devants, comme l'avaient fait les hommes qu'elle avait connus dans le passé. Mais non…

Ses lèvres n'effleurèrent que très légèrement les siennes. Pourtant, un frisson d'excitation la parcourut : elle réagit audacieusement, passionnément, presque désespérément, à son doux baiser.

Et ce fut elle qui prit les devants. Nouant les bras autour de son cou, elle l'attira contre elle et l'embrassa avec fougue. Elle devina sa surprise, entendit son souffle s'accélérer brusquement… Puis, à mesure qu'il s'abandonnait, leur baiser se fit plus fougueux.

Un profond émoi l'envahit. Jamais elle n'aurait cru qu'un baiser, un simple baiser, pût être si troublant. Pût la rendre faible et vulnérable, téméraire et invincible, tout à la fois. Elle était forte *et* douce, exactement comme Brant le lui avait fait remarquer. Et elle adorait cela.

— Bon sang…, murmura-t-il en reprenant son souffle.

Il recula sans la lâcher. Il paraissait aussi troublé qu'elle.

Elle fut incapable de soutenir son regard. Après cet instant de passion, elle se sentait embarrassée. Et totalement effrayée.

— Parlez-moi, Valérie. Dites-moi ce que vous ressentez.

— Pourquoi ? rétorqua-t-elle en feignant l'indifférence. Ce n'était qu'un baiser.

— C'était plus qu'un baiser et vous le savez. Ce qu'il y a entre nous…

Elle se détourna, mais il la retint par le bras.

— Je parle d'attirance, insista-t-il. D'attirance dangereuse. Celle qui vous fait commettre des folies. Celle qui vous fait oublier qui vous êtes.

Elle savait parfaitement de quoi il parlait. Elle l'avait su à la minute où elle avait posé les yeux sur lui. Oui, cet homme était dangereux. A bien des égards. Il lui avait suffi d'un baiser pour lui faire oublier qui elle était. Et ça ne présageait rien de bon.

— Rentrons, proposa-t-elle en enveloppant ses bras autour d'elle, frissonnant malgré la douceur de la nuit.

— Vous ne pouvez pas faire comme s'il ne s'était rien passé, protesta-t-il. Ce que nous ressentons l'un pour l'autre ne disparaîtra pas tout seul.

— Alors, *je* m'en chargerai, répliqua-t-elle, se forçant à prendre une résolution qu'elle n'était pas sûre de vouloir tenir. Je rentre.

Elle fit volte-face, mais Brant ne bougea pas. Il l'observait, immobile, de ce regard qui lui rappelait celui qui avait hanté ses nuits d'enfant.

Celui qui avait brisé sa vie.

— Où étais-tu passée, bon sang ?

Julian l'entraîna dans un recoin décoré d'arrangements floraux.

— Ils sont en train de partir ! ajouta-t-il.

— Qui ?

Valérie ne l'avait pas écouté. Le baiser de Brant lui brûlait encore les lèvres. Sa mise en garde résonnait encore à ses oreilles : « Vous ne pouvez pas faire comme s'il ne s'était rien passé. »

Au contraire, décida-t-elle. Elle ferait tout ce qui était en son pouvoir pour oublier Brant Colter.

— Qui est en train de partir ? répéta-t-elle.

Julian inclina la tête.

— Regarde !

Elle suivit son regard : Raymond Colter et Hugh Rawlins s'esquivaient discrètement de la pièce. « Deux membres du trio infernal », analysa-t-elle. Ne manquait plus que Judd Colter…

— J'y vais, annonça-t-elle. Si je peux découvrir ce qu'ils manigancent…

— Bonne idée ! approuva Julian. Moi, je me charge d'Austin. Ce serait bien le diable si je n'arrivais pas à lui soutirer quelques renseignements !

Ils se séparèrent et la jeune femme s'engagea prudemment dans le couloir où elle avait vu disparaître les deux hommes. Au fond, une double-porte était entrouverte sur une pièce faiblement illuminée : une bibliothèque ou un bureau, sans doute. Elle s'approcha sur la pointe des pieds — non sans jeter un regard par-dessus son épaule pour s'assurer qu'elle n'était pas suivie.

Parfait. La voie était libre.

Le cœur battant, elle se plaqua contre le mur, tout près de la porte. Une forte odeur de cigare lui chatouilla les narines et elle entendit un faible tintement du cristal : les occupants du bureau se servaient à boire. Puis des voix masculines s'élevèrent dans le silence.

— Sympathique de la part d'Edward de nous laisser utiliser son bureau, déclara l'une d'elles — si distinctement que Valérie jugea prudent de reculer de deux pas.

— Cette affaire ne lui plaît pas plus qu'à nous. Sa mère était bouleversée, d'après ce qu'il m'a dit.

— C'est vrai : je lui ai trouvé une mine épouvantable, ce soir, reprit la première voix. Quand je pense à elle, autrefois ! Personne n'osait lui tenir tête. Pas même son propre fils.

— A qui le dis-tu ! Je me souviens…

— Mais qu'est-ce qu'il fabrique, bon sang ! interrompit une voix féminine qui fit sursauter Valérie. Il devrait être là depuis un moment ! Vous croyez qu'il lui est arrivé quelque chose ?

— Ne t'inquiète pas, intima une troisième voix masculine qui se voulait apaisante. Je suis sûr qu'il va venir.

Ils se turent. Combien étaient-ils, au juste ? Valérie avait compté au moins quatre personnes — trois hommes et une femme. A condition que tous les participants à cette étrange réunion aient pris la parole…

Elle n'avait reconnu aucune des voix, mais présumait que Raymond Colter et Hugh Rawlins se trouvaient à l'intérieur. Quant aux deux autres interlocuteurs, elle n'avait, hélas, aucune idée de leur identité.

Brûlant de curiosité, elle s'approcha davantage pour tenter de distinguer la scène, mais un bruit provenant de l'intérieur l'arrêta. Quelqu'un entrait par une autre porte, probablement celle qui donnait sur les jardins. Elle entendit distinctement le battant se refermer sur le nouvel arrivant.

— Dieu merci ! s'exclama la femme. Nous commencions à nous inquiéter.

— Je prendrais bien un peu de whisky, fit le nouveau venu, un homme. Alors quel est le plan, à présent ? Que voulez-vous que je fasse de la Snow ?

En entendant son nom, Valérie sursauta violemment. Elle porta une main à sa bouche pour étouffer le cri qui lui montait aux lèvres.

— Une minute, dit la femme. Si nous attendions Brant ? Il fait partie de la famille. Il a autant d'intérêts que nous dans cette affaire.

Ils attendaient Brant ? L'inspecteur jouait donc un rôle dans cette affaire ?

Elle fut prise d'un haut-le-cœur. Dire qu'elle avait failli lui faire confiance !

Dire qu'elle l'avait *embrassé* !

Mais, au fond, de quoi s'étonnait-elle ? Brant était un Colter, pas vrai ? Son père ne lui avait certainement pas enseigné l'honnêteté au berceau…

La peur lui noua l'estomac. Son instinct lui criait de prendre ses jambes à son cou. Elle *ne voulait pas* savoir ce qui se passait dans cette pièce — encore moins connaître le rôle que jouait Brant dans la conspiration.

Mais sa raison lui ordonna de rester. Elle était sur le point de faire une découverte capitale. Qui pourrait blanchir son père et lui sauver la vie. Rien ne lui ferait quitter son poste derrière cette porte.

Rien... à l'exception de pas dans le couloir. Quelqu'un approchait ! Elle regarda frénétiquement autour d'elle, à la recherche d'un endroit où se cacher. En face d'elle, elle devina une porte dans la pénombre. Elle s'y précipita.

Brant était demeuré à l'endroit où Valérie l'avait laissé. Tournant et retournant les événements dans son esprit sans parvenir à les comprendre. Quelle femme exaspérante ! Comment, après ce baiser, pouvait-elle nier ce qui se passait entre eux ?

Peut-être n'avait-elle pas été aussi troublée que lui ? Pourtant... elle avait répondu à son étreinte avec une telle fougue, une telle passion ! Elle tremblait dans ses bras, elle soupirait de plaisir. Non, elle n'avait pas fait semblant. Loin de là.

Alors pourquoi avait-elle instauré une telle distance entre eux après ce baiser ? Pourquoi avait-elle fait comme si sa seule hâte était de s'éloigner de lui ? Presque comme si elle avait peur...

Peur ? Mais de quoi ? Ce baiser l'avait-elle effarouchée ? Allons ! Ce n'était tout de même pas la première fois qu'elle embrassait un homme !

Certes, mais avait-elle jamais connu une telle fougue ? Lui-même ne se souvenait pas avoir été si troublé... Elle l'avait pris au dépourvu. Une surprise aussi agréable que dangereuse, d'ailleurs. Car elle s'était attaquée à sa famille, et quelqu'un l'avait attaquée, *elle*.

Brant se devait d'être loyal, tant d'un point de vue familial que professionnel. Mais quelles étaient les limites de cette loyauté ? Pouvait-il, en toute conscience, ignorer les accusations que portait Valérie ?

Peut-être les aurait-il dédaignées autrefois — mais pas aujourd'hui. Il ne pouvait négliger que la vie de Valérie était menacée. Ni l'éventualité que quelqu'un de son entourage, quelqu'un qu'il aimait, était salement impliqué dans une tentative de meurtre.

Il s'apprêtait à regagner le manoir lorsqu'un mouvement dans l'obscurité le fit s'arrêter net. A gauche de la salle de bal et de la terrasse, une porte ouvrait sur la terrasse. Une ombre venait d'en pousser les battants pour gagner les jardins.

N'était-il pas étrange que quelqu'un rôde ainsi dans la propriété des Kingsley ? Intrigué, Brant lui emboîta le pas. L'inconnu se dirigeait vers les bois qui s'étendaient en contrebas. Dans la matinée, une pluie légère avait ramolli le sol, amortissant le bruit de leurs pas. Après une seconde d'hésitation, Brant s'engagea à son tour sous les arbres... Une légère brise se leva, faisant frémir les branches des pins derrière lui.

A moins que... Etait-ce *vraiment* la brise ?

Trop tard. Il avait été suivi. Il leva la main pour esquiver le coup, mais son assaillant le frappa à la tempe — si sauvagement qu'il hurla de douleur.

Avant de s'écrouler dans l'obscurité.

7.

L'oreille collée à la porte du cabinet de toilette où elle avait trouvé refuge, Valérie attendit que les pas s'éloignent dans le couloir, puis, prudemment, elle tira le battant. La voie était libre… mais la porte du bureau était maintenant fermée ! Plus moyen d'écouter la conversation qui s'y déroulait : le panneau en chêne massif ne laissait filtrer qu'un murmure inaudible, constata-t-elle avec dépit en s'approchant.

Le cœur serré, elle reprit le chemin de la salle de bal, cherchant malgré elle un visage familier dans la foule des invités.

Son visage.

Mais Brant n'était nulle part en vue. Se trouvait-il dans le bureau avec les autres membres du clan Colter ? Avec ceux qui voulaient l'*éliminer* ?

Cette pensée la poursuivit tandis qu'elle traversait la piste de danse vers les portes-fenêtres qu'elle avait franchies, un moment plus tôt, en sa compagnie. Quelques minutes avant de l'embrasser, au fond du jardin.

Elle s'était livrée à un homme qui cherchait peut-être à la tuer.

Jamais elle ne s'était sentie aussi seule qu'en cet instant. A qui faire confiance, à présent ? Vers qui se tourner ? L'espace d'un instant, elle fut tentée de prendre le premier avion pour Chicago. Là, elle le savait, ses amis, son appartement, son travail l'attendaient. Il lui suffisait de quitter Memphis. De prétendre qu'elle n'avait pas lu le journal intime de sa mère. Qu'elle n'avait pas découvert l'innocence de son père.

Qu'elle n'avait pas rencontré le fils de Judd Colter.

Fuir le passé n'était pas difficile, après tout. Il suffisait de partir sans se retourner — exactement comme sa mère l'avait déjà fait, trente et un ans plus tôt, en s'installant à Chicago !

Mais le pouvait-elle ? Pouvait-elle ignorer qu'un homme, son propre père, croupissait en prison pour un crime qu'il n'avait pas commis ?

Non, bien sûr que non. Parce qu'elle seule pouvait rendre la liberté à Cletus. Elle seule connaissait la clé du mystère.

Naomi Gillum.

La femme avec laquelle son père se trouvait le soir de l'enlèvement d'Adam Kingsley était encore en vie. Or dès qu'elle lui aurait parlé, dès qu'elle l'aurait convaincue de témoigner en faveur de Cletus, leur calvaire prendrait fin. Son père sortirait de prison. Plus personne ne chercherait à la tuer.

Et elle n'aurait plus aucune raison de côtoyer Brant Colter.

— Brant ?

Il ouvrit les yeux. Une femme était penchée vers lui. Elle lui parlait doucement, presque tendrement. Qui était-ce ? Il se redressa et grimaça de douleur.

— Mon Dieu ! Brant ! Que s'est-il passé ?

Sa tête lui faisait atrocement mal. Avait-il été… frappé ? Oui, tout lui revenait, à présent. Il avait été assommé alors qu'il suivait un intrus dans le parc des Kingsley.

Et la femme qui lui parlait était Kristin Colter. Celle qu'il avait failli épouser, des années plus tôt.

Rassemblant ses forces, il se redressa lentement, frottant sa nuque endolorie du plat de la main.

— Que s'est-il passé ? répéta Kristin. Que fais-tu ici ?

Elle était agenouillée près de lui, son teint de porcelaine rendu plus pâle encore à la clarté de la lune. Ses longs cheveux formaient un rideau soyeux contre sa joue, captant la lumière nocturne comme autant de fils d'argent.

A une période de sa vie, il l'avait regardée comme la plus belle femme au monde. Il s'était juré de remuer ciel et terre pour la rendre heureuse.

Puis elle avait rompu leurs fiançailles. Et il avait enfin compris à qui il avait affaire.

— Je crois que j'ai un peu trop bu, expliqua-t-il en se redressant péniblement.

Il connaissait trop Kristin pour se risquer à lui dire la vérité. Mieux valait la laisser dans l'ignorance quant aux véritables raisons qui l'avaient amené dans cette partie du jardin…

Il fronça les sourcils. Que faisait-il ici, justement ? Il avait été assommé à l'orée du bois… et se réveillait au beau milieu de la pelouse ! Son agresseur avait donc pris la peine de le tirer jusqu'ici. Pourquoi ? Souhaitait-il qu'on le trouve plus aisément ?

En ce cas, il avait réussi. Mais pourquoi avait-il fallu que ce soit Kristin, entre tous les invités, qui remarque son corps étendu dans l'herbe ? A choisir, il aurait nettement préféré être secouru par une belle journaliste aux cheveux sombres…

Il accepta néanmoins la main que lui tendait l'épouse de son cousin.

— Tu as trop bu, vraiment ? lança-t-elle d'un ton soupçonneux. Ce serait bien la première fois que tu fais des excès ! Mon Dieu… Regarde-toi ! Tu es couvert de boue !

Elle fit un pas vers lui, et entreprit de brosser ses vêtements pour en faire tomber les aiguilles de pin qui s'y étaient accrochées. Trop épuisé pour protester, il se laissa faire, l'observant sans la moindre émotion tandis qu'elle se dressait sur la pointe des pieds pour lisser le haut de sa veste.

Elle portait un parfum léger, très floral, en parfait accord avec l'image angélique qu'elle souhaitait donner d'elle-même.

Valérie, elle, avait opté pour une fragrance plus capiteuse, infiniment plus sensuelle. Qui l'avait enivré lorsqu'il l'avait serrée contre lui, un moment plus tôt…

— Brant ? Tu m'écoutes ?

Kristin lui secouait le bras pour attirer son attention.

— Pardonne-moi, je suis encore un peu groggy. Que disais-tu ?

— Je te demandais si tu as été surpris de nous revoir ensemble, Austin et moi.

— Les aléas de votre vie conjugale ne m'intéressent guère, tu devrais le savoir.

Elle lui lança un regard outré. Manifestement, il ne lui avait pas offert la réponse qu'elle attendait… mais qu'importe ? La vexer était le dernier de ses soucis. D'ailleurs, s'il pouvait la vexer suffisamment pour qu'elle le laisse tranquille, ce serait parfait ! songea-t-il avec lassitude.

— Il ne s'agit pas de « vie conjugale », répliqua-t-elle sèchement. Austin et moi avons passé un contrat.

— Très romantique ! ironisa-t-il.

— La romance n'a jamais été mon fort, tu le sais bien… Mais Austin m'a proposé un nouveau jeu, et je n'ai pas pu refuser.

Elle ponctua ses propos d'un rire glacé, avant de s'enquérir :

— Que penses-tu de sa candidature au congrès ?

— Je lui souhaite bonne chance.

Elle leva les yeux vers lui, mais il ne put déchiffrer son expression dans les ténèbres.

— Le vieux Bennett prend sa retraite, et le parti cherchait à le remplacer par un jeune loup… Evidemment, Austin s'est mis sur les rangs. Avec le soutien des Kingsley et du gouverneur Chandler, il a toutes les chances d'être élu. Mais si je demande le divorce…

— Tu peux t'arrêter là, interrompit Brant. J'ai compris. Qu'as-tu obtenu, en échange de ton abnégation ?

Kristin haussa ses épaules graciles, savamment mises en relief par les fines bretelles pailletées de sa robe.

— Mon passeport pour Washington… et pour la Maison Blanche, qui sait ?

Première Dame ? Elle était taillée pour le rôle, songea Brant avec amertume. Son ambition lui avait toujours servi de guide. Jamais elle ne se serait contentée d'être une simple femme de flic.

— La route est toute tracée, en effet, commenta-t-il sans déguiser son mépris. J'imagine que les félicitations sont de rigueur ?

— Ne te fatigue pas, maugréa Kristin. Tu n'as jamais cherché à me comprendre, de toute façon. Tu n'as jamais su ce qui était important pour moi.

Il retint un soupir. Qu'allait-elle imaginer ? Elle n'était pas plus difficile à comprendre hier qu'aujourd'hui : seuls l'argent et le pouvoir l'intéressaient. Ce qu'il ne comprenait pas, en revanche, c'était ce qu'il avait fait, *lui*, avec une femme comme elle !

— De quoi te plains-tu ? répliqua-t-il. Tu m'as quitté pour un cheval gagnant, non ? Car Austin est en route pour la présidence, si j'ai bien compris…

— Oui, il a toutes ses chances. Un bon programme, une femme parfaite, le soutien des Kingsley… Je sablerais déjà le champagne s'il ne restait pas un petit détail à régler.

Il se raidit, sentant venir le danger.

— Un petit détail ? De quoi parles-tu ?

— Oh, une broutille, vraiment ! C'est à propos de cette journaliste…

115

« Nous y voilà », songea-t-il, atterré.

— Tu sais de qui je parle, n'est-ce pas ? reprit Kristin en levant les yeux vers lui.

Un rayon de lune éclairait son visage délicat, ses lèvres avaient la couleur de la rosée... Pas étonnant qu'Austin ait accepté le « contrat » qu'elle lui proposait ! Avec une femme pareille à son bras, la victoire était assurée.

A condition que Valérie Snow ne leur barre pas la route, naturellement.

Désireux d'en savoir plus sur leurs intentions à son égard, il feignit l'innocence :

— J'imagine que tu fais référence aux articles parus dans le *Memphis Journal* à propos de l'affaire Kingsley ?

— Exactement. Si Austin a été choisi par le parti, c'est aussi parce qu'il est issu d'une des familles les plus respectables de l'Etat. Avoir un père et un oncle dans la police, ce n'est pas rien aux yeux des électeurs... mais que vont-ils penser, quand ils liront cette misérable feuille de chou ? Si cette femme continue de les calomnier, si elle persiste à les traiter de criminels, Austin risque de tout perdre, tu comprends ?

Elle marqua une pause, avant de conclure :

— Tu dois faire quelque chose, Brant. Pour Austin. Et pour moi.

— Vraiment ? rétorqua-t-il, à bout de patience. Et que suggères-tu, au juste ? Que je la jette au fond d'un canal ?

Kristin rougit, l'air embarrassé. Mais nullement horrifiée, nota-t-il avec dégoût. Ainsi, la possibilité de *tuer* Valérie Snow l'avait bien effleurée...

Il ne se trompait pas quand il l'estimait capable de tout !

— Non, bien sûr... Rien d'aussi drastique. Je pensais simplement que tu pourrais... lui parler, par exemple.

— Et lui dire quoi ?

— De nous laisser tranquilles.

Il sourit malgré lui. Demander à Valérie d'arrêter ses articles ? Autant stopper une armée en marche !

— Et la liberté de la presse ?

— Je ne suis pas contre, tant qu'elle ne calomnie pas des innocents, répliqua sèchement Kristin. Or, c'est exactement ce que fait Valérie Snow depuis des semaines !

— Je suis d'accord avec toi. Mais pourquoi chercher à l'intimider quand il suffirait de l'attaquer en justice ? N'oublie pas qu'elle travaille pour le *Journal*. Personne ne la prendra au sérieux tant qu'elle n'aura pas prouvé ce qu'elle avance…

— Et tu crois qu'elle n'y parviendra pas ? interrompit Kristin avec espoir. Tu crois que ce ne sont que des spéculations ?

La veille encore, il en aurait été persuadé. Mais ce soir, il ne savait plus que penser. S'il ne s'agissait que de « spéculations », pourquoi avait-on tenté d'éliminer Valérie à deux reprises en deux jours ? Et pourquoi avait-il été assommé tout à l'heure ?

Kristin, qui attendait sa réponse, prit son silence pour un assentiment.

— Merci, Brant. Je savais que je pouvais compter sur toi, murmura-t-elle avec un sourire angélique — et une flamme vengeresse au fond des yeux.

Il était près de minuit lorsque Brant prit congé de ses hôtes, mais il savait qu'il ne trouverait pas le sommeil : les événements de la soirée avaient mis ses nerfs à rude épreuve, et il resterait probablement éveillé une partie de la nuit. Aussi décida-t-il de passer voir ses parents avant de rentrer chez lui. Ils habitaient toujours la maison où il avait grandi : spacieuse et confortable, elle se dressait au bout d'une allée résidentielle, à quelques encablures du centre-ville.

La lumière du salon était allumée, et une Lincoln grise stationnait devant le portail. La voiture de Raymond.

Brant se gara sur le trottoir d'en face. Hormis la présence incongrue de son oncle, tout semblait normal. La pelouse sagement tondue, les parterres d'azalées, le perchoir aux oiseaux… rien n'avait changé depuis l'époque où il jouait à cache-cache avec Austin dans le jardin. Il se souvenait encore du jour où ils avaient entrepris de bâtir un tipi… à l'aide des branchages prélevés sur le magnolia préféré de sa mère.

Elle les avait copieusement grondés ce jour-là — criant si fort que Brant, qui ne l'avait jamais vue perdre son calme, avait aussitôt renoncé à sa carrière de bâtisseur ! Et Dorothy avait retrouvé sa belle sérénité… Face à la sévérité excessive ou à l'indifférence de son père, elle était son refuge, trouvant toujours les mots justes pour apaiser ses chagrins d'enfant.

Elle ne lui avait jamais fait défaut et, aujourd'hui encore, il savait qu'il pouvait compter sur son soutien. La réciproque était-elle vraie ? Prenait-il encore le temps de l'écouter, de s'informer de ses joies et de ses peines ? Pas vraiment, admit-il — et l'aveu lui fit l'effet d'une douche froide. Sa mère, autrefois si proche, était devenue une étrangère. Et il n'avait rien fait pour l'en empêcher.

Elle s'était éloignée peu à peu, trouvant auprès de Raymond le soutien que ni lui ni son père, gravement malade depuis sa crise cardiaque, ne pouvaient lui offrir. Pouvait-il l'en blâmer ? Non, bien sûr.

A condition que Raymond n'ait pas encore *totalement* remplacé son père, songea-t-il dans un brusque accès de colère.

Cela, il ne le permettrait pas.

Il sortit de la voiture et traversa la rue. Lorsqu'il gravit les marches du perron, la porte s'ouvrit, livrant passage à Raymond.

— Brant ! Que fais-tu ici ?

— Je voulais m'assurer que maman était bien rentrée, répondit-il avec une pointe d'agressivité.

— Brant ? Est-ce que c'est toi ? interrogea la voix de Dorothy depuis le hall.

Bousculant son oncle, il la rejoignit à l'intérieur.

— Oui, c'est moi. Je voulais être sûr que tout va bien.

Elle lui jeta un regard perplexe.

— Bien sûr, mon chéri. Raymond m'a raccompagnée à la maison. Il était sur le point de partir quand…

— Tu peux y aller, interrompit-il en se tournant vers leur hôte. Je vais rester avec elle.

— Brant ! s'exclama sa mère, manifestement choquée. Ton oncle a été très gentil de me ramener jusqu'ici, et je n'ai pas l'intention de le mettre dehors !

— Moi non plus, assura-t-il. Mais il se fait tard et je suis sûr qu'il a hâte d'aller se coucher, lui aussi.

Raymond hocha la tête.

— Ton fils a raison, affirma-t-il avec raideur. Je ferais mieux d'y aller… Je repasserai demain pour m'assurer que toi et Judd n'avez besoin de rien.

Dorothy le gratifia d'un sourire rayonnant.

— Merci. Je ne sais pas ce que *nous* ferions sans toi.

Brant le salua avec une raideur identique à la sienne, puis referma la porte derrière lui.

— Tu aurais pu être plus aimable ! s'exclama Dorothy d'un ton réprobateur. Il nous a tellement aidés depuis la maladie de ton père…

— Et alors ? coupa Brant. Tu ne crois pas que ça lui fait plaisir, à lui aussi ? Pouvoir jouer les chefs de famille, il en rêve depuis toujours !

Dorothy soupira tristement.

— Je ne te reconnais pas ce soir… Que se passe-t-il ? T'es-tu disputé avec Raymond ?

— Non.

— Alors… c'est à cause d'Austin ? Vous avez parlé de Kristin ?

La suggestion de sa mère était si dérisoire que sa colère le quitta d'un seul coup. Et ce fut d'un ton nettement plus chaleureux qu'il lui répondit :

— Ne cherche pas à comprendre, maman. Je suis un peu nerveux, c'est tout… Je voulais vérifier que tu étais bien rentrée, pas me disputer avec toi !

Un sourire les effleura ses lèvres, la rendant soudain plus fragile, plus vulnérable.

— Je vais bien, chéri, je t'assure. Je suis juste un peu fatiguée. Il faut que j'aille voir si ton père, puis… Tu ne m'en voudras pas si je vais me coucher ?

— Bien sûr que non. Vas-y tout de suite, si tu veux. Je m'occuperai de papa.

— Merci. Il dort très bien en ce moment, mais je préfère toujours vérifier qu'il n'a besoin de rien avant de monter.

— Tu as raison. Bonne nuit, maman.

— Bonne nuit, répliqua-t-elle, avant d'ajouter : tu es un bon fils, tu sais. Ton père est tellement fier de toi !

— Hmm… Qui ne le serait pas ? approuva-t-il avec un sourire en coin.

Elle rit de bon cœur — comme autrefois, songea-t-il avec plaisir —, puis s'engagea dans la cage d'escalier tandis qu'il se dirigeait vers la chambre du rez-de-chaussée que Judd occupait depuis sa crise cardiaque.

La pièce était plongée dans la pénombre, mais les rideaux n'avaient pas été tirés, laissant filtrer la pâle clarté de la lune. Le cœur serré, Brant observa un instant le visage amaigri de son père sur l'oreiller. Il avait tant changé depuis sa maladie ! D'un point de vue physique, bien sûr… mais pas seulement. Lui qui avait été un meneur, un chef aussi redouté qu'estimé, comment supportait-il de ne plus pouvoir s'exprimer, manger, marcher normalement ?

Redeviendrait-il jamais l'homme qu'il avait été ? Questions sans réponse, hélas…

Brant se tournait pour sortir quand un détail incongru attira son attention : des fragments de boue séchée parsemaient la moquette. De la boue, dans la maison ? Dorothy en aurait fait une syncope, si elle avait su !

Intrigué, il se pencha. Les traces de boue provenaient de la porte-fenêtre… et s'arrêtaient au pied du lit de son père ! D'une main tremblante, il souleva la courtepointe. Une paire de chaussures avait été glissée sous le sommier.

Maculées de terre et d'aiguilles de pin.

8.

La nuit tombait lorsque Valérie arriva à l'hôtel Royal de
La Nouvelle-Orléans, le lendemain de la réception chez les
Kingsley. Le vol depuis Memphis, court et agréable, n'avait en
rien entamé son énergie. Aussi ne fit-elle qu'une brève apparition
dans la chambre qui lui avait été réservée, le temps de déposer
son sac de voyage et de changer de T-shirt.

Une chaleur humide régnait sur la ville, et elle se félicita
d'avoir opté pour une jupe en lin beige et des sandalettes de cuir,
bien plus confortables que l'ensemble tailleur-escarpins qu'elle
arborait au *Journal*. Son hôtel, situé au cœur du célèbre Carré
français, le plus vieux quartier de la ville, ouvrait sur une rue
animée, où les Cajuns se mêlaient aux touristes en goguette, aux
couples d'amoureux, aux vendeurs à la sauvette et aux marlous
en quête d'un mauvais coup — toute une foule hétéroclite qui
faisait autant le charme que le danger du lieu, d'ailleurs. Si le
Carré était réputé pour sa vie nocturne, les autorités décon-
seillaient en effet aux femmes seules de s'aventurer hors des
artères principales et Valérie, qui découvrait la ville pour la
première fois, s'était promis d'éviter tout risque inutile…

Sans pour autant remettre son projet au lendemain : elle
avait décidé de se rendre chez Naomi Gillum dès son arrivée
en ville, et elle ne changerait pas d'avis. Si elle lui annonçait
sa visite, la vieille dame risquait de refuser de la recevoir, ou

pire, de prendre la fuite. Le mieux était donc de la surprendre chez elle — et le plus vite possible.

Mais que ferait-elle si elle avait déménagé ? Si elle avait de nouveau disparu ? Ou tout simplement, si elle n'était pas celle que Valérie cherchait ? Les questions se succédaient, toutes plus décourageantes les unes que les autres. Elle secoua la tête. L'éventualité d'un échec était trop déprimante pour qu'elle se risque à l'envisager maintenant. Elle souhaitait rencontrer Naomi Gillum depuis le jour où elle avait entamé son enquête. Oui, dès l'instant où elle avait lu son nom dans le journal intime de sa mère, elle avait eu la conviction que cette femme détenait la clé de l'énigme.

Elle avait engagé Harry Blackman pour la retrouver, et il y était arrivé. A elle, maintenant, de la faire parler…

Elle tourna donc résolument le dos à Bourbon Street, l'artère la plus touristique du quartier, pour rejoindre Dumaine Avenue, plus calme mais tout aussi charmante avec ses maisons de style colonial, dont certaines tombaient en ruine au milieu de jardins envahis d'herbes folles. Anciennes ou rénovées, elles arboraient les balcons en fer forgé qui les avaient rendues célèbres, et Valérie, oubliant un instant le but de sa visite, se laissa gagner par le charme du lieu.

Des notes de musique s'échappaient des fenêtres ouvertes, des rires et des bribes de conversation filtraient à travers les portes des restaurants, un couple s'embrassait au détour d'une allée sous l'œil bienveillant de la lune… Ce soir, La Nouvelle-Orléans était fidèle à sa réputation : indéniablement romantique, elle semblait taillée sur mesure pour les amoureux.

Etrangement, cette pensée la ramena à Brant Colter. Il aurait aimé cette ville — son côté décadent, surtout, l'aurait séduit. Le mystère de ses impasses plongées dans l'ombre, ses villas décaties, ses passants aux allures louches auraient peut-être éveillé sa seconde nature, celle qu'il lui avait révélée lorsqu'il l'avait embrassée hier : plus impulsive, moins policée.

Irrésistible.

Autant l'admettre : elle avait de plus en plus tendance à oublier qu'ils n'étaient pas du même bord, Brant et elle. Comment le regarder comme un ennemi, quand son cœur s'affolait chaque fois qu'il approchait ? Comment se méfier, quand elle brûlait de se blottir dans ses bras ?

Il avait raison : l'attirance qu'ils éprouvaient l'un pour l'autre ne faisait aucun doute… Elle devait rester d'autant plus sur ses gardes. Car l'attitude de Colter n'était pas dénuée d'ambiguïté : que penser de la conversation qu'elle avait surprise la veille chez les Kingsley ? Brant était-il partie prenante de la conspiration qui se tramait derrière les portes closes du bureau ? Jusqu'où serait-il prêt à aller, alors, pour protéger la réputation de son père ?

Elle frissonna, repoussant vigoureusement cette question de son esprit. Elle approchait du but, de toute façon : si le plan qu'elle avait consulté avant de partir était exact, la rue de Naomi Gillum devait se trouver sur la droite… Oui, c'était cela. Elle obliqua, le cœur battant.

La boutique se trouvait au rez-de-chaussée d'une petite maison aux volets verts. L'appartement de la vieille dame devait se trouver à l'étage, estima Valérie en levant les yeux. Un poste de radio diffusait une chanson mélancolique, dont les notes s'égrenaient lentement par la fenêtre ouverte.

Prenant une profonde inspiration, elle poussa la porte. Peu familière des traditions du Sud, elle ne savait guère à quoi s'attendre… et ce fut avec une certaine appréhension qu'elle pénétra dans la boutique.

Il y faisait sombre, très sombre. Lorsque ses yeux se furent habitués à l'obscurité, elle remarqua les bougies qui brûlaient au

124

fond d'une alcôve, les bâtons d'encens disposés sur le comptoir, la minuscule lanterne accrochée au plafond…

L'air embaumait le santal et la frangipane. Les étagères disparaissaient sous les fioles les plus diverses, emplies de liquides colorés, d'herbes et de racines aux formes inquiétantes. Plusieurs poupées en paille se devinaient dans la pénombre, au pied d'un coffre orné de signes cabalistiques.

Il n'y avait personne, mais le rideau de perles qui menait à l'arrière-boutique s'agita légèrement, comme si quelqu'un observait Valérie depuis la pièce voisine. Elle se raidit, mal à l'aise. Hormis Julian, personne ne savait qu'elle était ici.

Qui viendrait à son secours, s'il lui arrivait malheur ?

Chassant ses pensées macabres, elle appuya fermement sur la sonnette en cuivre qui ornait le comptoir. Aussitôt, le rideau de perles s'ouvrit, livrant passage à la maîtresse des lieux.

Grande et mince, vêtue d'une tunique de soie noire, elle paraissait âgée d'une soixantaine d'années. Ses cheveux comme ses sourcils, d'un noir profond, encadraient un visage lourdement maquillé — fard bleu sur les paupières, rouge violent sur les lèvres —, que rehaussaient de longues boucles d'oreilles en forme de serpent.

— Que puis-je pour vous ? s'enquit-elle d'une voix enrouée par la cigarette.

— Je cherche Marie Lapierre.

— Vous l'avez trouvée.

Un sourire énigmatique effleura ses lèvres alors qu'elle ouvrait ses mains richement baguées en signe de bienvenue.

— Personne ne lit les tarots comme moi, ma belle. J'ai aussi des grigris contre le mauvais sort, des talismans, des tisanes d'herbes africaines… Et, bien sûr, des philtres d'amour *très* efficaces !

Elle jouait son rôle à la perfection, et si Valérie n'était venue dans un tout autre but, elle se serait peut-être laissé convaincre…

mais l'heure n'était pas à la sorcellerie. Un homme dormait en prison en ce moment même — un homme que Mme Lapierre avait bien connu autrefois.

— J'aimerais vous parler de Cletus Brown, déclara-t-elle fermement.

Ces quelques mots firent l'effet d'une bombe. Un éclair de peur brilla dans les yeux de son interlocutrice, qui parut soudain plus vieille d'une dizaine d'années.

— Désolée, ma jolie, marmonna-t-elle. Ce nom-là ne me dit rien. De toute façon, j'allais fermer. Si vous voulez bien m'excuser…

Elle mentait, naturellement : un petit panneau sur le comptoir précisait que la magicienne tirait les cartes à toute heure du jour et de la nuit. Elle mentait parce qu'elle voulait couper court à ses questions. Comment la convaincre qu'elle ne lui voulait aucun mal ?

— Ne me renvoyez pas, madame *Gillum*. Il y a des mois que j'attends cette rencontre.

Un cri ponctua ses propos. Cette fois, Naomi ne cherchait plus à dissimuler la terreur qui l'habitait.

— Qui êtes-vous ? s'enquit-elle dans un murmure.

— Je m'appelle Valérie Snow, et j'enquête sur l'affaire Kingsley pour le *Memphis Journal*.

Le visage de son hôtesse se creusa encore ; elle parut se recroqueviller sur elle-même comme si elle portait soudain le poids du monde sur ses épaules. Et sous les yeux de Valérie, la flamboyante Marie Lapierre s'évanouit, remplacée par une vieille femme apeurée du nom de Naomi Gillum.

— Pourquoi ? chuchota-t-elle. Pourquoi maintenant ?

— Parce qu'il est temps que M. Brown sorte de prison, vous ne croyez pas ?

La magicienne secoua la tête, les doigts crispés sur le crucifix en argent qu'elle portait autour du cou.

126

— Je vous en prie… Je ne peux pas vous aider. Laissez-moi tranquille.

— Vous seule pouvez m'aider, au contraire ! plaida Valérie. Je sais ce qui s'est passé la nuit où le petit Adam Kingsley a été enlevé, madame Gillum.

— Ne m'appelez pas comme ça. Naomi n'existe plus depuis des années.

« Disparue le même jour que Violet Brown, sans doute », songea la jeune femme, le cœur serré.

— Personne n'échappe à son passé, énonça-t-elle doucement. Tôt ou tard, la vérité éclatera — et nul alors ne se souciera de savoir si vous vous appelez Marie ou Naomi. Mais l'essentiel n'est pas là… J'ai découvert que vous étiez avec Cletus Brown le soir du drame. Pourquoi ne l'avez-vous pas dit aux enquêteurs ?

— Ne vous fatiguez pas. Cette histoire est bien trop compliquée pour vous, répliqua-t-elle avec un regain d'agressivité.

— Et si vous essayiez de me l'expliquer ? Je comprendrais peut-être pourquoi vous laissez un innocent dormir en prison depuis trente et un ans, tandis que le véritable coupable, lui, court toujours !

Naomi baissa la tête, l'air accablé.

— Vous me demandez l'impossible…

D'un pas lourd, elle s'avança vers la porte, et Valérie crut qu'elle allait lui demander de sortir… mais elle baissa le store, enclencha le verrou puis, d'un geste las, elle l'invita à la suivre derrière le rideau de perles.

Un escalier mal éclairé menait à l'étage supérieur, aménagé en appartement. Elles traversèrent la chambre à coucher pour gagner le salon, une vaste pièce décorée de tissus multicolores, de coussins brodés et de statuettes africaines. Au fond, une porte-fenêtre ouvrait sur le balcon qui surplombait la rue. Un ventilateur brassait paresseusement l'air chaud, presque poisseux, de ce début de soirée, mêlant son grésillement électrique au lamento cubain que diffusait le petit poste de radio posé sur un guéridon.

Naomi l'éteignit d'un geste sec, avant de prendre place sur un canapé de velours élimé. Elle alluma aussitôt une cigarette, exhalant la fumée de ses lèvres peintes, tandis que Valérie s'installait en face d'elle, dans le fauteuil de cuir qu'elle réservait sans doute à ses clients. Un jeu de tarots attendait d'ailleurs son heure, bien en évidence sur la table basse toute proche.

Suivant son regard, Naomi s'enquit :

— Croyez-vous aux tarots, mademoiselle Snow ?

Elle tapa sa cigarette sur le rebord d'un cendrier en cristal. Ses mains ne tremblaient plus, à présent. Déjà, elle ne semblait plus tout à fait la même, offrant à Valérie une troisième facette de sa personnalité : moins artificielle que Marie Lapierre, plus affirmée que Naomi Gillum, elle semblait déterminée à reprendre l'avantage sur son invitée.

— Pas vraiment. Je crois plutôt que nous sommes tous maîtres de notre destin.

Son interlocutrice haussa les sourcils.

— Mais si nous pouvions connaître l'avenir, ne serait-il pas plus aisé de tracer notre route ?

Saisissant le jeu de tarots, elle retourna la première carte, qu'elle présenta à Valérie.

— Le Chariot inversé indique une vengeance, expliqua-t-elle avec un sourire acide. N'est-ce pas ce qui vous amène ici ?

Un frisson glacé lui parcourut la nuque, mais elle refusa de se laisser impressionner.

— Non, objecta-t-elle. Et je ne suis pas venue pour connaître mon avenir. C'est *votre* passé qui m'intéresse.

Naomi ne commenta pas, se contentant de tirer une autre carte. Qui cette fois parlait d'elle-même : la Justice. A croire que la magicienne avait prévu sa visite et trié les cartes par avance pour la déstabiliser ! De plus en plus mal à l'aise, Valérie se raidit, attendant la carte suivante — mais son hôtesse reposa le jeu sur la table basse. Se carrant contre le dossier du canapé, elle la dévisagea attentivement. D'un regard si perçant qu'elle sentit tous ses nerfs se tendre.

— Comment m'avez-vous trouvée ? demanda-t-elle finalement.

Valérie se jeta à l'eau. Elle avait tant répété l'histoire dans sa tête qu'elle en connaissait chaque mot par cœur.

— La femme de M. Brown tenait un journal, que j'ai eu la chance de découvrir après son décès. Vous y étiez mentionnée à plusieurs reprises. Elle savait que vous aviez passé la nuit avec Cletus le soir de l'enlèvement d'Adam, car Cletus lui-même le lui avait avoué le lendemain de son arrestation. Vous étiez son alibi, et il était persuadé que vous témoigneriez en sa faveur. J'imagine qu'il a préféré prendre les devants et raconter son… incartade à son épouse avant qu'elle ne l'apprenne d'un tiers. Mais vous n'avez jamais témoigné. Vous vous êtes évanouie dans la nature avant même que la police ne vienne vous interroger. Et personne n'a plus jamais entendu parler de vous.

— Qui vous a dit que j'avais changé mon nom pour celui de Marie Lapierre ?

— J'ai engagé un détective privé.

— Tout simplement, murmura Naomi en exhalant un soupir.

— Oui, ce n'était pas si compliqué… Personne d'autre ne vous a retrouvée avant moi ? Je ne suis pas la première à enquêter sur l'affaire Kingsley, pourtant !

— Personne n'était au courant, pour Cletus et moi. Et personne ne risquait de l'être, tant que je gardais le silence.

Valérie se pencha vers elle.

— Pourquoi avez-vous gardé le silence ?

— A votre avis ? Pourquoi l'épouse de Cletus n'a-t-elle rien dit non plus ? Elle connaissait mon existence, non ? Les flics l'auraient peut-être crue, si elle leur avait parlé de moi.

— Elle n'a rien dit parce qu'elle était persuadée que son mari était victime d'un coup monté par les autorités. Elle pensait que sa vie et celle de sa fille seraient en danger si elle tentait de l'innocenter. Son journal fait état de dizaines d'appels anonymes, reçus en l'espace de quelques jours... On menaçait même de s'en prendre à Cletus, de l'assassiner au fond de sa cellule. La pauvre femme était terrifiée !

Baissant les yeux, elle s'aperçut que ses mains tremblaient. Son récit ravivait des souvenirs qu'elle aurait préféré oublier. La sonnerie incessante du téléphone. Les sanglots de sa mère. Leur départ pour Chicago au milieu de la nuit. La peur d'être reconnues, traquées par une foule en colère...

Elle se força à respirer plus calmement. Pas question de laisser ses émotions la dominer : Naomi aurait trop vite fait de la percer à jour.

— La police a employé les mêmes méthodes pour s'assurer du silence de M. Brown, reprit-elle. On lui a fait comprendre que sa femme et sa fille seraient éliminées s'il tentait de se disculper devant les jurés. De toute façon, puisque vous n'étiez pas là pour corroborer son alibi, il n'avait aucune chance de s'en sortir. Le tribunal aurait cru à une manœuvre de sa part, et il aurait risqué la vie des siens pour rien.

— Il a gardé le silence, lui aussi..., commenta Naomi d'une voix à peine perceptible.

— Ne croyez-vous pas qu'il a assez payé ? Cela fait trente et un ans qu'il est en prison pour un crime qu'il n'a pas commis !

Elle se pencha de nouveau vers la vieille dame.

— Racontez-moi ce qui s'est passé cette nuit-là, enjoignit-elle. Je vous en prie... J'ai besoin de le savoir.

Naomi alluma une seconde cigarette à l'aide de la première, qu'elle écrasa négligemment dans le cendrier. Puis, enfin, elle se décida à livrer ses secrets.

— Je n'avais pas envie de rester chez moi ce soir-là. Je suis descendue prendre un verre au bar qui se trouvait au coin de la rue. Cletus était accoudé au comptoir, l'air désespéré. On a commencé à parler, il m'a raconté qu'il n'avait plus de boulot, que son couple battait de l'aile… Moi, je l'écoutais, je le trouvais plutôt sympathique. On a continué à boire et… on s'est retrouvés chez moi.

Elle marqua une courte pause, avant de poursuivre :

— C'était l'histoire d'une nuit, rien d'autre. D'ailleurs, je ne me souviens même pas de son visage… Mais il ne se passe pas une journée sans que je pense à lui.

— Vous ne l'avez jamais revu ?

— Non.

Elle leva les yeux, et Valérie lut tant de désespoir dans son regard qu'elle en fut glacée au plus profond d'elle-même.

— Avez-vous été menacée, madame Gillum ? Est-ce la raison pour laquelle vous avez fui Memphis ?

— Il serait venu me tuer si j'étais restée.

— Qui ? Le connaissiez-vous ?

Elle secoua la tête.

— Je ne connaissais que sa voix. Il m'a appelée à plusieurs reprises après l'arrestation de Cletus. Jamais je n'ai eu aussi peur.

Valérie frissonna. Qui d'autre que Judd Colter aurait pu effrayer cette femme au point de la pousser à quitter la ville ?

— Hormis la police, qui avait recueilli la déposition de Cletus, qui savait que vous aviez passé la nuit avec lui ? interrogea-t-elle. Aviez-vous mentionné votre rencontre à des amis, par exemple ?

— Non, je n'en avais parlé à personne… mais un type est venu me voir deux ou trois jours après l'arrestation de Cletus. C'était avant les premiers appels, si je me souviens bien. Il voulait que je confirme la déposition de Cletus.

— Qui était-ce ? s'enquit Valérie, intriguée.

— Un agent du FBI. James… Denver. Oui, c'est ça. Il m'a dit qu'il menait sa propre enquête. Il avait l'air persuadé de l'innocence de Cletus, et il se méfiait des flics de Memphis comme de la peste, mais je ne l'ai jamais revu. Les appels ont commencé ce soir-là, et je suis partie deux jours plus tard.

— Avez-vous lu les comptes rendus d'audience dans la presse ?

— Non. Je n'avais aucune envie de me replonger dans cette affaire.

— Mais vous n'avez jamais pu l'oublier, n'est-ce pas ?

— Et vous, mademoiselle ? lança Naomi d'un air de défi. Pourquoi enquêtez-vous sur cette affaire vieille de plus de trente ans ?

— Parce que Cletus Brown est toujours en prison. Je ne veux pas qu'il meure sans avoir retrouvé la liberté.

Le regard de son interlocutrice se fit plus aigu.

— Pourquoi vous intéressez-vous tellement à son sort ?

— Parce que personne d'autre ne le fera. Mais j'ai besoin de vous pour y parvenir, madame Gillum. Accepterez-vous de témoigner en sa faveur ?

— Ce n'est pas une décision facile… Il faut que j'y réfléchisse.

La peur se lisait de nouveau sur son visage, et Valérie comprit qu'elle n'obtiendrait rien en la brusquant.

— Entendu, acquiesça-t-elle doucement. Je vous rappellerai la semaine prochaine.

Elle se leva pour prendre congé, mais la magicienne la retint d'un geste.

— Attendez.

Tendant la main, elle reprit le jeu de tarots et retourna une autre carte.

— La Lune, annonça-t-elle de sa voix rauque. Un homme vous veut du mal.

Valérie sentit son cœur s'accélérer.

— Qui est-ce ?

Sans répondre, Naomi lui présenta les deux cartes suivantes.

— La Roue de la Fortune. Votre avenir est lié au sien. La Maison de Dieu. Il vous ment.

— Qui est-ce ?

Naomi posa la dernière carte sur la table.

— Le Diable.

Dissimulé dans l'ombre, Brant observait la maison où Valérie était entrée trois quarts d'heure plus tôt. Que fabriquait-elle là-dedans, bon sang ? Elle n'était tout de même pas venue jusqu'à La Nouvelle-Orléans pour se faire lire les lignes de la main !

Soudain, une silhouette se dessina derrière la porte-fenêtre du premier étage. Grande, svelte... C'était Valérie ! Elle demeura immobile un moment, lui offrant le spectacle de son corps gracile, que les lumières de l'appartement projetaient en ombre chinoise sur la vitre.

Un spectacle d'une sensualité bouleversante.

Mais le moindre de ses gestes, la moindre de ses apparitions ne l'était-elle pas ? Jamais en tout cas il n'avait été aussi troublé par une femme. Jamais il n'avait été aussi hanté par le souvenir de son sourire, de sa voix, de son parfum...

Il pensait à elle nuit et jour.

Un juron lui échappa. Allons ! Il n'avait pas suivi Valérie jusqu'ici pour ressasser les sentiments qu'elle lui inspirait... mais pour découvrir ce qu'elle tramait. Ce qu'elle était venue chercher dans cette boutique vaudou.

Et surtout, pour s'assurer qu'elle ne courait aucun danger.

Un frisson l'étreignit comme il se remémorait les événements de la nuit précédente. Il avait été assommé, puis traîné jusqu'au milieu de la pelouse des Kingsley par l'intrus qu'il tentait de démasquer. Plus tard dans la nuit, il avait trouvé les chaussures de son père cachées sous son lit. Des chaussures couvertes de boue.

Cent fois depuis la veille, il s'était interrogé sur cette étrange coïncidence. L'explication la plus plausible avait fini par s'imposer : son père avait sûrement fait une petite promenade dans le quartier avant d'aller se coucher. Rien de plus. D'après les médecins, ses séances de kinésithérapie commençaient à porter leurs fruits… mais il était encore loin d'avoir regagné sa forme physique. En tout cas, pas au point de pouvoir se rendre seul chez les Kingsley, de gagner le bois, d'assommer un homme deux fois plus jeune que lui…

Non, c'était impossible. L'intrus ne pouvait être son père. Mais alors, qui était-ce ?

La lumière s'éteignit brusquement au premier étage de la boutique vaudou, interrompant ses pensées. Il n'eut que le temps de se cacher dans l'allée d'une maison voisine, avant que la porte du rez-de-chaussée ne s'ouvre en grinçant, livrant passage à Valérie. Elle jeta un coup d'œil dans la rue comme pour s'assurer que personne ne l'épiait, puis elle échangea un dernier mot avec la personne qui se trouvait à l'intérieur, et quitta les lieux en refermant la porte derrière elle.

Cette fois, Brant ne la suivit pas. Elle se rendait sans doute à son hôtel, où elle n'aurait rien à craindre. De plus, il s'était promis de percer le mystère de sa visite. Il attendit patiemment cinq minutes, le temps d'être sûr que Valérie ne reviendrait pas sur ses pas, puis il s'approcha de la boutique. Le verrou n'avait pas été enclenché, et il poussa le battant sans effort.

La pièce était plongée dans l'obscurité.

— Bonsoir, lança-t-il. Il y a quelqu'un ?

Aucune réponse. Les bougies disséminées dans les alcôves projetaient leurs flammes sur les murs — des flammes étrangement dansantes, comme après un violent courant d'air...

Intrigué, il s'avança vers le rideau de perles qui dissimulait l'arrière-boutique aux yeux des clients. Le propriétaire des lieux devait se trouver à l'étage... Ecartant les perles multicolores, il s'engouffra dans le couloir. Un escalier se devinait dans la pénombre. Il renouvela son appel — qui demeura sans réponse.

De deux choses l'une, songea-t-il : soit le propriétaire avait pris la poudre d'escampette par la porte de derrière. Soit il lui était arrivé malheur.

Saisissant son arme de service, il s'engagea dans l'escalier.

Valérie remontait l'avenue Dumaine, quand elle s'aperçut qu'elle avait oublié son sac chez Naomi Gillum — autrement dit, non seulement la clé de sa chambre d'hôtel, son portefeuille et sa carte de crédit, mais aussi le journal intime de sa mère ! Impossible d'attendre le lendemain pour aller le récupérer : l'objet lui tenait trop à cœur. C'était le dernier lien qui l'unissait encore à elle. Et surtout, il contenait les preuves de l'innocence de son père.

Elle rebroussa chemin en maudissant son étourderie. Heureusement, elle n'avait pas longtemps à marcher... Elle approchait de la boutique quand elle vit un homme venir à sa rencontre.

L'avenue était déserte à cette heure tardive, et elle ne put retenir un frisson d'appréhension à l'idée de le croiser. Un instant, elle envisagea même de repartir en sens inverse...

Ce qu'elle ne fit pas. S'il était naturel de se montrer prudente, elle n'avait aucune raison valable de craindre ce passant. C'était sans doute un touriste ou un habitant du quartier, pas un monstrueux criminel !

Tout de même… Il la fixait drôlement. Malgré la chaleur, il était vêtu d'un imperméable et coiffé d'un chapeau, comme s'il cherchait à dissimuler son visage. Le cœur battant, elle accéléra le pas pour le dépasser plus vite.

Enfin, ils se croisèrent. L'homme ne fit pas un geste vers elle, se contentant de murmurer un « Bonsoir » qui la laissa frémissante de peur.

Sa voix semblait sortie d'outre-tombe.

Hochant la tête, elle poursuivit son chemin — non sans jeter un bref coup d'œil par-dessus son épaule. L'homme avait traversé l'avenue, s'éloignant à pas rapides dans l'obscurité. Elle respira plus librement, souriant presque de sa mésaventure. Fallait-il qu'elle soit nerveuse pour se laisser effrayer ainsi !

Une minute plus tard, elle poussait la porte de l'antre de Naomi.

Et elle fronça les sourcils.

L'atmosphère avait changé. Une odeur métallique se mêlait aux fumées des bâtons d'encens. Une odeur qu'elle connaissait, sans parvenir à la définir.

Elle n'appela pas. Et ce fut sur la pointe des pieds qu'elle franchit le rideau de perles. Si Naomi était en danger — et son instinct lui criait qu'elle l'était — elle devait gagner l'appartement sans le moindre bruit. Le cœur battant, elle gravit une à une les marches de l'escalier, poussa la porte de la chambre du bout du pied… Personne. Le lit n'avait pas été défait, mais la pièce était plongée dans l'obscurité. Etrange… Si la magicienne s'apprêtait à se coucher, pourquoi n'avait-elle pas laissé sa lampe de chevet allumée ?

La porte qui menait dans le salon était entrouverte. Valérie s'approcha doucement, en veillant à ne pas faire craquer le plancher.

La pénombre était si complète qu'elle ne vit pas la femme étendue près du canapé, la gorge tranchée. Brant Colter était agenouillé à son côté.

Les mains rouges de sang.

9.

Glacée d'horreur, Valérie s'enfuit en courant. Indifférente aux appels de Brant. Pas question de rester une seconde de plus dans cet endroit. La seule personne qui aurait pu innocenter son père avait été sauvagement assassinée. Et le fils du flic qui l'avait jeté en prison tendait vers elle ses mains couvertes de sang.

Ainsi, elle avait eu raison de se méfier de lui. Mais de là à le croire capable de meurtre… Non, même maintenant, elle ne pouvait s'y résoudre. Pourtant, s'il n'avait pas tué Naomi, que faisait-il ici ?

L'esprit en déroute, elle descendit quatre à quatre les marches de l'escalier et s'engouffra sous le rideau de perles, qui cliqueta bruyamment derrière elle. Elle atteignait la porte de la boutique quand les pas de Brant se firent entendre dans le couloir.

— Valérie !

Elle était déjà dehors, courant à perdre haleine pour lui échapper. Il s'élança à sa poursuite dans la rue déserte. Effarée, elle accéléra encore la cadence. Le bruit de ses pas martelant le bitume résonnait à ses oreilles, son souffle rauque lui brûlait la gorge, mais elle pouvait, elle *devait* courir plus vite que lui. Encore quelques mètres, et elle déboucherait dans l'avenue Dumaine. Là, elle pourrait alerter les passants…

Trop tard. Le bras de Brant se referma sur le sien. La plaquant contre lui, il la maintint prisonnière de ses mains ensanglantées.

— Ne me touchez pas ! hurla-t-elle.

— Calmez-vous. Je ne l'ai pas tuée. Et je ne vous ferai aucun mal.

Elle s'arracha à son emprise d'un geste sec. Et se força à lui faire face, malgré la terreur qui lui nouait l'estomac.

— Vous étiez là-haut, haleta-t-elle. Je vous ai vu. Personne d'autre n'aurait eu le temps de…

— Bien sûr que si, interrompit-il. Surtout si cette personne se trouvait *déjà* à l'intérieur quand vous êtes partie.

Le souffle lui manqua. Etait-ce possible ? L'assassin était-il caché dans le salon pendant qu'elle discutait avec Naomi ? L'avait-il tuée pour s'assurer qu'elle ne réclamerait pas la libération de Cletus ?

Elle secoua la tête. Comment y voir clair ? Tout était si complexe… Et quel rôle jouait Brant dans cette histoire ? Pourquoi était-il ici ce soir ?

Il fit un pas vers elle, mais elle recula aussitôt.

— N'approchez pas, ou j'appelle au secours.

— Bon sang, Valérie… Vous ne pensez tout de même pas que je l'ai tuée ? s'exclama-t-il. Je ne la connaissais même pas !

— Que faisiez-vous chez elle, alors ? Vous me suiviez ?

Un éclair de culpabilité brilla dans ses yeux, mais il ne releva pas son accusation.

— Ecoutez-moi. Nous devons retourner là-haut. Il faut que j'appelle la police.

Elle l'affronta du regard.

— Allez-y tout seul. Moi je reste ici. Je ne bougerai pas tant que vous ne m'aurez pas expliqué ce que vous faites à La Nouvelle-Orléans.

— C'est ridicule. Que vont penser les enquêteurs si vous refusez de répondre à leurs questions ? Vous êtes la dernière personne à l'avoir vue vivante, non ?

— C'est faux ! Elle se portait comme un charme quand je suis partie. *Vous* êtes la dernière personne à l'avoir vue vivante.

— Ne dites pas n'importe quoi : elle était morte quand je suis arrivé. Et puis les flics me feront confiance, à moi. Je suis un de leurs collègues, après tout. Tandis que vous…

Il laissa sa phrase en suspens, la défiant de ses prunelles sombres. Il n'avait que trop raison, hélas. Elle ferait un suspect idéal, si elle refusait de coopérer… Elle n'était pas plus à l'abri que son père d'une erreur judiciaire.

Cette dernière pensée, terrifiante, aiguillonna la colère qui montait en elle.

— Qu'est-ce que vous manigancez, au juste ? s'écria-t-elle. Vous voulez m'envoyer derrière les barreaux, maintenant ?

Il baissa les yeux vers elle — ces yeux noirs si semblables à ceux de son père. Et Valérie repensa aux cartes que Naomi avait tirées, quelques instants plus tôt. Un homme qui lui mentait. Un homme dont le destin était lié au sien. Un homme *diabolique*.

Etait-ce Brant ? Un frisson la parcourut. Elle ne croyait pas aux tarots… mais comment nier l'indéniable ? Le destin de l'inspecteur n'était-il pas déjà lié au sien ?

Il s'adoucit en la voyant trembler.

— Valérie… Nous ne pouvons pas continuer comme ça.

— Pardon ?

— Cessons de nous accuser l'un l'autre. Je sais que vous n'avez pas tué cette femme et, au fond de vous, vous savez que je ne l'ai pas tuée non plus. N'est-ce pas ?

Cette fois, lorsqu'il chercha son regard, elle ne l'évita pas. Sa voix soudain plus calme, presque enjôleuse, agissait comme un baume sur ses nerfs. Et elle comprit qu'elle n'avait qu'une envie : se blottir dans ses bras puissants. S'offrir à ses baisers, à ses caresses. Laisser le désir chasser la peur.

Tenter d'oublier le corps sans vie de Naomi. Assassinée par un monstre qui avait pris la fuite, quelques instants avant l'arrivée de Brant.

— Non, je ne pense pas que vous l'avez tuée, admit-elle dans un murmure, presque étonnée de son aveu. Mais qui, alors ? Qui a pu faire une chose pareille ?

— C'est ce que nous devons découvrir.

— *Nous ?* répéta-t-elle, abasourdie.

Il sourit de son incrédulité.

— Oui, nous. Que vous le vouliez ou non, nous devons travailler ensemble. Vous enquêtez sur l'enlèvement d'un petit garçon. J'enquête sur les tentatives de meurtre dont vous avez été victime. Et vous savez comme moi que ces deux affaires sont liées.

— Pardonnez-moi, mais… j'ai du mal à croire que vous soyez prêt à m'aider dans une enquête qui pourrait aboutir à la condamnation de vos proches ! répliqua-t-elle d'un ton vif.

— Et si l'enquête les innocentait, au contraire ?

Elle haussa les sourcils. C'était donc là ce qu'il cherchait ? Travailler avec elle pour la convaincre de lever les soupçons qui pesaient sur Judd et Raymond Colter ?

— Vous pouvez me faire confiance, assura-t-il comme s'il avait lu dans ses pensées. Je serai d'une objectivité totale.

— Et moi ? Qu'aurais-je à y gagner ?

— Ma protection. Mon expérience. Et, bien sûr, l'accès aux fichiers de la police.

Difficile de refuser une telle offre… même quand elle s'apparentait à un odieux marchandage.

— Vous pourriez obtenir le rapport d'enquête sur l'enlèvement d'Adam ? interrogea-t-elle, le cœur battant.

— Pourquoi pas ? J'ai autant intérêt que vous à faire éclater la vérité. Et si nous devons pour cela exhumer un rapport vieux de trente et un ans, nous le ferons ! Mais pour l'heure… nous avons un meurtre sur les bras, acheva-t-il en tournant les yeux vers la boutique de Naomi. Il est temps de s'en occuper, vous ne croyez pas ?

Elle lui emboîta le pas à contrecœur. Il ne s'était pas écoulé plus de quelques minutes depuis qu'elle avait surpris Brant sur le lieu du crime. Mais ces quelques centaines de secondes lui avaient suffi pour la convaincre qu'il n'avait pas tué Naomi. Et qu'elle devait travailler avec lui sur l'affaire Kingsley.

Avait-elle perdu la tête ?

Assise dans un coin de la pièce, Valérie s'efforçait de réprimer la nausée qui l'habitait, tandis que les inspecteurs de la brigade criminelle passaient l'appartement de Naomi Gillum au peigne fin. Leur chef, un homme d'une cinquantaine d'années nommé George Melmer, discutait avec Brant depuis son arrivée, dix minutes plus tôt. Ils parlaient trop bas pour qu'elle puisse les entendre, mais les regards inquisiteurs que lui jetait Melmer, plissant les yeux sous ses épaisses lunettes cerclées de métal, n'auguraient rien de bon. Colter ne lui avait pas promis l'immunité, après tout. Et rien ne l'empêchait de l'accuser, elle, du meurtre de Naomi…

Deux officiers passèrent à cet instant, emportant le corps de la magicienne dans un sac mortuaire de plastique noir. Un violent frisson la parcourut. Sans elle, cette femme serait encore vivante. Si elle n'était pas venue à La Nouvelle-Orléans, si elle n'avait pas cherché à connaître la vérité sur l'enlèvement d'Adam Kingsley, rien ne lui serait arrivé.

A l'heure qu'il était, elle dormirait tranquillement dans la chambre voisine. Au lieu de reposer sans vie sous une housse de plastique.

— Mademoiselle Snow ?

George Melmer se dressait devant elle, un carnet à la main. Elle se leva, plaquant un sourire qu'elle espérait confiant sur ses lèvres.

— Oui ?

— L'inspecteur Colter m'apprend que vous êtes journaliste à Memphis. D'après lui, vous avez rendu visite à Marie Lapierre quelques minutes avant son assassinat. C'est bien ça ? conclut-il d'un ton suspicieux.

Brant, qui s'était approché, la couvait de son regard sombre. Comme s'il cherchait, lui aussi, à percer ses secrets.

— Oui, c'est bien ça, acquiesça-t-elle. Elle était toujours vivante quand je suis partie.

— Naturellement, souligna-t-il avec une pointe d'ironie. Vous souvenez-vous de l'heure à laquelle vous avez quitté l'appartement ?

— Non. Mais il ne pouvait pas être plus de 22 h 30. J'ai quitté mon hôtel vers 21 heures, marché une vingtaine de minutes avant d'arriver ici… et je suis restée environ trois quarts d'heure avec Mme Lapierre.

— Bien…, marmonna-t-il en griffonnant quelques mots sur son carnet. Quel était le but de votre visite ?

— J'effectue une enquête pour le *Memphis Journal*, et j'espérais qu'elle pourrait m'aider.

— De quelle enquête s'agit-il ?

« Nous y voilà », songea-t-elle en retenant un soupir. Impossible de mentir, hélas : l'enjeu — sa propre liberté — était trop important.

— L'affaire Kingsley, répondit-elle. Je travaille dessus depuis trois mois.

Melmer haussa les sourcils.

— L'affaire Kingsley ? Ça remonte à quoi… Trente ans ?

— Trente et un ans, exactement.

— Quel rapport avec Marie Lapierre ?

Elle hésita — d'autant que Brant lui prêtait une oreille attentive. Bien qu'ils aient décidé de travailler ensemble, elle n'était pas encore prête à partager ses secrets avec lui. Ni à lui faire totalement confiance.

Mais avait-elle le choix ? Pas vraiment, comprit-elle en sentant le regard inquisiteur de Melmer rivé sur elle. Si elle ne voulait pas dormir en prison ce soir, elle devait s'expliquer, et vite !

— Marie Lapierre s'appelle, — s'appelait, corrigea-t-elle — en fait Naomi Gillum. Elle vivait à Memphis quand Adam Kingsley a été enlevé et j'ai de bonnes raisons de croire qu'elle était avec Cletus Brown le soir du drame.

— Cletus Brown…, marmonna l'inspecteur. Si je me souviens bien, c'est le type qui a été arrêté et inculpé de l'enlèvement du gosse ?

— C'est exact. Il a été condamné à perpétuité par le tribunal de Memphis.

— Et alors ? Ce salaud n'a que ce qu'il mérite ! Ne me dites pas que vous faites campagne pour sa libération ?

— Je cherche la vérité, c'est tout, répliqua-t-elle.

Inutile d'entamer le débat avec Melmer. Elle risquait de s'en faire un ennemi — dangereux, qui plus est.

Il eut une moue dégoûtée.

— Les juges l'ont déjà trouvée, votre vérité… Si vous continuez comme ça, ma petite dame, vous ne vous ferez pas d'amis dans la police !

— Revenons-en à l'enquête, si vous voulez bien, intervint Brant avec tact.

Melmer lui lança un regard soupçonneux.

144

— Dites donc, Colter… Le flic qui a arrêté Brown s'appelait comme vous, il me semble. Vous êtes parents ?

— C'est mon père.

Les yeux torves de l'inspecteur se plissèrent une fois de plus derrière les verres épais de ses lunettes. Manifestement, il n'y comprenait plus rien.

— Mais qu'est-ce que… ? Qu'est-ce que vous faites ici tous les deux ? s'exclama-t-il, interloqué.

— Nous ne sommes pas venus ensemble, précisa Brant d'un ton qui déplut à Valérie. Je mène ma propre enquête.

— Sur l'affaire Kingsley ?

— Non. Mlle Snow a échappé à deux tentatives d'assassinat au cours des dernières quarante-huit heures. Elle a déposé plainte, et je me suis chargé du dossier.

Melmer prit une longue inspiration.

— Bon sang… Etes-vous en train de me dire qu'une prêtresse vaudou s'est fait trancher la gorge ce soir parce qu'elle en savait trop sur un meurtre vieux de trente ans, et que Mlle Snow risque le même sort parce qu'elle enquête sur cette affaire ?

— C'est à peu près ça, acquiesça Brant.

— Vous avez des suspects ?

— Aucun pour le moment, répondit-il en évitant le regard de Valérie. Mais je vous tiendrai au courant.

— J'y compte bien, affirma Melmer, avant de reporter son attention sur elle. Quant à vous, ma petite demoiselle, je vous prie de laisser vos coordonnées à mes officiers. Au cas où j'aurais besoin de vous poser d'autres questions.

Son avertissement était clair : elle devait se tenir à la disposition de la police locale jusqu'à nouvel ordre. Autrement dit, rester en ville. Les avertir de ses déplacements. Et surtout, éviter tout faux pas susceptible d'éveiller les soupçons de Melmer.

Qui serait visiblement ravi de l'envoyer derrière les barreaux.

Après avoir pris congé de l'inspecteur, Brant offrit à Valérie de la raccompagner à son hôtel. Encore sous le choc, elle accepta avec gratitude. La perspective d'affronter seule les rues désertes l'emplissait d'une terreur irraisonnée, que seule la présence d'un homme à son côté pourrait calmer...

Sauf si cet homme s'appelait Brant Colter, comprit-elle quelques instants plus tard. Loin d'apaiser la tension qui l'habitait, il semblait l'exacerber. Depuis qu'ils avaient décidé de travailler ensemble, elle était plus consciente encore de l'ambiguïté de leur relation. Le moindre de ses regards lui semblait lourd de désir. Et lorsqu'il lui prit le bras pour l'entraîner vers l'ascenseur, dans le hall de l'hôtel, elle sursauta si vivement qu'elle en rougit d'embarras.

— Désolée, marmonna-t-elle. Ce doit être l'électricité statique...

Brant ne fit aucun commentaire, mais son expression indiquait clairement qu'il n'en croyait pas un mot. Les portes de la cabine se refermèrent, les isolant du monde extérieur. « Ça ne marchera pas », se dit-elle — avant de s'apercevoir avec horreur qu'elle avait parlé tout haut.

— Qu'est-ce qui ne marchera pas ? s'enquit-il dans un sourire.

— Nous. Nous ne pouvons pas travailler ensemble.

Il haussa les épaules.

— Je ne vois pas pourquoi. Vous voulez faire la lumière sur l'affaire Kingsley, moi aussi. Nous avons donc le même objectif. Et puis, je préfère vous éviter de subir le même sort que Naomi Gillum...

— Comme c'est gentil de votre part ! répliqua-t-elle d'un ton acerbe, qu'il choisit d'ignorer.

— Vous pouvez me faire confiance, Valérie.

— Vraiment ?

La conversation qu'elle avait surprise la veille au manoir des Kingsley lui revint à la mémoire. Si les conspirateurs réunis dans le bureau des Kingsley n'avaient pas *réellement* planifié sa disparition, ils ne l'avaient pas moins évoquée à mots couverts. Avant de rappeler que Brant aurait dû se trouver parmi eux.

Comment lui faire confiance, dans ces conditions ?

Elle s'interdit résolument de lever les yeux vers lui. Car, sous ses prunelles sombres, elle le savait, sa résistance fondrait comme neige au soleil.

Ce fut lui qui rompit le silence. D'une voix douce comme du velours.

— Avez-vous peur de moi ?

— Non, mentit-elle.

— Est-ce la vérité, alors, qui vous effraie ?

Elle se redressa, piquée au vif.

— Pourquoi en aurais-je peur ? Si Cletus Brown est innocent…

— Je ne parle pas de Brown, interrompit-il. C'est à nous que je pense.

— Il n'y a pas de « nous », je vous l'ai déjà dit.

Sa voix, qu'elle avait espérée ferme, n'avait été qu'un murmure.

— Menteuse. Et moi qui croyais que vous placiez la vérité au-dessus de tout !

— En effet. Mais il n'y a rien entre nous. Parce qu'il ne peut rien y avoir.

— Pourquoi ? insista-t-il, en posant les mains sur ses bras nus.

Elle recula, éperdue.

— C'est impossible. Nous sommes ennemis. Votre père…

— Mon père n'a rien à voir avec nous.

— C'est faux ! Vous êtes son fils. Vous avez les mêmes yeux que lui…

— Mais la ressemblance s'arrête là, affirma-t-il en l'attirant contre lui. Regardez-moi, bon sang ! Je ne suis pas Judd Colter. Et je ne vous veux aucun mal, au contraire…

Sa gorge se noua. Et la même question revint, lancinante : pouvait-elle lui faire confiance ? Tout serait si simple, alors ! Elle pourrait se lover contre lui, s'offrir à ses baisers, s'étourdir de ses caresses… Un murmure de protestation lui échappa comme il glissait la main sur sa nuque. Un instant, elle crut qu'elle avait rêvé. Mais son regard étonné rencontra celui de Brant — et elle comprit qu'il était trop tard.

Un même désir les poussait l'un vers l'autre. Vaincue, elle ne tenta pas d'y résister.

Leurs lèvres se frôlèrent, se cherchèrent. Et lorsque enfin, plaquant une main dans son dos, Brant resserra leur étreinte, Valérie unit sa bouche à la sienne avec délice. Plus rien n'exista alors — ni la promesse qu'elle s'était faite de ne pas succomber ni la méfiance qu'elle éprouvait à son égard. Seule comptait la félicité absolue que lui procurait cet homme. Enivrée par la force de son propre désir, elle se laissait entraîner dans un tourbillon de sensations exquises. Déjà, elle en voulait plus…

Mais la cabine s'immobilisa brusquement. Ils étaient arrivés. Les portes s'ouvrirent lentement, révélant un couloir désert. Et Valérie, effarée, porta le bout de ses doigts à ses lèvres.

— Non, murmura-t-elle. Pas ça…

Brant lui jeta un regard intrigué. Ils n'avaient partagé qu'un baiser, après tout, et sa réaction devait lui sembler excessive… Comment pouvait-il imaginer le dilemme qu'elle traversait ? En l'embrassant, elle avait cédé à ses instincts, certes. Mais surtout, elle avait trahi la mémoire de son père. Et cela, elle ne se le pardonnerait pas.

— De quoi avez-vous peur ? interrogea-t-il doucement.

Il l'avait percée à jour. Impossible de jouer les indifférentes, comme la veille, dans le parc des Kingsley. Mais impossible, aussi, de lui expliquer les raisons de son attitude sans lui révéler *qui* elle était…

Ce qu'elle n'avait aucune intention de faire.

— Ne cherchez pas à comprendre, répliqua-t-elle. Ça ne se reproduira plus, de toute façon.

Et, lui tournant le dos, elle s'engagea dans le couloir.

— Une minute ! s'écria-t-il en lui emboîtant le pas. Qu'est-ce qui se passe ?

— Rien, affirma-t-elle avec un regain d'assurance. J'ai accepté de travailler avec vous, mais notre association s'arrête à la porte de ma chambre. Maintenant, laissez-moi. Je suis fatiguée.

Elle avait instillé assez de dédain dans sa voix pour rebuter un essaim de séducteurs, mais Brant ne s'y trompa pas.

— Vous n'étiez pas fatiguée, dans l'ascenseur, répliqua-t-il, les yeux brillant de colère. Ni hier soir, dans le parc. Cessez de vous mentir, Valérie. Ayez au moins l'honnêteté d'admettre…

— Ce qui se passe entre nous ? acheva-t-elle sur le même ton. Je vous le répète, il n'y a rien. Je me suis laissé emporter, c'est tout. Et cela ne se reproduira plus.

— En effet. Surtout si vous continuez à me traiter comme un imbécile !

Elle tressaillit, ébranlée par la vigueur de sa réaction.

— Pardonnez-moi, je ne voulais pas vous blesser… Vous n'avez rien à vous reprocher. Je suis aussi responsable que vous dans cette histoire.

— Merci de le reconnaître.

— Bien, je… Je vais me coucher, maintenant, annonça-t-elle avec embarras. Je vous appellerai quand je serai rentrée à Memphis. Bonne nuit.

— Bonne nuit.

Il parut sur le point d'ajouter quelque chose, puis se ravisa. Tournant les talons, il s'éloigna dans le couloir.

Elle entra dans sa chambre et s'adossa contre la porte, le cœur battant. Avait-elle complètement perdu la tête ? Le père de ce type avait envoyé le sien en prison, bon sang ! Hier, elle se jurait de ne plus jamais lui succomber. Et vingt-quatre heures plus tard, elle se jetait à son cou dans un ascenseur !

Pourtant, elle savait au plus profond d'elle-même qu'elle n'avait aucun avenir avec lui. Le simple fait de l'embrasser l'avait plongée dans un abîme de culpabilité. Comment aurait-elle pu envisager d'aller plus loin ?

Brant entra dans la cabine de douche et laissa l'eau ruisseler sur son corps. Une eau glacée. De quoi, espérait-il, le libérer des pensées érotiques qui l'envahissaient.

Mais l'eau froide n'y changea rien. Ce qui s'était passé entre eux dans l'ascenseur, ce qui *aurait pu* arriver ensuite, tout cela le hantait sans relâche. Le miracle de la veille s'était reproduit à l'identique : un désir fou, impérieux, partagé, les avait jetés dans les bras l'un de l'autre. Et plus rien n'avait existé que sa bouche sur la sienne.

Qu'avait-elle donc de si particulier pour l'attirer ainsi ? Il aurait dû s'en méfier, au contraire ! Car, il le pressentait, elle n'était pas totalement sincère avec lui. Elle lui cachait quelque chose... mais quoi ?

Il n'en avait pas la moindre idée.

Ne devrait-il pas doublement se méfier d'elle, lui qui avait déjà été trompé par le passé ? Il avait aimé Kristin, s'était donné à elle corps et âme... et qu'avait-il obtenu en retour ? Mensonges et faux-semblants. Loin de lui rendre sa confiance, elle l'avait trahi en jouant les amoureuses éperdues. Et quitté dès qu'il lui avait proposé une autre vie que celle qu'elle attendait.

Depuis la rupture de leurs fiançailles, il avait eu plusieurs aventures — certaines plus sérieuses que d'autres. Mais jamais plus il n'avait perdu le contrôle de lui-même.

Jusqu'à ce qu'il rencontre Valérie Snow.

Il jouait avec le feu, à présent. Mais n'était-ce pas, justement, ce qui faisait tout le charme du jeu ?

10.

Dès son retour à Memphis le lendemain matin, Brant se rendit à la cité administrative pour y consulter les archives de la police municipale, qui occupaient le sous-sol du bâtiment. Charles Tripioni, l'un des plus vieux flics du service, était de garde, assis derrière un vaste comptoir de bois clair. Sa silhouette massive, ses épais sourcils roux en broussaille et son goût pour les beignets au chocolat étaient aussi célèbres que sa propension à se mêler des affaires des autres. Quitte à répandre les rumeurs les plus extravagantes aux quatre coins de la ville.

Aussi Brant exposa-t-il sa requête d'un ton résolument neutre... qui ne suffit pas, hélas, à endiguer l'insatiable curiosité de son collègue.

— Le dossier de l'affaire Kingsley ? répéta-t-il, l'air éberlué. Qu'est-ce que tu vas bien faire d'une telle antiquité, fiston ?

Il plissa les yeux, comme s'il venait de comprendre.

— C'est à cause de cet article dans le *Journal*, pas vrai ?

Brant haussa les épaules avec nonchalance — ce que le vieil homme prit pour une approbation.

— C'est dingue, ce que nous avons à supporter de nos jours, non ? marmonna-t-il en reposant un beignet à moitié entamé sur le comptoir. Ces journalistes se croient tout permis ! Si ça ne tenait qu'à moi, il y a longtemps que...

— Tu peux aller me chercher le dossier ? l'interrompit Brant. C'est urgent.

Son impatience lui valut un long regard matois. Et un laïus supplémentaire.

— Ne me coupe pas la parole, fiston. C'est important, c'que je dis. De mon temps, les journalistes restaient à leur place. Et les flics savaient se faire respecter. Ton père, par exemple. Un sacré bonhomme, celui-là ! Y en aura jamais deux comme lui, tu peux me croire. Ils formaient une fine équipe, tous les trois : Judd, Raymond et Hugh Rawlins. Quand les gars du FBI se sont pointés pour l'affaire Kingsley, ils avaient déjà tout compris… Ils ont bouclé le dossier au nez et à la barbe des Fédéraux, tu te rends compte ? Les types sont rentrés bredouilles à Washington — et nous, on est devenus des héros. Le pays tout entier acclamait ton père, tu te souviens ?

Brant hocha la tête. Inutile de préciser qu'il avait déjà entendu cette histoire des milliers des fois… Tripioni y aurait sans doute vu un manque de respect à l'égard de son père !

— Bon, je vais te chercher le dossier, annonça-t-il enfin. Mais c'est bien parce que c'est toi… Il est en accès limité. Normalement, je ne peux pas te le donner sans l'accord de ton supérieur. Tu aurais dû lui faire signer un formulaire… Enfin, tu connais la procédure.

— Bien sûr… mais j'imaginais que le dossier Kingsley serait en accès libre, justifia-t-il, étonné. Les faits remontent à plus de trente ans !

— Faut croire que ça intéresse encore du monde… Mais ça ira pour cette fois, fiston. Attends-moi là. J'en ai pour un moment.

Son beignet à la main, il s'éloigna lourdement vers les rangées d'étagères. Et revint dix minutes plus tard, les bras chargés de chemises jaunies par le temps.

— Il faut que tu signes le registre, déclara-t-il en déposant les dossiers sur le comptoir.

Brant obtempéra, inscrivant son nom, son grade, son département sur le gros cahier ouvert à la date du jour. Puis, glissant les documents dans une sacoche, il prit congé de Tripioni. Et rejoignit son bureau en un temps record.

Après avoir refermé la porte derrière lui et basculé son poste téléphonique en mode messagerie, il entreprit d'examiner le contenu des chemises. Photographies, coupures de presse, dépositions des témoins… tout y était — sauf le rapport d'autopsie. Qui figurait pourtant sur la liste récapitulative des documents inclus au dossier.

Les photographies montraient la chambre d'enfants, le balcon et le mur d'enceinte que le ravisseur avait certainement escaladé pour pénétrer dans la propriété des Kingsley, le soir du crime. Il y avait aussi des images de la fosse où le corps du petit Adam avait été découvert, à quelques kilomètres seulement de la maison de ses parents. Mais, étrangement, l'enveloppe ne contenait aucun cliché mortuaire.

Pas de rapport d'autopsie. Pas de photos du corps. Le dossier Kingsley était sérieusement incomplet.

Déconcerté, Brant se plongea dans la lecture du rapport d'enquête, s'efforçant de se représenter le déroulement du drame le plus clairement possible.

Les faits étaient les suivants : dans la nuit du 24 au 25 juin, trente et un ans auparavant, Adam Kingsley, alors âgé de trois ans, avait été enlevé au domicile de ses parents, qui donnaient ce soir-là une grande réception dans les salons du rez-de-chaussée. Personne n'avait rien vu ni entendu. Les vigiles, que les Kingsley avaient recrutés pour l'occasion, n'avaient rien remarqué d'anormal. Peu après minuit, la gouvernante des enfants avait vérifié qu'ils dormaient bien, et, satisfaite, s'était couchée dans la pièce voisine.

A 3 heures du matin, après le départ des derniers invités, Pamela, la belle-mère des jumeaux, s'était rendue auprès d'eux pour s'assurer qu'ils ne manquaient de rien... et n'avait pas trouvé Adam dans son lit. Effarée, elle avait rapidement parcouru les pièces du premier étage — en vain. Le petit garçon avait disparu. Elle avait alors alerté la maisonnée, tandis que les vigiles, encore en service, prévenaient la police. Le parc avait été exploré dans ses moindres recoins toute la nuit, sans résultat. L'enfant et son ravisseur s'étaient évanouis dans la nature.

Dès le lendemain, Edward Kingsley recevait une demande de rançon : il devait, pour retrouver son fils vivant, déposer cinq cent mille dollars en petites coupures dans un coin reculé du zoo municipal. La police avait aussitôt quadrillé le secteur, mais le ravisseur avait réussi à leur échapper. Profitant d'une panne momentanée du réseau radio de la police, il avait indiqué un second rendez-vous à Edward Kingsley. Celui-ci n'avait pu le communiquer aux officiers présents sur le terrain puisque la radio ne fonctionnait pas. Impatient de retrouver son fils, il s'était rendu au lieu-dit et avait caché l'argent dans un buisson, avant de rentrer chez lui pour y recevoir les instructions suivantes. Qui n'étaient jamais venues. Quand, une heure plus tard, il avait enfin réussi à contacter la police, l'argent avait disparu.

Les journaux du lendemain avaient titré sur l'incompétence de la police municipale, accusant Judd, Raymond et Hugh du « pire cafouillage de l'histoire criminelle ». Le FBI, appelé en renfort par le gouverneur de l'Etat, était arrivé de Washington pour reprendre l'affaire en main.

Quelques jours plus tard, un correspondant anonyme avait téléphoné à Judd pour accuser Cletus Brown du crime. Muni d'un mandat d'arrêt, celui-ci s'était rendu au domicile de Brown. Là, il avait découvert une petite partie de la rançon — quinze mille dollars — dissimulée dans le coffre de sa voiture... L'homme avait été arrêté sur-le-champ, et les quelques témoins interrogés par la suite, au nombre desquels figurait le beau-frère de Brown, ayant confirmé les soupçons qui pesaient sur lui, il avait été officiellement inculpé de l'enlèvement d'Adam Kingsley.

Deux mois s'étaient ensuite écoulés avant la découverte du corps, enterré dans un petit bois à dix kilomètres de Memphis. Le sort de Brown, qui demeurait en suspens, avait alors été scellé. Haï par le pays tout entier, il avait été condamné à la prison à perpétuité — et s'y trouvait encore.

Mais qu'était-il advenu des clichés mortuaires ? Avaient-ils été ôtés de l'enveloppe par respect pour la douleur de la famille ? L'hypothèse était plausible : un officier bien intentionné avait pu les soustraire au dossier pour s'assurer qu'ils ne tomberaient jamais aux mains d'un journaliste peu scrupuleux…

Même si c'était le cas, comment expliquer l'absence du rapport d'autopsie ?

— On a subtilisé le rapport d'autopsie ? répéta Valérie, stupéfaite. Pourquoi faire une chose pareille ?

Rentrée le matin même de La Nouvelle-Orléans — sur l'autorisation de l'inspecteur Melmer —, elle avait aussitôt rejoint son bureau. Où l'attendait un message de Brant, lui donnant rendez-vous à midi dans un des restaurants du centre-ville « pour discuter d'une affaire urgente ». Elle avait failli lui téléphoner pour savoir de quoi il retournait… puis elle s'était ravisée : inutile de dévoiler son impatience à Colter, qui ne manquerait pas de la juger exagérée. C'était donc d'un ton neutre qu'elle l'avait questionné sur ses découvertes, une fois assise en face de lui dans un coin du restaurant.

L'information qu'il lui avait transmise était si riche de conséquences qu'elle en avait le vertige.

— Aucune idée, répondit-il en sucrant son thé glacé. Mais ce n'est pas un geste anodin. C'est même totalement illégal !

— Je ne vois qu'une hypothèse. Ces documents devaient être sacrément compromettants. Suffisamment, en tout cas, pour que quelqu'un se risque à les subtiliser... Qui a accès aux archives, chez vous ?

— N'importe quel employé des services de police de l'Etat peut demander à les consulter. Je regarderai le registre des documents empruntés, mais je doute que cela nous serve à grand-chose. Le type qui a emporté les photos et le rapport d'autopsie n'a peut-être pas laissé son nom dans le registre. Ou s'il l'a fait, il sera mêlé à tous ceux qui ont consulté le dossier en toute innocence.

Si Brant évitait clairement de s'interroger sur les coupables potentiels, Valérie, elle, avait déjà son idée sur la question. Mais elle préféra garder le silence. De même qu'elle ne demanda pas à son interlocuteur pourquoi il n'avait pas mentionné la disparition des documents à son supérieur, Hugh Rawlins.

Avait-il cessé de faire confiance à son supérieur ? Certainement — même s'il n'était pas encore prêt à l'admettre. Une incertitude croissante se lisait dans son regard sombre.

L'incertitude d'un homme qui commence à douter de ses proches.

Elle aurait pu s'en réjouir. Se féliciter de voir Brant douter de Judd Colter, elle qui avait douté de son propre père toute sa vie à cause de lui. Mais il n'en était rien. Car elle connaissait trop l'ampleur du désarroi qui était le sien. Déjà, il était quasiment persuadé qu'un de ses proches, sinon plusieurs d'entre eux, avait comploté pour envoyer un innocent en prison. Bientôt, il commencerait à douter de lui-même...

Comme la petite Violet, trente et un ans plus tôt.

A cette différence près, cependant, qu'il était, à l'heure actuelle, un homme accompli. Alors qu'à l'époque des faits, elle n'était qu'une fillette de cinq ans, beaucoup trop jeune pour comprendre qu'elle n'était pas responsable des erreurs de son père.

Brant, lui, saurait prendre le recul nécessaire. Il surmonterait ce qu'ils découvriraient au cours de l'enquête.

Mais lorsque la vérité éclaterait, lui pardonnerait-il d'avoir fait chuter son père ?

Le déjeuner tirait à sa fin. Assis face à Valérie, Brant sentait une colère sourde monter en lui. Il n'aurait su expliquer pourquoi, mais la jeune femme mettait ses nerfs à vif. Etait-ce l'éclair de triomphe qu'il avait lu dans ses yeux lorsqu'il lui avait annoncé l'absence du rapport d'autopsie dans le dossier Kingsley ? Le sourire entendu qui s'était formé sur ses lèvres quand il avait précisé que seul le personnel de la police avait accès aux archives ?

A croire qu'elle se réjouissait de voir ses certitudes s'effondrer une à une.

Bien sûr, elle était parfaitement en droit de se réjouir de la situation : quel journaliste ne l'aurait pas fait, à sa place ? Elle travaillait pour la presse à scandale, et il venait de lui fournir la matière de son prochain article. Lui-même devait admettre que la découverte du dossier incomplet aux archives l'avait ébranlé. D'autant qu'elle faisait suite à l'assassinat de Naomi Gillum... L'affaire était trop complexe, à présent, pour qu'il laisse Valérie continuer seule. Il était déterminé à poursuivre l'enquête à son côté — quel que soit le prix à payer.

Au fond, s'il était tout à fait honnête avec lui-même, il devait admettre que sa colère remontait à la veille. Etre repoussé deux soirs de suite par une femme superbe n'avait rien de plaisant. Mais que cette femme s'obstine à nier les sentiments qu'elle éprouvait envers lui, cela l'irritait au plus haut point. Car elle le désirait aussi !

Car il la désirait, lui, envers et contre tout.

Elle termina distraitement son assiette, puis leva les yeux vers lui.

— Connaissez-vous quelqu'un au FBI ?

— Pourquoi ? interrogea-t-il, sur la défensive.

— Naomi Gillum m'a dit qu'elle avait reçu la visite d'un agent du FBI après l'arrestation de Cletus Brown. Il travaillait sur l'affaire Kingsley et, d'après lui, Brown était victime d'un coup monté.

Elle marqua une pause, avant de reprendre avec détermination :

— Si cet homme est encore vivant, j'aimerais le rencontrer. Je voudrais comprendre pourquoi il n'a jamais témoigné en faveur de Brown pendant l'enquête ni au cours du procès. Il se nomme James Denver, et si vous parvenez à retrouver sa trace…

— Vous me serez éternellement reconnaissante, c'est ça ? acheva-t-il avec un sourire ironique.

Elle lui rendit son sourire — et il sentit sa colère fondre comme neige au soleil.

— Et si je me contentais de vous offrir à déjeuner, ça suffi-rait ? répliqua-t-elle en s'emparant de l'addition.

— Ça suffira, acquiesça-t-il. Pour le moment.

De retour à son bureau, Brant passa plusieurs appels successifs avant d'obtenir l'information désirée : James Denver, ancien agent du FBI, avait pris sa retraite quelques années auparavant, et vivait à Paradise, un petit village de l'Arkansas. Valérie, qu'il contacta sans tarder, accueillit la nouvelle avec enthousiasme et se déclara prête à prendre la route le soir même.

— Une minute, tempéra-t-il. J'ai d'autres affaires en cours… Je ne peux pas partir comme ça.

— Vous n'êtes pas obligé de venir avec moi. Je peux y aller seule. Je vous raconterai tout à mon retour !

— Pas question. Je vous accompagne. Nous partirons samedi matin.

— Mais… c'est dans deux jours !

— Avez-vous déjà oublié ce qui est arrivé à Naomi ? rétorqua-t-il sèchement. Je ne veux pas que vous y alliez seule, vous m'entendez ? Promettez-le-moi.

Elle hésita, partagée entre l'irritation et la gratitude. Il n'avait pas à lui dicter sa conduite… mais comment résister à tant de sollicitude ? Se pouvait-il qu'il s'inquiète réellement pour elle ?

A moins qu'il ne veuille recueillir par lui-même le témoignage de James Denver ? Et s'assurer que le vieil homme ne lui livrerait pas ses secrets ?

« Arrête, s'intima-t-elle, agacée. Tu vas trop loin. »

Brant l'avait sauvée d'une chute mortelle et innocentée auprès de la police de La Nouvelle-Orléans ; il lui avait offert l'accès aux fichiers de la police et l'avait aidée à retrouver James Denver. Quel autre exploit devait-il accomplir pour gagner sa confiance ?

Elle prit une profonde inspiration. Il avait fait beaucoup pour elle, certes… mais elle ne pouvait oublier qu'il était le fils de Judd Colter. Pas plus qu'elle ne pouvait effacer de sa mémoire la conversation qu'elle avait surprise chez les Kingsley. Serviable ou non, Brant demeurait un Colter.

Et elle ne se résoudrait pas à lui faire totalement confiance.

— D'accord, accepta-t-elle à contrecœur. Nous partirons samedi.

11

La fin de la semaine s'écoula plus rapidement que Valérie ne l'avait escompté : la mise à jour de ses notes, l'écriture d'un article sur l'assassinat de Naomi Gillum et la participation à deux comités de rédaction l'occupèrent toute la journée du jeudi et le vendredi matin. Elle employa l'après-midi suivant à discuter avec Harry Blackman de la poursuite de l'enquête. Après mûre réflexion, ils décidèrent d'orienter les recherches sur les vigiles qui avaient travaillé chez les Kingsley la nuit du drame. Si certains d'entre eux acceptaient de rencontrer Harry, ils auraient peut-être de précieuses informations à lui confier…

Du moins l'espérait-elle. Mais, pour l'heure, l'essentiel était d'interroger James Denver.

Colter vint la chercher tôt le lendemain matin. Ils discutèrent un moment de la voiture à utiliser — celle de Brant ou la sienne ? — avant d'opter pour la 4x4 de Valérie, qui se révélerait certainement plus maniable sur les petites routes de l'Arkansas. Puis la conversation s'orienta sur le choix du conducteur et, cette fois, Brant l'emporta : natif de Memphis, il connaissait la ville sur le bout des doigts et saurait éviter les embouteillages matinaux, inévitables à la sortie de l'agglomération. L'argument était imparable, et Valérie lui tendit ses clés à contrecœur.

Vingt minutes plus tard, ils traversaient le pont reliant l'Etat du Tennessee à l'Arkansas. Ils s'engagèrent ensuite sur la route 64, interminable cordon de bitume tendu parmi les champs de coton, de riz et de soja qui faisaient la richesse de la région. Après deux heures de trajet, ils obliquèrent vers le nord pour rejoindre un chapelet de petites bourgades rurales dispersées de part et d'autre de la route 167 : Evening Shade, Horseshoe Bend et, finalement, Paradise.

Le village était ravissant, avec ses rues bordées d'arbres, ses maisons aux volets pastel, ses jardins fleuris et ses balancelles de bois clair, invariablement installées à l'ombre des vérandas. Conquis, Brant et Valérie s'arrêtèrent à une station-service pour prendre de l'essence, acheter des boissons fraîches et demander leur chemin. D'après l'adresse qui avait été transmise à l'inspecteur, James Denver vivait à la périphérie du bourg, le long d'un chemin vicinal impossible à localiser sur une carte…

Interrogé, le pompiste parut perplexe. Il ôta sa casquette, secoua lentement la tête… puis se tourna vers le type qui se tenait derrière la caisse.

— Donny ? James Denver, ça serait pas le gars qui a acheté la ferme du vieux Sheridan ?

— Attends voir…, marmonna l'autre en se balançant non-chalamment sur sa chaise. Ouais, t'as raison. C'est lui. Il est arrivé y a pas longtemps. J'crois qu'il passe ses journées à pêcher. Il doit être au bord du lac, à l'heure qu'il est.

Le pompiste acquiesça et griffonna un plan des environs sur un bout de sac en papier, qu'il tendit à Brant.

— C'est un 4x4, vot' truc ? s'enquit-il en désignant la voiture de Valérie d'un signe du menton.

— Oui. Pourquoi ? intervint-elle.

L'homme la gratifia d'un bref coup d'œil avant de reporter son attention sur l'inspecteur.

— Les routes sont sacrément abîmées à c't époque de l'année. Et ils annoncent un vrai déluge pour ce soir. Sans 4x4, vous risquez de rester coincés, si vous allez vers le lac.

— Merci du conseil, répliqua Brant.

Il paya leurs consommations, et ils sortirent.

— Vous avez vu ça ? Ce type ne pouvait même pas imaginer que c'était ma voiture ! Il n'a parlé qu'avec vous ! s'exclama Valérie, agacée.

— Il était peut-être intimidé, avança-t-il d'un ton badin. Une jolie fille comme vous, ça court pas les rues, par ici !

Elle lui lança un regard ironique.

— Ça doit être ça, oui…

Vêtue d'un jean et d'un T-shirt gris, elle ne se sentait pas particulièrement « intimidante » aujourd'hui. Ce qui rendait le compliment de Brant encore plus agréable, d'ailleurs.

Au fond, elle ne connaissait rien de ses goûts, songea-t-elle. Cet homme lui avait sauvé la vie. Il l'avait embrassée avec passion. Mais elle n'avait pas la moindre idée du genre de musique qu'il écoutait, des films ou des livres qu'il aimait, des plats qu'il appréciait… Elle ne savait même pas où il habitait !

Bien sûr, ce genre d'informations n'avait pas d'importance puisque, dès qu'elle aurait terminé l'enquête, et que son père serait sorti de prison, elle quitterait Memphis.

Mais tout de même… l'envie de mieux connaître Brant Colter la tenaillait. Des petits détails, des anecdotes l'auraient passionnée. Elle pourrait, ainsi, les convoquer à sa mémoire au cours des longues soirées d'hiver, lorsqu'elle serait rentrée à Chicago.

Chicago. La ville où elle avait grandi. Où l'attendaient ses amis, son travail, son appartement. Tout ce qui faisait sa vie d'avant. Elle avait toujours pensé qu'elle y retournerait, qu'elle reprendrait le fil de son existence là où elle l'avait laissé en partant…

Mais que restait-il, au juste, de cette existence ?

Rien, comprit-elle brusquement. Il ne restait rien de son ancienne vie. Et elle n'avait pas envie de rentrer à Chicago.

La barque de James Denver n'était qu'un point à l'horizon quand Brant et Valérie arrivèrent au bord du lac. Ils laissèrent le véhicule sur le petit parking aménagé au bout du chemin, et s'avancèrent vers le ponton de bois qui servait d'embarcadère. Le soleil, qui les avait accompagnés depuis leur départ de Memphis, se voilait peu à peu, terni par les gros nuages qui s'amoncelaient à sa droite. Bientôt, le lac ne fut plus qu'une vaste étendue de satin gris. Le pompiste avait raison : il pleuvrait des trombes avant la nuit.

Le vent se leva, agitant les branches des roseaux sur le rivage, enflant les vaguelettes qui se mouraient contre les berges — et Valérie frissonna, tandis que les branches immergées d'un vieux cyprès prenaient des allures de gnomes ridés et grimaçants.

Ballottée par les eaux du lac, la barque de Denver regagnait lentement la rive. Par moments, le bruit du moteur leur parvenait aux oreilles, étouffé par les rafales de vent et le clapotis des vagues. Enfin, il accosta, et Brant se pencha pour arrimer la barque au ponton.

— Merci ! lança Denver en saisissant un seau rempli de perches encore frétillantes.

— Belles prises, commenta Brant.

— Pas mal. J'ai connu pire.

Il se hissa sur l'embarcadère puis, repoussant sa casquette d'un revers de main, il les observa avec curiosité.

— Vous m'attendiez ?

Grand, plutôt mince, il semblait flotter dans sa chemise à carreaux, trop large pour ses épaules un peu tombantes.

L'âge, sans doute. Mais ses yeux, d'un bleu vif, brillaient d'une redoutable sagacité. Et Valérie devina que l'âge n'avait en rien entamé les facultés d'observation et d'analyse de l'ancien agent du FBI.

— Je suis l'inspecteur Colter, de la police de Memphis, annonça Brant en présentant son badge. Et voici Valérie Snow.

Denver se tourna vers elle.

— Nous sommes-nous déjà rencontrés ?

— Non. Je suis journaliste au *Memphis Journal* et j'enquête sur l'affaire Kingsley depuis plusieurs mois.

— L'affaire Kingsley ? répéta-t-il en dardant sur elle un regard si pénétrant qu'elle se crut percée à jour. Ça remonte à loin.

— Vous avez été chargé de l'enquête par le FBI, à l'époque.

— En effet, acquiesça-t-il, puis il reporta son attention sur son compagnon. Le chef de la brigade criminelle de Memphis s'appelait Colter. Judd Colter. C'est un de vos parents ?

— C'est mon père, répondit Brant d'un ton neutre.

Denver ne fit aucun commentaire. Après un bref silence, il désigna la maison qui se dressait sur les hauteurs du lac.

— Venez chez moi. La pluie ne va pas tarder.

Denver en tête, ils s'engagèrent sur un des petits sentiers qui sillonnaient la colline. Quelques minutes plus tard, ils débouchèrent devant une ancienne ferme joliment restaurée. Leur hôte les invita à patienter sous la véranda tandis qu'il entrait se changer après avoir vidé son chargement de poissons dans un bac à glace. Lorsqu'il les rejoignit, les bottes en caoutchouc avaient fait place à une paire de tennis usées, la casquette avait disparu, et la chemise trop large avait été remplacée par un polo bleu marine. Sortant une pipe et un paquet de tabac de sa poche, il s'assit dans un fauteuil à bascule face à Valérie, installée sur une banquette en osier près de Brant, qui s'était juché sur le rebord de la véranda.

La pluie avait commencé à tomber, s'écrasant en larges gouttes sur le toit de tôle dans un martèlement presque agressif, comme si les éléments se liguaient pour étouffer les révélations de James Denver.

Il alluma sa pipe avant de briser le silence qui s'était installé entre eux.

— Que cherchez-vous, exactement ?

— La vérité, répondit-elle avec franchise. A l'époque, vous doutiez de la culpabilité de Cletus Brown. Je veux savoir pourquoi vous n'avez jamais exprimé vos doutes au FBI.

Il l'observa calmement.

— Ce n'était qu'une intuition. Je n'avais aucune preuve de l'innocence de Brown.

— Vous aviez pourtant recueilli la déposition de Naomi Gillum. Vous saviez qu'elle avait passé la nuit avec Brown le soir de l'enlèvement d'Adam Kingsley.

Un éclair de surprise brilla dans les yeux de son interlocuteur.

— Naomi Gillum ? Comment avez-vous découvert son existence ?

— J'ai embauché un détective privé pour la retrouver, déclara-t-elle en omettant délibérément de mentionner le journal de sa mère. Je l'ai rencontrée il y a quelques jours, juste avant qu'elle ne soit assassinée.

— Assassinée ? répéta-t-il, visiblement interloqué.

— Oui, assassinée. Mais avant de mourir, elle m'a raconté que vous étiez venu la voir, à l'époque. Vous meniez votre propre enquête et vous aviez besoin de son aide pour prouver que la police de Memphis avait arrêté le mauvais coupable… Elle était prête à témoigner, mais elle a commencé à recevoir des appels anonymes. Elle a pris peur, et elle a quitté Memphis.

— Je me suis toujours demandé pourquoi elle avait disparu…

— D'après vous, qui la menaçait ? interrogea-t-elle en jetant un regard à Brant, qui était demeuré étrangement silencieux jusqu'à présent.

— Aucune idée, assura Denver — mais le ton de sa voix semblait indiquer le contraire.

— Pensez-vous que cela puisse être un type de la police ?

— Les gars de Memphis étaient sous pression quand je suis arrivé de Washington, répliqua-t-il avec un haussement d'épaule. L'opération qu'ils avaient montée pour intercepter le ravisseur après la remise de la rançon avait lamentablement échoué. La presse leur était tombée dessus, ils étaient la risée de tout le pays… C'était épouvantable pour eux. Et j'ai vite compris qu'ils avaient précipité l'arrestation de Brown pour sauver la face. Mais je n'ai rien pu faire pour les en empêcher. Même si j'avais obtenu la déposition de Naomi Gillum, ils n'auraient pas fait machine arrière. Ils en avaient fait une histoire d'honneur.

Elle écarquilla les yeux, interloquée.

— Vous estimez normal d'envoyer un innocent en prison pour sauver l'honneur de la police ?

— Je n'ai pas dit ça, répliqua-t-il d'un ton égal. J'essaie simplement de replacer la situation dans son contexte. Ce qui vous semble intolérable aujourd'hui paraissait nécessaire à l'époque.

— Pour la police de Memphis peut-être, mais pour vous ? N'étiez-vous pas choqué, d'un point de vue personnel, par ce qui était en train de se produire ? N'avez-vous pas cherché à poursuivre votre enquête ?

— Je l'aurais fait, si Mme Gillum n'avait pas disparu. Mais elle s'est évanouie dans la nature, et même si je l'avais retrouvée, il était clair qu'elle aurait refusé de témoigner au procès. Le lendemain de son départ, Cletus Brown s'est rétracté. Il est revenu sur sa déposition initiale, affirmant qu'il était seul le soir du drame. Dès lors, il n'avait plus d'alibi.

— Il s'est rétracté parce qu'il avait subi des menaces, lui aussi. On l'avait averti qu'il ne reverrait pas sa femme et sa fille vivantes s'il continuait d'affirmer qu'il avait passé la nuit avec Naomi.

— Je veux bien le croire, admit Denver. Mais après ça, je ne pouvais plus faire grand-chose. A part attendre qu'une autre faille se présente…

Il marqua une pause, laissant sa phrase en suspens. Qu'avait-il voulu dire, au juste ? Y avait-il une autre « faille » dans le scénario de Judd et de Raymond Colter ?

Valérie s'apprêtait à l'interroger, lorsque Brant prit la parole.

— Avez-vous assisté à l'autopsie d'Adam Kingsley ?

Si elle fut surprise, Denver, lui, esquissa un sourire entendu. Comme si la question coulait de source.

— Pourquoi me le demandez-vous, Colter ? Avez-vous des raisons de penser que l'autopsie n'a pas été menée correctement ?

— Je n'irais pas jusque-là, mais j'ai consulté le dossier Kingsley aux archives de la police, et je n'ai trouvé ni le rapport d'autopsie, ni les clichés mortuaires, ni même les photos qui ont dû être prises lors de la découverte du corps.

Denver poussa un long soupir. Puis, les yeux rivés sur le lac obscurci par la pluie, il leur révéla ce qu'il savait.

— L'autopsie a été bâclée. Le corps du petit a été retrouvé vers 19 heures, et le médecin légiste a rendu ses conclusions dans la soirée.

— La famille n'est pas venue identifier le corps ? s'enquit Brant.

— Pas que je sache. Il n'y avait plus grand-chose à voir, de toute façon… D'après l'expert, la mort remontait à plus d'un mois. Mais le petit était vêtu du pyjama qu'il portait la nuit où il avait été enlevé, et sa couverture préférée avait été enterrée avec lui. Sans compter qu'il a été retrouvé à moins de dix kilomètres de chez lui… Bref, tout portait à croire qu'il s'agissait d'Adam Kingsley, et la brigade criminelle a conclu son rapport dans la nuit.

— Et l'autopsie proprement dite ? insista Colter. L'expert a forcément relevé les empreintes digitales du corps pour les confronter à celles d'Adam ? Ou comparé les groupes sanguins ?

— Je ne crois pas, non. L'autopsie n'a servi qu'à déterminer la cause du décès.

L'incrédulité la plus complète se lut sur le visage de l'inspecteur.

— Etes-vous en train de me dire que le corps n'a jamais été formellement identifié comme étant celui d'Adam Kingsley ?

Valérie se redressa, glacée d'effroi.

— Mais alors… ce n'était peut-être pas Adam qui se trouvait dans la tombe ? marmonna-t-elle en se tournant vers son compagnon.

— Je n'en sais rien, tempéra Brant. Un pyjama et une couverture ne suffisent pas à identifier un corps. Comment ont-ils pu s'en tenir là ? Ce ne sont pas des méthodes de travail normales !

— N'oubliez pas que les Kingsley étaient tout-puissants, argua Denver. Ils ont certainement fait pression sur les inspecteurs pour classer l'affaire au plus vite. Je crois que les parents se satisfaisaient d'avoir retrouvé le corps du petit. Le reste leur semblait accessoire.

— Je ne comprends pas… Ils n'avaient pas envie d'être *sûrs* que le corps était bien celui d'Adam ? demanda Valérie. S'il y avait encore une chance infime de retrouver leur fils vivant, ne désiraient-ils pas y croire, malgré tout ?

— Ce qui m'amène à une autre question, enchaîna Brant. Si le corps n'était pas celui d'Adam, quelqu'un s'est donné beaucoup de mal pour faire croire qu'il s'agissait du petit garçon. Pourquoi, à votre avis ?

Denver tira pensivement sur sa pipe, avant de répondre.

— Encore une fois, replacez la situation dans son contexte. La rançon avait été payée, et l'enfant n'avait pas été rendu à sa famille. A la police comme au FBI, tout le monde avait perdu espoir de le retrouver vivant. Mais l'affaire n'était pas classée pour autant. Il fallait la preuve matérielle que Brown était bien le coupable… Autrement dit, sans le corps du petit, le doute était toujours permis. Une fois retrouvé, en revanche, il n'y avait plus un juré dans tout le pays pour avoir des doutes sur sa culpabilité.

— Et il a été condamné à perpétuité ! conclut Valérie d'une voix qu'elle s'efforça de contenir.

La colère montait en elle, irrésistiblement. C'était de son propre père qu'on parlait. De sa vie détruite à jamais !

« Maîtrise-toi », s'intima-t-elle en serrant les poings. La victoire était trop proche pour qu'elle la mette en péril. Sa fausse identité lui permettait de mener l'enquête — et Violet Brown devait garder le silence.

Pour le moment, du moins.

— Et si nous demandions à une cour de justice d'exhumer le corps pour en avoir le cœur net ? avança Brant.

— J'y ai pensé, moi aussi. Mais je ne crois pas que vous parviendrez à convaincre la famille Kingsley. Vu leur opposition à l'époque des faits, ils seront certainement rétifs à l'autopsie.

A moins de trouver un juge assez courageux pour leur faire front, votre tentative est vouée à l'échec.

— Sans doute, admit l'inspecteur. Mais qui n'essaie rien n'a rien.

Il pleuvait toujours lorsqu'ils prirent congé de James Denver, mais ils parvinrent à regagner la route principale sans encombre. Peu à peu, cependant, l'averse s'intensifia, et ce fut sous des trombes d'eau qu'ils s'engagèrent dans les lacets qui descendaient en pente abrupte vers l'autoroute 64.

Et Valérie se félicita d'avoir laissé Brant prendre le volant. Les révélations de Denver occupaient toutes ses pensées, et elle aurait eu du mal à se concentrer sur la route. Assise côté passager, elle avait donc tout loisir de réfléchir à la suite de l'enquête. Et de s'interroger sur la réaction des Kingsley lorsqu'ils apprendraient que le corps enterré trente et un ans auparavant n'était peut-être pas celui d'Adam…

— Bon sang, marmonna Brant. Je n'y vois plus rien !

Elle lui lança un regard surpris — et constata qu'il avait raison. La pluie s'abattait avec une telle violence sur le pare-brise qu'on ne distinguait même plus le capot !

— Garez-vous sur le bas-côté, suggéra-t-elle. Mieux vaut attendre que ça passe.

— Le bas-côté ? Vous en voyez un, vous ?

Perplexe, elle se pencha vers la fenêtre. Et découvrit avec horreur qu'ils se trouvaient entre une paroi rocheuse, à droite, et un précipice, à gauche ! Et, pour ne rien arranger, une série de virages serrés mettaient les freins — et Brant — à rude épreuve.

— Ralentissez un peu, enjoignit-elle.

— Je suis déjà presque arrêté.

Il jeta un coup d'œil dans le rétroviseur, et son expression s'assombrit encore.

— Mais… ce type fonce droit sur nous !

Elle se retourna vivement. Un véhicule approchait, en effet. Ou plutôt, il dévalait la montagne à leur rencontre.

— Mon Dieu… Il n'a plus de freins, murmura-t-elle en blêmissant.

— Dites plutôt qu'il a décidé de s'en passer, répliqua Brant d'un ton lugubre.

Et, sans autre commentaire, il appuya fermement sur l'accélérateur. Le moteur rugit aussitôt, les entraînant en zigzag sur la chaussée détrempée.

— Qu'est-ce que vous faites ? s'écria-t-elle, interloquée.

— J'essaye de le semer.

Alors, elle comprit. Un type les avait suivis jusqu'ici pour les éliminer. Et ce type était maintenant juste derrière eux ! constata-t-elle en se tournant de nouveau vers la vitre arrière. Les phares de son véhicule — sans doute un petit camion — louvoyaient sous la pluie comme deux vautours prêts à l'attaque.

— Il va nous rentrer dedans !

A peine avait-elle achevé sa phrase qu'un choc brutal les propulsa en avant. Le camion venait de les heurter. Brant lâcha un juron, les mains crispées sur le volant pour maintenir le cap. Les pneus crissèrent sur le bitume, et Valérie hurla.

— Il va nous tuer, Brant !

— Calmez-vous. On va s'en sortir. Attention, il revient ! Agrippez-vous !

Elle eut tout juste le temps d'obtempérer, avant qu'une nouvelle secousse ne l'arrache à son siège. Agrippée à la poignée de la porte, elle vit le précipice se rapprocher d'eux à travers le pare-brise éclaboussé de pluie. Elle ferma les yeux, persuadée de sombrer, tandis que Brant donnait un violent coup de volant…

Qui les ramena miraculeusement au centre de la chaussée. Mais, déjà, le virage suivant se dessinait dans la brume. Brant, incapable de freiner sans risquer de patiner, l'aborda à une vitesse affolante. Lorsque Valérie se retourna, le cœur battant, les phares du camion n'étaient pas encore visibles par la vitre arrière.

Ils venaient de gagner quelques précieuses secondes sur leur poursuivant.

Elle s'apprêtait à encourager son compagnon, lorsqu'il jura de nouveau — avant de freiner brusquement. Et pour cause : deux énormes blocs de pierre étaient tombés sur la route, à quelques mètres de distance l'un de l'autre. Réduisant encore l'allure, Colter entreprit de contourner le premier d'entre eux, qui bloquait la file de droite. Il approchait du second, lorsque le moteur du camion se fit entendre derrière eux. Il sortait du virage sur les chapeaux de roues, lui aussi…

Mais, contrairement à Brant, il n'eut pas le temps de distinguer le rocher qui lui barrait le passage. Et le heurta de plein fouet. Le crissement des pneus, le fracas de la tôle froissée, les cris de Valérie — tout se confondit dans un vacarme atroce.

Et le camion, devenu incontrôlable, chuta dans le vide sous ses yeux horrifiés.

— Mon Dieu…, murmura-t-elle, sous le choc.

Brant évita le second rocher puis ralentit encore pour s'engager sur la bande d'arrêt d'urgence qui, par chance, s'élargissait un peu à cet endroit.

— Appelez les urgences, ordonna-t-il en lui tendant son téléphone portable. Moi, je vais jeter un œil là-bas.

— Faites attention… Ce type a essayé de nous tuer. Il… Il n'est peut-être pas mort !

— Ne vous en faites pas. J'ai ce qu'il faut, indiqua-t-il en désignant son arme de service. Attendez-moi ici.

Demeurée seule, elle composa le numéro des urgences d'une main tremblante. Et détailla les faits aussi clairement que possible à l'infirmière qui lui répondit. Son appel fut ensuite transféré au commissariat, qui promit d'envoyer une équipe sur place. Elle raccrocha, jeta un regard autour d'elle… et décida d'aller rejoindre Brant. Peut-être avait-il besoin d'aide ! Extirpant sa lampe torche de la boîte à gants, elle sortit et se dirigea d'un pas mal assuré vers l'endroit où le camion avait dérapé.

La pluie s'abattait toujours en rideaux compacts sur le bitume ruisselant. L'air s'était chargé de brume, réduisant encore la visibilité, et Valérie ne distingua pas, d'abord, la rangée d'arbres brisés par le passage du camion sur le flanc de la montagne. Seule la glissière de sécurité, sectionnée sur plusieurs mètres, témoignait de l'accident.

Elle l'enjamba et commença à descendre, glissant plus qu'elle ne marchait sur la terre mouillée, les branches écrasées, les fleurs arrachées. Enfin, le camion apparut dans le faisceau de sa lampe. La porte côté conducteur était ouverte, révélant un siège vide. La gorge nouée, elle orienta sa torche vers les roues avant, et aperçut Brant, agenouillé dans l'herbe.

Elle le rejoignit en quelques enjambées. Leur agresseur était étendu sur le dos — mort, sans aucun doute.

Elle détourna la tête, s'efforçant de contenir la nausée qui l'envahissait. Brant se redressa et lui prit la torche des mains. Puis il l'attira brièvement contre lui.

— Ça va aller ? interrogea-t-il avec sollicitude.

Elle hocha la tête pour le rassurer. Il était trempé, lui aussi. Ses cheveux mouillés paraissaient plus sombres encore, comme le soir où il était venu chez elle, à Memphis.

— Vous… Vous le connaissiez ? bredouilla-t-elle en désignant le corps.

174

— Hélas, oui. Il s'appelait Rémy Devereaux.

Elle s'approcha, se força à examiner l'homme qui avait failli la tuer. Grand, presque maigre, les traits anguleux, il n'inspirait pas la sympathie. « Une vraie gueule de tueur », songea-t-elle en frissonnant.

— C'était un des indics de la police de Memphis, expliqua Brant. Mais je n'ai jamais travaillé avec lui : il a quitté la ville quand je faisais mes classes.

— Votre père l'avait bien connu, j'imagine ?

— Oui, il travaillait avec lui à l'occasion... Comme beaucoup d'autres flics, d'ailleurs. Devereaux n'était pas très regardant. Il aurait vendu père et mère pour quelques dollars.

Tout en parlant, Brant avait braqué la torche sur le visage ensanglanté du tueur. Valérie eut un mouvement de recul... avant de se ressaisir, intriguée. Il y avait quelque chose chez cet homme... Quelque chose d'étrangement familier. Comme s'il lui rappelait quelqu'un.

— Je... Je crois que je l'ai déjà vu, marmonna-t-elle.

Brant lui saisit le bras.

— Où ?

— L'autre nuit. A La Nouvelle-Orléans. Quand j'ai fait demi-tour pour aller chercher mon sac chez Naomi, j'ai croisé un homme sur l'avenue Dumaine. Je n'ai pas bien vu son visage, parce qu'il portait un chapeau enfoncé sur les yeux, mais... je pense que c'est lui.

— Pourquoi n'en avez-vous pas parlé à l'inspecteur Melmer ?

— J'ai complètement oublié. Quand je suis entrée dans le salon et que je vous ai vu près d'elle, les mains pleines de sang...

Elle laissa sa phrase en suspens, glacée par l'évocation de ces images atroces. Naomi, puis Devereaux... Son enquête avait déjà fait deux morts. Elle-même venait d'échapper à une troisième tentative d'assassinat. Et l'inspecteur n'aurait pas été épargné, si Devereaux était parvenu à ses fins.

Celui qui avait engagé le tueur était donc prêt à sacrifier Brant pour étouffer la vérité sur l'affaire Kingsley.

Judd Colter était-il capable d'éliminer son propre fils ?

Elle se remémora l'homme qui avait fait irruption chez ses parents, trente et un ans plus tôt. Le monstre qui avait terrorisé sa famille et envoyé son père en prison.

Cet homme-là, elle le savait, ne reculerait *devant rien* pour protéger sa réputation. Levant les yeux, elle observa Brant à la dérobée.

Pensait-il à Judd Colter, lui aussi ?

12.

Le soleil se couchait lorsque le shérif acheva de recueillir leurs dépositions. La pluie tombait sans discontinuer depuis plusieurs heures, formant des torrents d'eau sur les routes des environs. Et le voyage du retour, en pleine nuit, s'annonçait périlleux…

Conscients du danger, Brant et Valérie se rangèrent à l'avis du shérif, qui leur conseilla vivement d'attendre le lendemain pour rentrer à Memphis. Restait à trouver un hôtel… Munis d'une liste obligeamment fournie par un employé de la mairie, ils s'attelèrent à la tâche. Après trois essais infructueux — « C'est complet, m'sieur dame ! » leur répondit-on avec un sourire navré —, la chance leur sourit : l'auberge du Paradis pouvait les loger pour la nuit.

Soulagée, Valérie signa aussitôt le registre des entrées. Ce ne fut qu'après l'avoir remis à Brant qu'elle prit conscience du problème.

Il n'y avait qu'une seule chambre de libre.

— Vous n'avez vraiment pas d'autre chambre à nous louer ? interrogea-t-elle nerveusement.

La patronne de l'auberge, une jolie brune nommée Emily, la dévisagea avec étonnement.

— Vous n'êtes pas au courant ? Il y a un festival de musique folk ce week-end. Les hôtels sont archi-complets à des kilomètres à la ronde ! Ici, toutes les chambres étaient prises jusqu'à cet après-midi… mais la cliente qui avait réservé la vôtre a annulé au dernier moment. Sans elle, vous auriez passé la nuit dans votre voiture, c'est sûr ! De toute façon… il y a aussi un canapé dans la chambre, précisa-t-elle avec tact. Il est très confortable, vous verrez.

— Entendu. Nous la prenons, déclara Brant en lui tendant le registre.

Emily les accompagna jusqu'au premier étage. Leur chambre, située au bout d'un long couloir, offrait tout ce dont Valérie pouvait rêver après de longues heures sous la pluie : un grand lit, des draps frais, un édredon joufflu, des tapis moelleux… et un ravissant canapé de velours installé face à la cheminée. Au fond de la pièce, une porte-fenêtre ouvrait sur un petit balcon et, à droite, une porte arrondie menait à la salle de bains, équipée d'une baignoire à remous.

— Je suis sûre que vous mourez d'envie de vous débarrasser de vos vêtements mouillés, déclara Emily. Vous allez me donner tout ça, je vous les rendrai propres et secs demain matin ! En attendant, vous n'aurez qu'à mettre les peignoirs de l'hôtel… Je vous les apporte tout de suite.

Elle fit un pas vers la porte, puis se retourna.

— J'allais oublier… Avec le temps qu'il fait, il se peut que l'électricité saute pendant la nuit. Si c'est le cas, vous trouverez des bougies et des allumettes près du lit et de la cheminée.

Elle s'éloigna, les laissant seuls dans la chambre. Aussi gênés l'un que l'autre. Valérie s'avança vers la fenêtre et feignit d'observer les alentours tandis que Brant rassemblait les bougies et les allumettes sur la table basse, près du canapé.

— Vous voulez utiliser la salle de bains en premier ? demanda-t-il enfin.

— Non, allez-y d'abord. Je mettrai sans doute plus de temps que vous. Je vais prendre un bain…

Ses mots, pourtant anodins, lui semblèrent si intimes, si impudiques, qu'elle s'empourpra. Certes, il ne s'agissait pas de prendre un bain *avec lui*, mais tout de même… Jamais elle n'aurait imaginé aborder un tel sujet avec Brant Colter !

— Valérie ? Quelque chose ne va pas ?

Il l'observait d'un air si perplexe qu'elle se ressaisit aussitôt.

— Non, tout va bien, au contraire… Je me disais juste que ce bain me fera un bien fou.

— J'imagine… Reposez-vous un peu, je n'en ai pas pour longtemps, promit-il avant de refermer la porte derrière lui.

Dix secondes plus tard, Valérie entendit l'eau couler. Et ne put réfréner les visions érotiques qui lui envahirent l'esprit à la pensée du corps nu de Brant sous la douche… Un soupir agacé lui échappa. Mieux valait sortir prendre l'air !

Elle s'engageait dans l'escalier où moment où Emily le montait à sa rencontre.

— Voici les peignoirs de bain, annonça-t-elle en les remettant à Valérie. Vous pouvez déposer vos vêtements dans le couloir, je passerai les chercher plus tard.

— C'est vraiment gentil de vous en occuper. Nous sommes trempés jusqu'aux os ! J'espère que vos autres clients ne vous donnent pas tant de mal…

— Ne vous inquiétez pas pour moi : j'ai l'habitude ! affirma son hôtesse avec un généreux sourire. Et surtout, si vous avez besoin de quoi que ce soit, n'hésitez pas à m'appeler.

Conquise, Valérie acquiesça. La gentillesse de cette femme lui faisait un peu oublier les terribles événements de l'après-midi, et ce fut d'un pas plus léger qu'elle regagna la chambre. Elle laissa le plus petit des peignoirs sur son lit, avant de poser le second sur une chaise, près de la salle de bains. Ainsi, Brant n'aurait qu'à ouvrir la porte pour le trouver… A cet instant, l'eau s'arrêta de couler, et elle s'éclipsa de nouveau, soucieuse de leur éviter à tous deux tout embarras supplémentaire. Autant attendre qu'il soit décemment vêtu pour revenir dans la pièce…

Elle erra donc cinq bonnes minutes dans les couloirs déserts avant de s'autoriser à le rejoindre. Et se félicita de son initiative : enveloppé des pieds à la tête dans le peignoir bleu marine de l'hôtel, il était parfaitement décent lorsqu'elle ouvrit la porte.

— Vous pouvez y aller, annonça-t-il en désignant la salle de bains.

— Merci.

Son peignoir à la main, elle s'enferma dans la pièce encore fumante et ouvrit aussitôt les robinets. En plus des bougies alignées sur une tablette en porcelaine, elle découvrit un assortiment de sels parfumés sur le rebord de la baignoire. Ravie, elle opta aussitôt pour sa fragrance favorite — la lavande — et versa une généreuse portion de cristaux mauves sous le jet d'eau chaude. Puis elle se débarrassa de ses vêtements mouillés et s'apprêta à plonger dans les bulles odorantes…

Lorsqu'une pensée la retint. Et si l'électricité sautait pendant qu'elle prenait son bain ? Hmm… Mieux valait allumer quelques bougies pour ne pas se retrouver dans le noir !

Quelques instants plus tard, ce fut donc à la flamme ambrée des bougies qu'elle se glissa dans l'eau parfumée — après réflexion, elle avait éteint le plafonnier, dont la lumière lui paraissait trop crue. Calant sa nuque contre le rebord incurvé de la baignoire, elle ferma les yeux avec un soupir de satisfaction. Pourquoi ne s'autorisait-elle pas ce genre de plaisir plus souvent ? C'était absolument di-vin !

Elle saisissait le savon, quand on frappa à la porte.

— Valérie ? s'enquit la voix de Brant. Emily est venue chercher nos vêtements. Est-ce que je peux entrer pour prendre les vôtres ?

Zut ! Pourquoi n'avait-elle pas pensé à laisser ses affaires derrière la porte ? Maintenant, elle devait sortir, s'envelopper dans une serviette et les donner à Brant… ou l'autoriser à entrer dans la pièce.

Où elle prenait un bain à la lumière des bougies.

C'était gênant, bien sûr… mais son corps disparaissait entièrement sous la mousse parfumée. Il ne pourrait rien voir.

— D'accord, répondit-elle. Vous pouvez venir.

Brant poussa la porte. Et se figea sur le seuil.

Fasciné par la créature sublime qui s'offrait à son regard.

Il avait toujours apprécié la beauté, l'élégance, la grâce naturelles de Valérie. Mais jamais elle ne lui avait paru plus féminine qu'en cet instant.

De son corps, il ne voyait rien : seule sa tête et sa nuque gracile émergeaient de l'eau. Mais la savoir *nue* sous cette fine couche de bulles irisées décuplait l'érotisme de la scène. Bouleversé, il la caressa des yeux, soucieux de graver dans sa mémoire le moindre détail de ce tableau délicieux : les petites mèches brunes échappées de son chignon, le sourire pudique qui effleurait ses lèvres, le reflet ambré de sa peau à la lueur des bougies…

Il serait volontiers resté des heures à la contempler ainsi, mais elle tendit la main vers ses vêtements, le ramenant brusquement à la réalité.

— Tenez, dit-elle. Ils sont là.

Sentant ses joues s'empourprer, il les ramassa à la hâte et sortit avant qu'elle ne s'aperçoive de son trouble.

Quand Valérie quitta la salle de bains, une vingtaine de minutes plus tard, une savoureuse odeur emplissait la chambre. Emily avait apporté une soupière fumante sur la table, ainsi qu'une assiette de sandwichs variés. Quelques bougies avaient également été allumées — en prévision des coupures d'électricité ou pour accentuer l'atmosphère romantique de la pièce ? s'enquit Valérie, amusée malgré elle.

La situation, en effet, pouvait prêter à sourire : tout se passait comme si le destin se plaisait à dresser un décor digne des plus grands classiques du cinéma d'amour. Rien ne manquait à l'appel : ni l'exotisme — ils se trouvaient à des kilomètres de chez eux dans une bourgade inconnue — ni la promiscuité forcée — une seule chambre disponible dans toute la ville — ni la fureur des éléments — une violente tempête les obligeait à dîner aux chandelles — ni même la nécessaire tension sensuelle entre les héros, contraints de passer la soirée ensemble avec leurs peignoirs de bain pour seuls vêtements !

Bientôt, conclut-elle avec ironie, un danger quelconque la jetterait dans les bras de Brant. Et le rideau tomberait pudiquement sur leur étreinte passionnée…

— Vous êtes bien silencieuse, remarqua-t-il soudain, l'arrachant à ses pensées.

Elle leva la tête. Ses yeux paraissaient plus noirs que d'ordinaire. Plus mystérieux. Comme s'il était traversé, lui aussi, d'images inavouables.

— Je réfléchissais…

— A ce qui s'est passé cet après-midi ?

Sa question acheva de la ramener à la réalité. Plus question de comédie romantique : ils étaient en plein film noir. Et rien ne semblait indiquer l'approche du dénouement, hélas.

— Cet homme…, commença-t-elle en réprimant un frisson. Rémy Devereaux. Il a essayé de nous tuer, Brant. Tous les deux !

— Je sais.

— Donc, celui qui l'a embauché…

— Etait prêt à m'éliminer pour s'assurer de votre disparition, acheva-t-il d'un air sombre. Oui, j'y ai pensé tout l'après-midi.

Mais je refuse de croire que mon propre père ait pu faire une chose pareille.

Sa réaction était naturelle, bien sûr : quel fils aurait admis que son père puisse être coupable de meurtre ?

— N'oubliez pas que votre père n'était pas le seul inspecteur chargé de l'affaire Kingsley, tempéra-t-elle. Ses collègues de l'époque ont autant intérêt que lui à laisser Brown derrière les barreaux.

— C'est vrai. Mon oncle est aussi impliqué que lui… Nous n'avons jamais été proches, lui et moi, mais l'idée qu'il puisse souhaiter ma mort n'est pas franchement réconfortante. Quant à Hugh Rawlins, je l'ai toujours considéré comme un père spirituel. Sans ses encouragements, je ne serais pas entré à l'académie de police. Je le respecte profondément, en tant qu'homme et en tant que professionnel. Comment voulez-vous que je le pense coupable, lui aussi ?

Il se leva brusquement comme si la conversation lui était insupportable, et s'approcha de la fenêtre. Le dos tourné, il contempla l'obscurité noyée de pluie. Valérie le rejoignit, la gorge nouée. Que dire, pour apaiser les tourments qui l'agitaient ? Rien, il n'y avait rien à dire.

Si ce n'est qu'elle aurait voulu pouvoir reconstruire sa vie sans détruire la sienne.

— Vous souvenez-vous du jour où nous nous sommes rencontrés ? murmura-t-il, les yeux toujours rivés sur le balcon. Quand je suis venu vous voir à l'hôpital, vous m'avez dit que l'affaire Kingsley avait changé la vie de beaucoup de gens. Vous aviez raison. Mon père n'a plus jamais été le même après l'arrestation de Brown. Les médias avaient fait de lui un héros, et il voulait le rester, quoi qu'il arrive. Mais sa vie de tous les jours n'avait rien d'extraordinaire… et il n'a plus jamais éprouvé l'immense fierté qu'il avait ressentie lorsque le pays entier lui criait son admiration.

Il porta une main à ses cheveux d'un geste las, avant de poursuivre :

— Je me suis souvent demandé pourquoi il s'opposait tant à ce que j'entre dans la police. J'ai longtemps cru qu'il ne m'en pensait pas capable… mais, au fond, je crois qu'il craignait d'être rattrapé par son propre fils.

Oui, songea Valérie. Un homme tel que Judd Colter pouvait redouter la concurrence de son fils. Le regarder comme une version plus jeune, plus vigoureuse de lui-même. Refuser d'admettre qu'il était temps de passer la main. Et s'employer alors à le dénigrer, à le détourner de sa vocation, à briser son amour-propre…

A le *tuer*, même ?

L'idée, soudain, lui parut inconcevable. Malgré la haine qu'elle avait de Judd Colter, tout en elle refusait d'admettre qu'il ait cherché à assassiner son fils unique.

— De mon côté, reprit Brant d'une voix sourde, je cherche peut-être à le mettre en danger. En enquêtant avec vous, c'est à lui que je m'attaque, vous ne croyez pas ?

— Non. Vous n'êtes pas comme ça.

Il lui fit face, cherchant son regard avec une troublante intensité.

— Qu'en savez-vous ? Il y a quelques jours, vous me croyiez capable de meurtre !

Elle vacilla, effarée. Une éternité semblait s'être écoulée depuis la mort de Naomi. Depuis l'instant où elle s'était enfuie en courant dans la rue, persuadée qu'il était l'assassin.

Pourtant, c'était le même homme. Et rien n'avait changé entre eux. Mais tout était différent. Car, peu à peu, sans s'en apercevoir, elle avait commencé à lui faire confiance.

Et cette pensée la terrifiait.

*
* *

Longtemps après minuit, le danger fit son entrée en scène — annoncé par un ronronnement de moteur sous le balcon de leur chambre. S'il ne jeta pas Valérie dans les bras de Brant, il la réveilla en sursaut. Se redressant contre la tête de lit, elle tendit l'oreille. Qui pouvait bien arriver à l'auberge à une heure pareille ?

La pluie avait cessé, et la lune s'était levée, projetant ses ombres pâles sur les murs. Brant, réveillé lui aussi, se tenait debout près de la fenêtre.

— Que se passe-t-il ? s'enquit-elle. Vous voyez quelque chose ?

— Un motard vient de se garer devant la porte. Je vais voir ce qui se passe.

Il se retourna pour prendre le peignoir qu'il avait laissé au pied du canapé — et Valérie comprit qu'il avait été nu jusqu'à présent. Nu, à quelques mètres d'elle… Les joues en feu, elle se blottit sous les couvertures, attendant qu'il ait quitté la chambre pour se lever à son tour. Puis, serrant la ceinture du peignoir autour de sa taille, elle le rejoignit au bout du couloir.

Penché sur la rambarde de l'escalier, il observait le hall d'entrée. Il lui fit signe d'approcher discrètement, et elle se posta près de lui, les yeux rivés sur la porte.

Qui s'ouvrit presque aussitôt.

Elle retint son souffle tandis qu'une silhouette se glissait dans la pénombre du hall. A son côté, Brant se raidit, prêt à démasquer l'intrus… mais une autre silhouette apparut sous l'escalier. Plus petite, plus gracile, vêtue d'une chemise de nuit blanche… C'était Emily, la propriétaire des lieux.

Sans un mot, elle s'approcha de son mystérieux visiteur, qui l'enlaça tendrement. Puis il la souleva dans ses bras, et ils s'engagèrent dans le couloir du rez-de-chaussée. Une porte s'ouvrit, se referma — et le silence retomba sur l'hôtel.

Valérie se redressa, infiniment troublée. Comment ne pas imaginer la scène qui se jouait dans les appartements d'Emily ? Les baisers, les caresses, l'amour échangé… Sa propre solitude n'en paraissait que plus douloureuse. Et ce fut d'un pas lourd qu'elle regagna la chambre, où Brant l'avait précédée.

— Je suppose que c'était son mari, commenta-t-il avec une pointe d'ironie en refermant la porte.

— Ou son amant, répliqua-t-elle sur le même ton.

Elle se glissa sous les couvertures sans ôter son peignoir. Brant fut moins pudique : elle entendit distinctement le vêtement tomber à terre. Puis les ressorts du canapé grincèrent sous son poids.

Ils grincèrent de nouveau, trois secondes plus tard, quand il se retourna. Et encore, quand il revint dans sa position initiale en étouffant un juron.

— Voulez-vous que je prenne le canapé ? demanda-t-elle.

— Non. Ce n'est pas ce que je veux.

— C'est ridicule. Je suis plus petite que vous. Vous serez mieux dans le lit, et moi dans le canapé !

— Je vais vous dire, moi, ce qui est ridicule. Un, c'est qu'un type cherche à vous tuer parce que vous enquêtez sur une affaire vieille de plus de trente ans. Deux, c'est que j'en vienne à soupçonner mon propre père de vouloir m'éliminer en même temps que vous. Trois, c'est que vous dormiez seule dans ce grand lit. Ce qui est encore le plus ridicule de tout.

Elle sentit son cœur bondir dans sa poitrine.

— P-Pardon ?

— Vous m'avez très bien entendu, reprit-il avec impatience. Et ne me regardez pas comme ça !

— Comment savez-vous que je vous regarde ? Vous ne me voyez même pas.

186

— Non, mais je n'ai pas besoin de vous voir pour imaginer la façon dont vous me regardez. Parce que j'ai eu droit à ce regard dans l'ascenseur de votre hôtel, à La Nouvelle-Orléans. Et avant cela, dans le parc des Kingsley. *Donc*, je sais que vous me regardez en ce moment comme si j'étais un incorrigible séducteur prêt à vous sauter dessus.

— Et si j'en avais envie, justement ? confia-t-elle, étonnée de sa propre audace.

— Pardon ?

— Vous m'avez entendue.

— Valérie…

— Chut… Ne dites rien. Venez me rejoindre.

Elle n'eut pas à insister. Il traversa la pièce et se glissa près d'elle sous les couvertures. Respectant le silence qu'elle lui avait imposé, il lui effleura le bras, faisant courir ses doigts jusqu'aux siens avec une infinie douceur. Puis il porta sa main à ses lèvres, déposa des petits baisers sur toute la surface de sa paume. Frémissante, Valérie se laissait faire. Mais lorsque enfin il se pencha vers son visage, ce fut elle qui lui offrit sa bouche.

Avant d'oublier jusqu'à son nom entre ses bras.

13.

Au lever du jour, le soleil chassa les derniers nuages qui obscurcissaient le ciel de l'Arkansas. Et la réalité reprit ses droits : Valérie s'éveilla avec la certitude d'avoir commis une terrible erreur. Brant dormait à son côté — aussi nu que la veille, lorsqu'il l'avait rejointe sous les couvertures. Ils avaient fait l'amour avec une tendresse et une sensualité rares. Elle frissonna au souvenir des gestes, des caresses, des baisers qui l'avaient entraînée vers l'extase. Une part d'elle-même brûlait de recommencer… Plus lentement, cette fois. Pour mieux savourer chaque instant de plaisir et lire dans ses yeux, à la lumière du jour, le bonheur qu'elle lui offrait, en retour du sien.

Pourtant ce qui lui restait de raison s'y opposait fermement. Certes, leur nuit d'amour avait été magique. Inoubliable. Mais l'histoire devait s'arrêter là. Par respect pour Brant, par fidélité envers elle-même, elle ne pouvait poursuivre une relation basée sur de faux-semblants. A quoi bon prétendre qu'ils avaient un avenir ensemble ? Brant la quitterait dès qu'il découvrirait sa véritable identité — et ce ne serait que justice, d'ailleurs : comment continuer à fréquenter une femme qui lui avait menti dès leur première rencontre ? Il penserait qu'elle l'avait séduit dans le seul but de démasquer son père et son oncle… et ce qui avait commencé par un coup de foudre s'achèverait dans le mépris et les récriminations.

Réprimant un soupir, elle se leva le plus discrètement possible, enfila son peignoir et entrouvrit la porte de la chambre. Emily avait tenu parole : leurs vêtements propres les attendaient, sagement empilés sur une console dans le couloir. Valérie prit les siens, déposa ceux de Brant sur une chaise près du lit et s'enferma dans la salle de bains pour faire sa toilette.

Il dormait toujours quand elle sortit, dix minutes plus tard. Les rayons du soleil matinal filtraient gaiement à travers les rideaux, semblant l'appeler au-dehors. Enfilant son pull-over, elle se glissa sur le balcon. Sous un ciel d'un bleu pur, lavé par l'orage de la veille, la vue sur les montagnes était magnifique. Les roses du jardin exhalaient un parfum délicat, et Valérie, charmée, s'accouda à la rambarde pour mieux s'offrir à cette brise odorante.

Brant la rejoignit au bout d'un moment, habillé et douché de frais, lui aussi.

— Tu es levée depuis longtemps ? s'enquit-il en s'approchant.

Il ne fit pas un geste vers elle, cependant. Et Valérie, partagée entre le soulagement et la déception, lui offrit un sourire gêné.

— Une demi-heure. Tu dormais et… je n'ai pas voulu te réveiller.

— Pourquoi ?

— J'avais envie d'être seule.

— Tu as des regrets ?

Elle croisa son regard — sombre, inquisiteur. Comme toujours, il cherchait à lire dans ses pensées. Cette fois, elle ne s'y déroba pas. Parce qu'elle lui devait, malgré tout, un pan de la vérité.

— Oui, admit-elle. Mais pas ceux que tu imagines.

Il haussa un sourcil.

— C'est-à-dire ?

— Tu m'as parlé de toi, hier soir, et… ça m'a aidée à te comprendre, à mieux te connaître. Ces confidences m'ont beaucoup touchée, tu sais.

— Et alors ? C'est pour cette raison que tu m'as invité dans ton lit ? Parce que tu as eu pitié de moi ?

L'ironie apparente de son propos dissimulait une légère anxiété, qui n'échappa pas à Valérie.

— Non, ce n'est pas pour cette raison, assura-t-elle. Pas du tout.

Elle l'avait appelé près d'elle parce qu'elle se consumait de désir. Parce qu'elle brûlait de sentir sa peau contre la sienne, de couvrir son corps de baisers, de s'abandonner à ses mains expertes. Il l'avait comblée au-delà de ce qu'elle imaginait, lui offrant la plus belle nuit d'amour de toute son existence.

Et son regard, à présent, lui indiquait clairement qu'il ne demandait qu'à renouveler l'expérience.

Ne devait-elle pas, à son tour, lui rendre un peu de ce qu'il lui avait donné ? Lui montrer qu'elle pouvait, elle aussi, faire un pas vers lui ?

— C'est juste que… Je n'ai pas été aussi franche avec toi, reprit-elle d'une voix tremblante. Il y a certaines choses que je n'ai pas partagées avec toi, des choses dont j'aurais dû te parler avant que nous…

— Avant que nous fassions l'amour ? acheva-t-il comme elle laissait sa phrase en suspens. Tu peux le dire, Valérie. Il n'y a aucune honte à avoir. En tout cas, moi, je n'en ai aucune.

— Moi non plus. Je t'assure que je ne regrette rien.

Il l'enlaça pour la tourner vers lui.

— De quoi s'agit-il, alors ? demanda-t-il doucement.

Elle sentit sa gorge se nouer. Jamais elle n'avait été aussi près de lui dire la vérité. De lui révéler qui elle était, et de faire tout son possible pour lui expliquer les raisons de son double jeu.

190

Mais c'était impossible. Car elle n'était pas seule en cause, dans cette histoire. Son père avait passé déjà plus de trente ans en prison pour un crime qu'il n'avait pas commis. Elle seule pouvait mettre fin à son calvaire et lui rendre cette liberté dont il avait été injustement privé. Mais pour y parvenir, il était impératif qu'elle dévoile le mystère de l'affaire Kingsley sous le nom de Valérie Snow. Signée par Violet Brown, son enquête perdrait toute sa valeur. Ses preuves, même formelles, seraient mises en doute, puisqu'elles viendraient de la fille de l'inculpé. Elle ne parviendrait pas à convaincre le grand public de l'innocence de son père. Ni de la culpabilité des trois hommes qui l'avaient envoyé derrière les barreaux. Personne ne croirait en son objectivité — et la stratégie patiemment mise en place pour libérer Cletus s'effondrerait comme un château de cartes.

Quant à Brant… elle ne le connaissait pas encore suffisamment pour présager de sa réaction. Si elle lui avouait son identité maintenant, qui croirait-il ? Elle ou Judd Colter ?

Le soleil se couchait lorsqu'ils se garèrent devant l'immeuble de Valérie, à Memphis. Brant insista pour l'accompagner chez elle et vérifier qu'elle était en sécurité avant de partir. Il fut vite rassuré : le témoin lumineux de l'alarme clignotait normalement quand elle déverrouilla la porte. Et rien ne manquait à l'intérieur.

— Je ferais mieux d'y aller…, déclara-t-il en revenant vers la porte. Je dois me lever tôt demain matin.

— Moi aussi.

Il s'arrêta sur le seuil, l'enveloppant d'un regard tendre.

— Pour cette nuit…

— Oui ?

Il glissa ses doigts dans ses cheveux dénoués, avant de répondre :

— Je n'ai aucun regret non plus.

Et, l'attirant contre lui, il se pencha pour l'embrasser.

Cinq minutes ne s'étaient pas écoulées depuis le départ de Brant, quand la sonnette retentit. Pensant qu'il revenait chercher quelque chose, Valérie ouvrit sans réfléchir. Et le regretta aussitôt.

La superbe blonde qui se tenait sur le seuil lui rappelait quelqu'un… mais qui ? Elle l'observa un instant, intriguée, puis la mémoire lui revint. C'était la femme qu'elle avait vue en compagnie de Brant chez les Kingsley, celle qui s'était avancée vers lui alors qu'il dansait avec l'épouse d'Andrew. Celle qui avait glissé son bras sous le sien d'un air de propriétaire.

— Je suis Kristin Colter, déclara-t-elle. La femme d'Austin Colter. Puis-je entrer ?

Valérie recula, interloquée.

— Je vous en prie.

La blonde s'avança dans le salon, plus impériale que jamais dans une robe de lin bleu pâle, que rehaussait un ravissant collier de perles serti de turquoises. Elle promena un regard dédaigneux sur le mobilier, avant de reporter son attention — glacée— sur Valérie.

— Que voulez-vous ? interrogea celle-ci sans se démonter.

Quelle que soit l'issue de cet entretien inattendu, elle ne se laisserait pas intimider par une créature qui ressemblait plus à une poupée de porcelaine qu'à une femme.

— Je vous cherche depuis deux jours, commença Kristin d'un ton impatient. Où étiez-vous passée ?

— J'étais partie en week-end.

— Avec qui ?

Si la question avait été posée d'un ton neutre, l'expression de Mme Colter, elle, ne trompait pas : une vive colère l'animait.

192

— Un ami, répliqua posément Valérie. Mais je ne vois pas en quoi cela vous concerne. Ni ce que vous venez faire ici.

Le regard outremer de son interlocutrice se fit plus glacial encore.

— Vous étiez avec Brant. Sa voiture est restée garée devant chez vous tout le week-end !

— Et alors ?

— Vous avez couché avec lui ?

Valérie tressaillit comme si elle l'avait giflé. La grossièreté de cette femme était inouïe !

— Ma vie privée ne vous regarde pas, répliqua-t-elle d'un ton sec.

— C'est bien ce que je pensais : vous avez couché avec lui, poursuivit Kristin avec un sourire dédaigneux. Mais ne vous faites pas d'illusion : il ne sera jamais à vous !

— Vraiment ?

L'interrogation lui avait échappé. Difficile de jouer les indifférentes, quand le passé de Brant refaisait surface... Les insinuations de Kristin avaient éveillé son intérêt et, déjà, elle ne parvenait plus à masquer son trouble.

La sentant à sa merci, la femme d'Austin reprit l'offensive :

— Pauvre Brant... Il ne s'est jamais remis de notre rupture. C'est pour ça qu'il ne s'est pas marié, d'ailleurs.

Valérie plaqua un sourire courageux sur ses lèvres, avant de murmurer :

— Je ne savais pas que vous aviez été proches, vous et lui...

— Nous étions fiancés. Il ne vous l'a pas dit ?

Fiancés ? Brant avait failli épouser cette... vipère ? Cette fois, c'en était trop. L'idée qu'il l'avait tenue dans ses bras, qu'il l'avait embrassée, aimée comme il l'avait aimée, elle, la nuit dernière, lui donnait la nausée. Et rien de ce que Kristin pourrait lui apprendre sur Brant et les Colter ne suffirait à la convaincre de la laisser rester une minute de plus dans son appartement !

— Dites-moi plutôt pourquoi vous êtes venue, répliqua-t-elle froidement. J'ai mieux à faire que d'écouter vos bavardages.

Kristin, occupée à fouiller dans son sac à main, ne lui accorda pas un regard.

— Ah, le voilà ! s'écria-t-elle en brandissant son carnet de chèques. Bon… Combien voulez-vous ?

— Pardon ?

Son interlocutrice leva les yeux au ciel d'un air prodigieusement agacé.

— Je répète : combien d'argent voulez-vous pour arrêter vos articles sur l'affaire Kingsley ?

— Une minute…, marmonna Valérie, abasourdie. Vous êtes en train de me faire une offre pour que je laisse tomber l'enquête ?

— C'est ce que vous voulez, non ? Pourquoi ressortir ces vieilleries du placard, si ce n'est pas pour vous faire de l'argent sur nos dos ?

Grossière *et* totalement dénuée de sens moral. Décidément, Kristin Colter n'était guère fréquentable, songea Valérie avec dégoût.

— Ces vieilleries, comme vous dites, concernent l'enlèvement et le meurtre d'un petit garçon, répliqua-t-elle. Un innocent a été condamné à perpétuité pour ce crime… L'argent ne m'intéresse pas, madame Colter. C'est la vérité que je cherche.

Kristin feignit de n'avoir rien entendu.

— Alors, combien voulez-vous ? insista-t-elle en sortant un stylo doré de son sac.

— Je ne veux pas d'argent ! s'écria-t-elle, perdant patience. Combien de fois faut-il vous le dire ? Je veux que justice soit

194

faite, un point c'est tout. La justice, vous savez ce que c'est, non ? Votre mari était procureur, bon sang !

Sans doute avait-elle crié un peu fort, mais Kristin sembla enfin émerger de sa tour d'ivoire. Elle rangea son chéquier d'un geste sec, puis toisa Valérie d'un regard franchement hostile.

— Mon mari est un Colter, lui aussi. C'est sa famille que vous essayez de détruire. Je ne vous laisserai pas faire, je vous préviens.

— Vos menaces ne m'empêcheront pas de travailler, assura-t-elle avec ironie.

— Ne parlez pas trop vite. Vous ne savez pas à qui vous avez affaire.

Elle ne le savait que trop, hélas. Une diva capricieuse, vaine et égoïste, habituée à voir ses moindres désirs exaucés sur un battement de cils. Une créature pétrie d'ambition, prête à tout pour accompagner son mari jusqu'au sommet de la pyramide.

Une femme qui ne craignait sans doute pas de recourir à la violence pour parvenir à ses fins.

Valérie sentit un frisson lui parcourir la nuque. Etait-ce Kristin qui avait payé Rémy Devereaux pour l'éliminer ?

— Partez, ordonna-t-elle d'une voix que la colère faisait trembler. Partez avant que j'appelle la police.

Son interlocutrice éclata d'un rire mauvais.

— C'est ça. Appelez donc la police… Nous verrons bien de quel bord ils sont. Je suis une Colter, ne l'oubliez pas !

Elle s'avança vers la porte, qu'elle ouvrit avant de conclure :

— Laissez ma famille tranquille. Et cessez de fricoter avec Brant. Ou vous risquez de le payer très cher.

Quand Brant arriva au commissariat central, le lendemain matin, le lieutenant Bermann, son supérieur direct, lui annonça qu'il était attendu dans le bureau de Rawlins. Hochant la tête, il obliqua vers le couloir qui menait chez Hugh, salua quelques collègues au passage, puis se dirigea vers la porte vitrée qu'il avait poussée tant de fois depuis ses débuts dans la police.

Comme toujours, il frappa un coup discret et entra aussitôt, le sourire aux lèvres. Le spectacle qui l'attendait le figea sur place. Hugh n'était pas seul. Raymond Colter occupait un vaste fauteuil, à droite du bureau. Juste à côté du père de Brant, installé dans un autre fauteuil. Quant à Austin, présent lui aussi, il se tenait debout près de la fenêtre, l'air renfrogné.

Brant s'avança vers son père sans dissimuler son étonnement. Il savait que Judd avait fait beaucoup de progrès depuis sa sortie de l'hôpital, mais il ignorait qu'il avait retrouvé la vigueur nécessaire pour se déplacer jusqu'au commissariat de Memphis, en plein centre-ville.

« Et pour se promener dans le parc des Kingsley ? » s'interrogea-t-il avec un pincement au cœur. Il avait refusé d'y croire lorsqu'il avait trouvé les chaussures de son père, maculées de boue et d'aiguilles de pin, sous son lit, l'autre nuit. Mais ses certitudes s'effondraient, à présent. Car si Judd avait eu la force de venir jusqu'ici, rien ne l'empêchait de se rendre chez les Kingsley. Et d'assommer son propre fils à l'orée du bois pour ne pas être découvert.

Si tel était le cas, que tramait-il ce soir-là ?

Pour l'heure, coupable ou non, il arborait la même expression sévère que d'ordinaire. Sa bouche avait pris un pli tombant et ses rides s'étaient creusées depuis sa crise cardiaque, le faisant paraître plus vieux que son âge, mais ses yeux n'avaient rien perdu de leur éclat. Tête haute, il soutenait le regard de Brant sans ciller.

— Que se passe-t-il ? interrogea ce dernier. Que faites-vous tous ici ?

Ce fut Raymond qui répondit.

— C'est à toi de nous le dire, Brant.

Vêtu d'un costume gris perle manifestement taillé sur mesure, d'une cravate de soie et de mocassins italiens dernier cri, il était d'une élégance extrême — et presque incongrue pour la circonstance. A son côté, le père de Brant, qui n'avait pourtant que quelques années de plus que lui, en paraissait vingt de plus. A croire que Raymond s'était mis sur son trente et un dans le seul but de paraître dix fois plus vigoureux et sophistiqué que son aîné. La comparaison tournait forcément au désavantage de son père, constata Brant avec un certain malaise.

Il s'apprêtait à répondre quand Austin prit la parole.

— Qu'est-ce que tu fabriques avec cette journaliste, bon sang ? lança-t-il d'un ton mauvais. Tu as perdu la tête, ou quoi ?

Brant lui lança un regard surpris.

— Je ne vois pas en quoi cela te concerne.

— C'est vrai, acquiesça Hugh. Mais ça me concerne, moi.

— Que se passe-t-il, à la fin ? s'écria Brant en se tournant vers lui. Où voulez-vous en venir ?

Hugh baissa les yeux vers son bureau, comme s'il ne pouvait se résoudre à affronter son regard. Et ce fut d'une voix embarrassée qu'il s'enquit :

— Est-ce que tu fréquentes Valérie Snow ?

Et voilà, songea Brant avec colère. Voilà où ils voulaient en venir.

— Ça dépend. Qu'entends-tu par « fréquenter » ? rétorqua-t-il sèchement.

— Tu sais très bien ce que je veux dire, bon sang ! Réponds, maintenant. Nous avons besoin de le savoir.

Brant glissa un regard vers son père — imperturbable — et son oncle — impérial. Inutile de leur mentir. Ils le sauraient un jour ou l'autre, de toute façon.

— Très bien. Je « fréquente » Valérie Snow, admit-il avec un haussement d'épaule. Mais je ne vois toujours pas en quoi cela vous concerne.

Austin lâcha un juron ; Raymond secoua tristement la tête. Judd, lui, continua de fixer le mur droit devant lui, comme s'il n'avait pas entendu l'aveu de son fils. Mais une lueur déterminée brillait dans ses prunelles sombres, signe qu'il n'avait pas perdu un mot de la conversation qui venait de se dérouler.

— C'est bien ce que je craignais, reprit Rawlins. J'ai donc décidé de te retirer l'affaire. Tu n'es plus en mesure de travailler correctement sur ce dossier. Désolé.

Interloqué, Brant se pencha vers le bureau.

— Tu ne peux pas faire ça, Hugh ! plaida-t-il. Cette femme est en danger. Si tu m'empêches de la protéger, elle sera à la merci de ceux qui veulent l'éliminer.

— Ne t'inquiète pas pour elle. Bermann désignera un remplaçant dès demain.

Il s'était exprimé posément, sans agressivité, mais Brant le connaissait assez pour savoir qu'il ne reviendrait pas sur sa décision. Pourtant, il ne put se résoudre à renoncer sans lutter.

— C'est faux. Il ne me remplacera pas au pied levé, et tu le sais. Tout le monde croule sous le boulot depuis des semaines ! Tu crois qu'un de mes collègues va se charger d'un dossier supplémentaire ? Tu crois qu'ils accepteront de lui consacrer le temps et l'énergie nécessaires ?

— C'est vrai que toi, tu t'es sacrément investi dans le dossier ! ricana Austin.

Brant crispa les poings, mais s'interdit de riposter. Son cousin avait l'art de lui mettre les nerfs à vif — et il en jouait admirablement.

— Cette affaire ne regarde que toi et moi, Hugh, protesta-t-il. Qu'est-ce qu'ils font ici ?

— On se fait du souci pour toi, intervint Raymond.

— Ça m'étonnerait, répliqua-t-il du tac au tac.

— Calme-toi, enjoignit Rawlins. Ton oncle a raison. C'est parce que nous sommes inquiets que nous t'avons fait venir aujourd'hui.

— Vous êtes inquiets pour moi ? répéta-t-il en les regardant tour à tour. Dans ce cas, vous serez sans doute navrés de savoir qu'un type a essayé de nous tuer, Valérie et moi, ce week-end.

Une vive anxiété se peignit sur le visage de Hugh, tandis que Raymond et Austin parurent sincèrement choqués par la nouvelle. Judd, lui, demeura de marbre.

— Raison de plus pour te retirer le dossier, argua Hugh. Tu es trop impliqué, à présent. Tu es devenu une cible… Comment veux-tu continuer à travailler dans ces conditions ?

— Je suis censé renoncer à ma mission pour protéger ma peau, c'est ça ? Et Valérie, qui la protégera ?

Comme Hugh ne répondait pas, il reprit vivement :

— Au fait, qui me prouve que tu ne me retires pas le dossier pour pouvoir te débarrasser de Valérie plus tranquillement ?

— Tu dépasses les bornes, fiston, maugréa Raymond.

Fiston ? Le mot était de trop — et Brant ne chercha plus à contenir la colère qui l'habitait.

— Je ne suis pas ton fils ! assena-t-il d'un ton rageur.

Il glissa un regard vers Judd et le vit ciller, très lentement, comme s'il approuvait son propos.

Ou le désapprouvait. Toutes les interprétations étaient possibles, hélas.

— Tu te souviens de Rémy Deveraux ? demanda-t-il en se tournant de nouveau vers Hugh.

— Devereaux ? Tu m'en as parlé l'autre jour… Tu l'as vu le jour où la fille a glissé sous l'autobus, c'est ça ?

— Oui. Et j'avais raison de le soupçonner. C'est lui qui a essayé de nous envoyer dans le décor, Valérie et moi, ce week-end. Il nous suivait avec un camion sur une route de montagne.

Il nous a heurtés à plusieurs reprises, et nous avons bien failli y passer, tu peux me croire ! Finalement, c'est lui qui est tombé dans le fossé…

Une fois de plus, il observa attentivement les réactions des quatre hommes. Il lui sembla que Raymond poussait un soupir de soulagement… Mais comment en être sûr ? Hugh, lui, détourna la tête. Austin eut un sourire en coin…

Et Judd ne manifesta pas la moindre émotion.

— Et alors ? Où veux-tu en venir ? interrogea Austin.

— C'est plutôt clair, non ? Valérie tente de découvrir ce qui s'est réellement passé la nuit où Adam Kingsley a été enlevé. Mais Devereaux a été engagé pour l'en empêcher.

— Es-tu en train de nous accuser d'avoir embauché ce type ? interrogea Raymond d'un air incrédule.

— Non. Mais si vous continuez à vous comporter comme ça, je me poserai sérieusement la question… parce que vous avez tous la tête de l'emploi, ce matin ! assura-t-il en traversant la pièce.

Il atteignait la porte lorsque Hugh le rappela.

— Oui ? marmonna-t-il en jetant un regard par-dessus son épaule.

— Peu importe ce que tu penses de nous, Brant. Je te retire l'affaire Snow, que tu le veuilles ou non.

— Tu peux faire ce que tu veux, Hugh, tu ne m'empêcheras pas d'assurer sa sécurité en dehors de mes heures de travail, grommela-t-il en ouvrant la porte.

— Tu sais ce que tu risques, à interférer dans le dossier d'un collègue ?

— La suspension ? Oui, je le sais, répliqua-t-il posément. Mais je sais aussi que je ne risque rien. Puisque personne ne me remplacera auprès de Valérie.

Il s'éloigna sans se retourner — ni même saluer son père. Mais il n'eut pas l'occasion d'aller bien loin : il n'avait pas fait vingt pas dans le couloir qu'une main s'abattait sur son bras. Il se retourna d'un bond, furieux.

— Lâche-moi immédiatement, ordonna-t-il à son cousin.

Nullement impressionné, ce dernier le toisa du regard.

— Tu crois peut-être que je n'ai pas lu dans ton jeu ? Que je n'ai pas compris pourquoi tu es si pressé de pactiser avec l'ennemie ?

Brant étouffa un soupir.

— Je ne sais même pas de quoi tu parles. Maintenant, fiche-moi la paix, O.K. ?

— C'est à cause de Kristin, non ?

— Qu'est-ce que tu racontes ? Tu es tellement loin de la vérité que c'en est pathétique, mon pauvre !

Une lueur de colère étincela dans les yeux du fringant politicien.

— Ne fais pas l'innocent, *cousin*. Kristin m'a tout avoué, figure-toi. Je sais que tu es allé la voir quand on s'est séparés, elle et moi, et que tu l'as suppliée de revenir avec toi… Ça a dû te briser le cœur, de nous voir de nouveau ensemble, non ? Parce que c'est moi qu'elle a choisi, une fois de plus !

Brant l'enveloppa d'un regard morne. Son bavardage haineux le laissait indifférent, pour une fois.

— Tu me fatigues, Austin… Comment peux-tu être aussi stupide ?

Il se tournait pour partir quand son cousin le retint de nouveau par le bras.

Il n'en fallait pas plus pour faire renaître la colère qu'il éprouvait à son égard.

— Lâche-moi, intima-t-il d'un ton menaçant. Lâche-moi *tout de suite*.

La rage qu'il avait insufflée dans sa voix suffit à intimider Austin, qui obtempéra, mais ne s'éloigna pas pour autant.

— Tu as toujours cherché à me nuire, accusa-t-il, une lueur hargneuse au fond des yeux. Quand on était petits, déjà, tu ne m'aimais pas… mais depuis que Kristin t'a quitté pour moi, tu fais tout pour me détruire ! Tu m'en veux, c'est ça ? Parce que ta fiancée est partie avec moi et que ton père m'a toujours considéré comme son fils… Parce que ça aussi, tu le sais, n'est-ce pas ? *Je* suis le fils que Judd aurait aimé avoir, et tu n'y peux rien changer ! Alors, tu fais équipe avec cette journaliste de malheur pour saboter ma campagne. Bientôt, tu expliqueras carrément aux médias que nos pères sont coupables, histoire d'enfoncer le clou !

— Joli réquisitoire, mon vieux… mais tu es tellement à côté de la plaque qu'il me faudrait des heures pour redresser le tir.

— N'essaye pas de te justifier : je sais que j'ai raison… Et le pire, c'est que tu es en train de parvenir à tes fins ! Parce que ça roule plutôt bien pour toi en ce moment, non ? Tu vas briser ma carrière et discréditer ton père dans la foulée, d'un seul coup de ta journaliste magique… *Mon* père et Hugh tomberont avec nous, mais ça, c'est le dernier de tes soucis, n'est-ce pas ? Tu es bien trop occupé à lutiner celle qui s'est juré de nous traîner dans…

Austin ne put achever sa phrase : Brant l'avait plaqué contre le mur d'un main impérieuse.

— Ferme-la ! somma-t-il en le soulevant par le col de sa veste. Tu dépasses les bornes.

— Lâche-le ! enjoignit une voix à l'autre bout du couloir.

Brant lança un regard par-dessus son épaule. Judd s'avançait à leur rencontre d'un pas lent et mesuré — mais sans canne ni déambulatoire. Comme avant… Comme s'il n'avait pas été victime d'une attaque cardiaque.

L'effet de surprise était total.

— Lâche-le, répéta-t-il en s'approchant.

Son débit n'avait pas retrouvé sa fluidité, mais sa voix demeurait aussi impérieuse qu'auparavant. Stupéfait, Brant obtempéra : il recula d'un pas et libéra son cousin — non sans le toiser d'un regard ouvertement méprisant.

— Vous n'avez pas honte ? reprit Judd. De vrais gamins, voilà ce que vous êtes !

— Je veux qu'il laisse ma femme tranquille ! vitupéra Austin. Il n'arrête pas de lui tourner autour, ce…

— Tais-toi, interrompit Judd. Ça suffit maintenant. Rentre chez toi.

— Mais…

Même affaibli par la maladie, le père de Brant avait gardé toute sa superbe. Et son autorité naturelle. Telle une statue du commandeur, il se contenta de fusiller Austin du regard… qui partit la tête basse sans demander son reste.

Brant se tourna vers Judd. Les accusations erronées d'Austin l'avaient trop heurté pour qu'il ne tente pas de rétablir la vérité.

— Ce qu'il a dit sur Kristin…, commença-t-il.

— Ne te fatigue pas, grommela son père. Je sais bien que tu ne cours plus après cette mijaurée. Heureusement, d'ailleurs. Elle ne t'aurait causé que des ennuis, si tu l'avais épousée !

— Ça, je l'ai compris cinq minutes après la rupture de nos fiançailles, assura-t-il. Mais tout le monde continue de croire que je suis amoureux d'elle, dans la famille.

— Bande d'imbéciles ! Ils ne comprennent jamais rien.

Brant le dévisagea avec stupeur. Il n'aurait jamais pensé voir le jour où son père prendrait sa défense contre le reste des Colter. Il se trompait, manifestement.

Mais Judd agissait-il par sincérité, ou n'était-ce que le reflet d'une tactique destinée à l'amadouer ?

— Tu… Tu as fait beaucoup de progrès, commenta-t-il, troublé. Je ne savais pas que tu pouvais déjà marcher tout seul.

— D'après mon kiné, je suis trop têtu pour rester allongé sans rien faire.

Brant esquissa un sourire entendu. Le médecin de son père était fin psychologue !

— Veux-tu que je te ramène à la maison ? suggéra-t-il avec sollicitude.

— C'est inutile. Raymond s'en chargera quand je serai prêt à partir. Il… il est très prévenant ces temps-ci.

La pointe d'acidité contenue dans sa remarque n'échappa pas à Brant, qui l'observa du coin de l'œil. Son père avait-il décelé l'attention particulière que son frère portait à son épouse ?

— Descends avec moi. Je voudrais te parler seul à seul, déclara Judd en glissant son bras sous le sien.

Il acquiesça, et ils se dirigèrent lentement vers l'ascenseur, au bout du couloir. Soucieux de ne pas fatiguer son père, Brant s'attacha à mettre ses pas dans les siens, progressant à son rythme, s'immobilisant chaque fois qu'il le désirait — ou que des collègues s'arrêtaient pour le saluer et s'extasier sur son rétablissement. Une dizaine de minutes s'étaient écoulées lorsqu'ils débouchèrent enfin dans la rue, et Judd, exténué, se laissa tomber sur le banc le plus proche.

Brant s'assit à son côté, en bras de chemise. Comme toujours, l'air de juillet lui paraissait irrespirable après la fraîcheur climatisée qui régnait dans les locaux de la police. Seule une légère brise venait, par intermittence, troubler la chape d'air chaud qui s'abattait sur la ville pendant l'été : issue du fleuve, elle évoquait irrésistiblement à Brant ses après-midi d'enfance passés au bord de l'eau.

— Alors, père… De quoi veux-tu me parler ? s'enquit-il lorsque ce dernier eut repris son souffle.

— Ce qui s'est passé là-haut, marmonna-t-il. Tu as dû penser que nous étions tous ligués contre toi.

Son défaut de prononciation s'était accentué — signe de fatigue, bien sûr. A moins qu'il n'ait gardé le silence auparavant dans le seul but de dissimuler cette faiblesse aux yeux des siens ?

Par orgueil, donc.

Valérie prétendait que Judd, Raymond et Hugh avaient préféré envoyer un innocent en prison plutôt que de reconnaître leur incapacité à démasquer le vrai coupable. L'orgueil, là aussi, aurait dicté leur conduite.

Avait-elle raison ? L'orgueil était-il le seul moteur de son père ?

— Hugh t'a retiré le dossier parce qu'il ne voulait pas que tu mettes ta carrière en péril, reprit le vieil homme.

— Une femme est en péril. C'est bien plus important que ma carrière, tu ne crois pas ?

— Elle ne risque peut-être plus rien, à présent. Rémy Deveraux est mort, tu nous l'as dit toi-même.

— C'est vrai. Mais celui qui l'a embauché est toujours vivant, lui, fit-il remarquer posément.

Une lueur d'inquiétude brilla dans les prunelles sombres de son père, comme il murmurait :

— Alors… tu ne renonceras pas, c'est ça ?

— Et toi ? Renoncerais-tu, à ma place ?

Son père ne répondit pas. Fixant les voitures qui défilaient devant eux, il garda le silence un moment, l'air préoccupé. Et quand il reprit la parole, ce fut pour aborder un tout autre sujet.

— Ce n'est pas facile d'être flic, Brant. Tu le sais aussi bien que moi. C'est un métier qui déteint sur nous… Et notre entourage a du mal à le comprendre, parfois. Ta mère, par exemple. Je crois qu'elle n'a jamais compris.

Cette note dans la voix de son père… Etait-ce du chagrin ? L'expression d'un regret ? Brant avait peine à le croire, et pourtant… Comment expliquer autrement le tremblement qui s'était insinué dans son timbre rauque ?

— Si tu lui avais parlé comme tu le fais aujourd'hui, elle t'aurait compris, père. Elle te comprendrait peut-être encore maintenant, si tu essayais de lui expliquer.

Judd haussa les épaules.

— C'est inutile. Je suis un vieil homme, maintenant. Je n'ai plus grand-chose à lui offrir… Ta mère est une femme formidable, mais il est trop tard pour les explications entre nous.

— Il n'est jamais trop tard.

Une vive détresse se peignit sur le visage de son père. Et Brant lut tant de tristesse dans ses yeux qu'il en eut le cœur serré. « Il sait, comprit-il. Il sait ce que veut Raymond. »

— Elle est toujours ta femme ! argua-t-il farouchement.

Le silence seul lui répondit. Judd s'était de nouveau tourné vers la rue, qu'il contemplait d'un air sombre.

— Pourquoi me racontes-tu tout ça ? interrogea Brant au bout d'un moment. Pourquoi maintenant ?

L'intéressé exhala un long soupir, avant de répondre :

— Tu es un très bon flic, Brant. Et je n'ai plus beaucoup de temps devant moi.

— Comment ? se récria-t-il. Tu fais l'admiration de tes médecins, tu marches déjà sans béquilles, tu…

Il s'arrêta net, comprenant qu'il avait fait fausse route. Son père ne parlait pas de sa santé.

Mais du temps qu'il lui restait avant que la vérité n'éclate.

Lorsque leurs regards se croisèrent, celui de Judd brillait de larmes contenues.

14.

L'après-midi touchait à sa fin lorsque Valérie parvint à joindre Brant sur son téléphone portable.

— Où étais-tu passé ? s'écria-t-elle avec impatience. Ça fait des heures que j'essaie de t'appeler !

— J'ai du travail, figure-toi.

La réplique avait fusé, sèche, sans appel. Et Valérie sentit son cœur se serrer douloureusement.

— Désolée…, marmonna-t-elle.

Elle l'entendit soupirer.

— Non, c'est moi… J'ai passé une mauvaise journée. Je te raconterai. Où es-tu ?

— A la bibliothèque municipale. Je suis sur une piste… Quand peux-tu me rejoindre ?

— J'arrive.

Valérie n'avait pas bougé de son poste de travail, dans la salle des archives de la bibliothèque, quand Brant la rejoignit.

— Alors, de quoi s'agit-il ? interrogea-t-il en se penchant sur son épaule.

Un frisson langoureux lui parcourut la nuque : son souffle chaud sur sa peau, sa présence, son odeur — tout lui rappelait leur nuit d'amour.

Et lui donnait envie de recommencer.

D'ailleurs, il lui suffisait de tourner légèrement la tête pour que ses lèvres rencontrent celles de Brant…

Elle s'y serait volontiers risquée, s'il l'avait encouragée d'un regard, d'une parole chaleureuse. Mais il se montrait distant, presque hostile.

Assez, en tout cas, pour éveiller ses soupçons.

— Que se passe-t-il ? s'enquit-elle en levant les yeux vers lui. Tu sembles préoccupé.

Il hésita, avant de répondre :

— On m'a retiré ton dossier. Je ne peux plus m'en occuper.

— Après ce qui nous est arrivé ce week-end ? se récria-t-elle, incrédule. Pourquoi ?

— Mes supérieurs estiment que je suis trop impliqué. A cause de toi, ajouta-t-il en cherchant son regard.

Elle sentit son cœur s'accélérer.

— Qu'as-tu répondu ?

— Qu'ils n'avaient peut-être pas tort.

Baissant la tête, il l'embrassa presque sauvagement, comme pour se prouver qu'il était effectivement « trop impliqué » dans cette affaire.

A croire qu'il en doutait encore… ce qui était loin d'être le cas de Valérie. A force de s'interroger, de sonder son cœur et son âme, elle était parvenue à une certitude : elle était tombée amoureuse de Brant Colter. Folle amoureuse, même.

Alors qu'il n'avait toujours pas la moindre idée de sa véritable identité.

Troublée, elle rompit leur baiser pour le regarder. Son regard s'était réchauffé, mais il demeurait soucieux, comme tourmenté par une pensée lancinante.

— Il y a autre chose, n'est-ce pas ? questionna-t-elle. Tu as l'air contrarié.

Il se redressa vivement.

— Si on t'avait retiré le dossier sur lequel tu travaillais, tu ne serais pas contrariée ?

— Bien sûr que si… mais j'ai l'impression que tu ne me dis pas tout. Cette histoire de dossier ne suffirait pas à te faire passer une mauvaise journée, j'en suis sûre !

— Ne t'inquiète pas : je m'en sortirai, affirma-t-il avec un haussement d'épaule. Montre-moi plutôt ce que tu as trouvé.

Elle retint un soupir. Leur récente complicité venait de trouver ses limites : après s'être confié à elle la veille, Brant se refermait comme une huître.

Elle se sentait presque trahie… et pourtant, elle ne pouvait guère s'attendre à mieux. N'avait-elle pas, elle aussi, limité ses confidences au strict minimum ?

Mais l'heure n'était pas à l'introspection. L'enquête ne progresserait guère, si elle continuait de s'apitoyer ainsi sur son sort ! Reportant son attention sur l'écran installé en face d'elle, elle fit défiler le microfilm qu'elle avait emprunté aux archives : il s'agissait d'une sélection d'articles de presse parus l'année de l'enlèvement d'Adam Kingsley. Survolant rapidement les mois précédant le drame, elle ne tarda pas à trouver la page qui avait retenu son attention, deux heures plus tôt.

Elle la connaissait presque par cœur, à présent — mais l'excitation qu'elle lui procurait demeurait intacte.

— Voilà, déclara-t-elle en désignant la coupure du *Memphis Examiner*, et la photo qui l'accompagnait. Lis, et dis-moi ce que tu en penses.

Brant tira une chaise près d'elle, s'installa, et se pencha vers le moniteur. Il ne lui fallut que quelques minutes pour prendre connaissance de l'histoire du petit Johnny Wayne Tyler, porté disparu depuis deux jours lors de la rédaction de l'article. La date inscrite en haut de la page remontait à une semaine avant l'enlèvement d'Adam.

— Je vois où tu veux en venir, commenta-t-il ensuite. Les dates concordent. Mais ce gosse avait cinq ans, alors que le petit Kingsley venait d'en avoir trois.

— J'y ai pensé… mais regarde la photo. Johnny était petit pour son âge. Et rappelle-toi ce que James Denver nous a raconté à propos de l'autopsie : le médecin légiste n'a effectué aucun prélèvement. Il s'est contenté de déterminer la cause du décès. Et puis, ils n'étaient pas aussi avancés qu'aujourd'hui dans la police scientifique : le médecin n'avait peut-être pas les moyens de déterminer l'âge de la victime. Ou s'il l'a fait, et qu'il l'a noté dans son rapport, l'information n'est jamais parvenue à destination, puisque c'est justement le rapport d'autopsie qui est manquant au dossier d'instruction.

Brant hocha la tête, visiblement convaincu par ses arguments. Se penchant de nouveau vers l'écran, il relut l'article plus attentivement.

— Hmm… D'après le journaliste, le beau-père de Johnny était le principal suspect, remarqua-t-il. Les services sociaux avaient été appelés à deux reprises au cours des mois précédents et l'enfant avait été admis à l'hôpital pour mauvais traitements.

Il lui lança un regard soucieux, avant d'ajouter :

— Ce type a été arrêté, à ton avis ?

— Pas que je sache. Le corps du petit n'a jamais été retrouvé… donc, le beau-père n'a jamais été inculpé. Il vit peut-être encore, à l'heure qu'il est !

Brant passa sa main sur son front d'un geste las.

— Pour résumer, si le corps de Johnny Wayne Tyler a effectivement été substitué à celui d'Adam Kingsley, cela signifie que quelqu'un avait pris le pyjama et la couverture d'Adam pour les mettre sur Johnny dans la fosse mortuaire, et tromper la famille sur l'identité du corps. Autrement dit, il ne s'agit plus seulement d'une erreur judiciaire. Mais du crime lui-même.

La gravité de la situation se reflétait sur son visage, plus tourmenté que jamais. Et Valérie n'avait aucune peine à imaginer ce qu'il ressentait. Soupçonner son père d'avoir organisé un coup monté pour inculper un innocent n'était déjà pas agréable. Mais le découvrir impliqué dans l'enlèvement et le meurtre d'un petit garçon relevait d'une véritable blessure morale.

Une blessure dont elle-même souffrait depuis des années.

Profondément émue, elle tendit la main vers Brant — mais il se raidit à son contact.

Le message était clair : il ne voulait pas de son soutien.

Ses yeux s'emplirent de larmes. Pourquoi fallait-il que tout soit si compliqué ? Alors qu'ils auraient pu s'aimer simplement, la vie se mettait entre eux pour les séparer. La vie — et la mort d'Adam Kingsley. Ensemble, ils frôlaient la vérité, mais plus ils s'en approcheraient, plus ils s'éloigneraient l'un de l'autre. Et quand Brant découvrirait qu'elle lui avait caché son identité…

— Comment souhaites-tu procéder, maintenant ? interrogeat-il, l'arrachant à ses pensées.

— Je veux faire exhumer le corps.

— Tu as entendu ce que Denver nous a dit : ce sera un parcours d'obstacles. Il faudra commencer par contacter les Kingsley…

— Je l'ai fait à midi, interrompit-elle. Edward et Iris ont tous deux refusé de me parler, mais leur avocat a accepté de me rencontrer ce soir, à son bureau. Tu viendras avec moi ?

Parce qu'elle ne savait plus à quoi s'attendre de sa part, elle avait formulé sa requête d'un ton hésitant. Mais ce fut avec la plus grande fermeté qu'il assura :

— Evidemment. Je ne te laisserai pas tomber, Valérie.

Grand, svelte et taciturne, Victor Northrup, l'avocat des Kingsley, n'inspirait pas la sympathie. D'un abord froid, vêtu avec une stricte élégance, il posait sur ses interlocuteurs un regard gris si pâle qu'il semblait presque dénué de couleur. Sa moustache et ses cheveux blancs, bien qu'il n'eût sans doute pas dépassé la soixantaine, impeccablement coupés, lui conféraient une respectabilité supplémentaire.

Debout à son côté, Jérémy Willows, que Northrup avait présenté comme l'un de ses collaborateurs, gardait un silence poli. Brant se souvenait l'avoir vu à la réception des Kingsley — puisqu'il était en fait le beau-fils d'Edward. Vêtu, comme son collègue, d'un costume sombre, d'une chemise blanche empesée comme du carton et d'une cravate à fines rayures, il avait tout du parfait avocat d'affaires.

Y compris la discrétion, d'ailleurs : depuis le début de l'entretien, et malgré les révélations de Valérie, il ne s'était pas autorisé le moindre battement de cils !

Northrup, lui, excellait dans le rôle du grand seigneur offensé. Un demi-sourire dédaigneux aux lèvres, il s'adressait à Valérie avec une condescendance appuyée qui relevait du grand art.

— Je suis stupéfait que vous osiez suggérer une telle entreprise à mes clients, mademoiselle… ?

— Snow. Valérie Snow, compléta cette dernière sans se démonter.

Assise à côté de Brant, elle s'évertuait à garder son calme — mais ses mains crispées sur ses genoux témoignaient de son agacement.

— Avez-vous lu les informations que je vous ai faxées ? insista-t-elle. Les avez-vous seulement transmises à vos clients ? Monsieur Northrup, nous sommes pratiquement convaincus que le corps enterré dans cette tombe n'est pas celui d'Adam Kingsley. C'est une nouvelle qui, j'en suis sûre, ne peut laisser vos clients indifférents !

— Adam Kingsley est mort, mademoiselle Snow, répliqua l'avocat d'un ton plus glacial encore. Et ni moi ni mes clients n'autoriserons *quiconque* à perturber son repos — surtout pas vous et votre misérable feuille de chou ! Maintenant, si vous voulez bien me laisser… J'ai du travail.

Valérie se leva, prête à partir. Mais Brant n'avait pas dit son dernier mot.

— Nous pouvons obtenir un mandat de justice pour procéder à l'exhumation. L'autorisation de vos clients n'est pas strictement nécessaire, mais nous jugions préférable de vous prévenir. Par courtoisie.

Northrup eut un sourire carnassier.

— Votre courtoisie me ravit, mais il n'y a pas une cour de justice dans tout le Tennessee qui vous accordera le mandat dont vous parlez. Et si j'étais vous, je garderais profil bas, inspecteur Colter. Vous savez pertinemment que mon client pourrait ordonner votre mise à pied d'un simple coup de fil.

— Sans doute. Mais vous lui direz de ma part que l'affaire n'est pas close. La vérité finit toujours par éclater, monsieur Northrup.

— Il a raison, commenta Valérie d'un ton lugubre tandis qu'ils se dirigeaient vers la voiture de Brant, garée sur le parking de l'immeuble. Nous n'obtiendrons jamais le mandat d'exhumer sans l'accord des Kingsley.

— Tant que nous n'aurons pas de preuve tangible, ça risque d'être difficile, en effet, corrobora-t-il. Mais ça ne te ressemble pas de baisser les bras !

— Je ne baisse pas les bras, récusa-t-elle. Mais même si nous parvenons à faire exhumer le corps et que l'autopsie confirme qu'il ne s'agit pas d'Adam, l'innocence de Brown, elle, restera toujours à prouver !

— Certes, mais il aura de bonnes raisons de réclamer une révision de son procès. Il a été condamné pour le meurtre d'Adam

Kingsley. Si le corps n'est pas celui de la victime, l'accusation n'aura plus aucune preuve contre lui.

Valérie lui lança un regard étonné.

— Tu parles comme si tu commençais à croire en son innocence…

— Je ne sais plus que croire, confia-t-il d'un air las. Mais une chose est sûre : le dossier d'instruction est sérieusement incomplet. Et l'enquête a été bâclée. Le minimum que puisse faire la justice pour Brown, à présent, c'est de lui offrir un nouveau procès. Et je me battrai pour qu'il l'obtienne.

Son aveu était si surprenant que Valérie ne trouva d'abord rien à dire. Puis les mots — les mots justes — lui vinrent à l'esprit. Elle aurait dû les prononcer depuis longtemps, déjà… mais le courage lui avait manqué. Ce soir, enfin, elle le trouvait.

— Ça me touche beaucoup, que tu sois prêt à croire en lui, commença-t-elle doucement. Et je pense que… Je dois t'avouer quelque chose. Quelque chose dont j'aurais dû te parler avant, mais…

Elle ne put continuer : une voiture approchait, étouffant le bruit de sa voix. Le petit bolide rouge traversa le parking à vive allure pour s'immobiliser devant eux. La porte s'ouvrit, et Andrew Kingsley émergea de l'habitacle.

— Je savais que je vous trouverais ici, déclara-t-il en s'avançant vers eux, la main tendue.

Valérie le salua, puis elle fit les présentations.

— Vous connaissez ma femme, il me semble, déclara Andrew en serrant la main de Brant.

— Oui. Hope et moi avons grandi dans le même quartier.

Kingsley esquissa un sourire courtois, puis il se tourna vers Valérie.

— Tenez, dit-il en lui remettant une enveloppe de papier Kraft. Je crois que c'est ce qu'il vous faut.

— De quoi s'agit-il ?

— D'une autorisation signée de mon père pour procéder à l'exhumation du corps d'Adam.

Valérie le fixa, bouche bée.

— Comment avez-vous fait pour…

— Le convaincre ? acheva Andrew. Disons que je détiens certaines informations à son sujet, que j'utilise à bon escient lorsque je souhaite le faire aller dans mon sens… Vous pourrez donc exhumer le corps — à deux conditions.

— Lesquelles ? interrogea Brant, l'air suspicieux.

— Un, que l'autopsie soit confiée au médecin légiste de mon choix. J'ai déjà contacté le Dr Wu, un spécialiste de Boston, qui a accepté de prendre l'avion ce soir. Il a tout arrangé avec la clinique Mercy, qui mettra son équipement et son laboratoire à sa disposition dès son arrivée. J'ai également obtenu le dossier médical d'Adam, qui lui sera confié pour l'aider dans son travail. Des objections ?

Valérie échangea un coup d'œil avec Brant, qui secoua la tête.

— J'ai entendu parler du Dr Wu. Sa réputation est sans faille.

— Quelle est la seconde condition ? questionna Valérie.

— Quelle que soit la conclusion de l'autopsie, vous ne publierez rien sans m'en avoir informé au préalable.

— Entendu, approuva-t-elle.

— Dans ce cas, nous sommes d'accord, conclut Andrew. Tenez-moi au courant.

Il s'apprêtait à partir, quand Brant s'enquit :

— Pourquoi avez-vous décidé de nous aider ?

Andrew prit une longue inspiration.

— Demandez à Mlle Snow. Elle vous répondra aussi bien que moi.

Valérie esquissa un sourire entendu.

— Je ne sais pas comment vous remercier.

— Découvrez ce qui est arrivé à Adam, répliqua-t-il. Et ce sera à moi de vous remercier.

Comme prévu, la signature d'Edward Kingsley leur offrit un passeport extraordinaire pour franchir les multiples barrières de la procédure. Ce qui aurait pu prendre des mois fut réglé en trois jours. L'exhumation fut organisée en pleine nuit, dans la plus grande discrétion, afin d'éviter toute fuite médiatique. Le corps fut ensuite transféré à la clinique Mercy, où le Dr Wu l'attendait pour procéder à l'autopsie.

Tandis qu'il effectuait son travail derrière de lourdes portes métalliques, Brant et Valérie patientaient dans la salle voisine. Chacun à sa manière : l'inspecteur arpentait nerveusement la pièce, tandis que Valérie, assise au milieu d'une rangée de chaises en plastique, l'observait sans bouger.

Le temps s'étirait, et ses pensées tournaient en boucle dans son esprit. Dans quelques jours, le calvaire de son père prendrait peut-être fin, et Brant comprendrait qu'elle l'avait trahi. Si seulement elle avait trouvé le temps de lui avouer qu'elle était la fille de Cletus ! Elle s'apprêtait à le faire lorsqu'ils avaient quitté le bureau de Northrup, mais l'irruption d'Andrew sur le parking l'avait interrompue. Ensuite, les événements s'étaient précipités… et l'occasion de bavarder calmement avec Brant ne s'était plus représentée.

Bien sûr, elle aurait pu le lui dire maintenant, puisqu'ils étaient absolument seuls. Mais les circonstances le lui interdisaient. Le squelette d'un petit garçon était étendu sur une table métallique, à quelques mètres de là. Qu'il s'agisse d'Adam Kingsley ou de Johnny Wayne Tyler, le drame était le même : un enfant avait trouvé la mort sous les coups d'un adulte. Et Valérie ne pouvait s'empêcher de penser aux terribles heures qu'il avait endurées, avant de rendre son dernier souffle.

Les portes s'ouvrirent, livrant passage au Dr Wu.

— Vous avez terminé ? s'enquit-elle en se levant d'un bond.

— Pas encore. Mais je dispose déjà de plusieurs éléments intéressants.

— Lesquels ? interrogea Brant en s'approchant.

— Premièrement, le squelette n'est pas celui d'un enfant de trois ans. Selon moi, il en avait deux de plus au moment du décès — les analyses d'ADN nous le confirmeront au mois près. Ensuite, j'ai constaté plusieurs fractures anciennes, antérieures au décès, sur les os du fémur et de l'avant-bras gauche. L'enfant n'avait sans doute pas reçu de traitement adéquat, puisque les os du fémur, notamment, se chevauchent de façon anormale. Le fémur ne s'était pas ressoudé correctement, et le petit en avait sans doute conservé un léger handicap.

— Vous en êtes sûr ? demanda Brant.

— Absolument. Cet enfant boitait.

— Mais… comment se fait-il que le médecin légiste de l'époque ne s'en soit pas aperçu ? intervint Valérie.

— La médecine légale a beaucoup progressé depuis trente ans. En ce temps-là, il était encore difficile de déterminer avec certitude l'âge d'un squelette. Les fractures, en revanche, n'auraient pas dû poser de problème particulier à mon collègue. A moins qu'il n'ait dû écourter son travail pour une raison quelconque ?

— C'est possible, admit Brant. Nous savons que l'autopsie a été menée dans l'urgence. Le médecin légiste devait avant tout certifier la cause du décès. La police avait déjà procédé à l'identification du corps.

Le Dr Wu secoua la tête d'un air navré.

— Dans ce cas, ils auraient dû prendre le temps de l'identifier correctement. J'ai consulté le dossier médical d'Adam Kingsley : hormis les maladies infantiles ordinaires, il a toujours joui d'une excellente santé. Et n'avait jamais subi aucune fracture. Autrement dit, le squelette que vous avez exhumé ne peut pas être le sien. C'est rigoureusement impossible.

La nouvelle plongea les Kingsley dans la stupeur la plus totale. Andrew avait exigé que l'ensemble du clan se rassemble pour entendre les révélations de Brant et de Valérie — dont il avait déjà pris connaissance. Conformément à l'accord passé, Valérie l'avait informé des conclusions du Dr Wu dans les minutes qui avaient suivi la fin de l'autopsie. D'une voix tremblante, il lui avait alors demandé de se rendre le lendemain matin chez ses parents, en compagnie de Brant, afin de pouvoir répondre aux interrogations que sa famille ne manquerait pas de soulever.

Après l'exposé des faits, qu'elle s'efforça de présenter d'un ton neutre, elle se retrancha dans un silence respectueux, attendant les questions — et observant les réactions — des Kingsley.

Chacun accueillit la nouvelle à sa façon.

Jérémy Willows fit preuve d'un calme étonnant. Debout près de la cheminée du petit salon où ils s'étaient réunis, il se tenait en retrait, comme il l'avait fait lors de l'entretien chez Mᵉ Northrup. Mais son regard vif indiquait qu'il avait accordé la plus grande attention à ce qui venait de se dire.

Sa mère, Pamela Kingsley, fondit en larmes.

— C'est moi qui suis montée dans la chambre la première, vous savez, énonça-t-elle d'un air hagard. Ce lit vide dans l'obscurité… Je ne l'oublierai jamais ! Et je m'en suis toujours voulu parce que… parce que si j'étais venue plus tôt, je l'aurais peut-être sauvé.

Sa voix se perdit dans un sanglot. Assis près d'elle sur le canapé, Edward lui tapota distraitement la main. Il paraissait avoir vieilli de vingt ans en cinq minutes. Couleur de cendres, son visage avait pris l'immobilité d'un masque de cire — à tel point que Valérie le crut victime d'un malaise cardiaque.

Mais Iris Kingsley, la grand-mère d'Adam, l'inquiéta davantage encore. Un cri étouffé avait franchi ses lèvres à l'écoute de la nouvelle, puis elle s'était affaissée sur elle-même, les bras noués autour des épaules, le corps secoué d'un balancement régulier… Comme si elle berçait un enfant invisible contre son sein. Soudain sourde au monde extérieur, elle offrait l'image même de la détresse humaine.

Bouleversée, Valérie détourna les yeux, reportant son attention sur Brant, qui relatait les événements des jours précédents. Sur une question d'Edward, qui s'était un peu ressaisi, il exposa ensuite les diverses conclusions du Dr Wu. Un lourd silence s'ensuivit et, sur un signe d'Andrew, ils décidèrent de prendre congé.

Tandis qu'ils traversaient en sa compagnie les vastes pièces du rez-de-chaussée pour regagner le hall d'entrée, Valérie s'enquit doucement :

— Pensez-vous qu'elle va s'en remettre ?

— Grand-mère ? C'est une survivante, assura-t-il avec une pointe d'amertume. Ne vous en faites pas pour elle : elle s'en remettra. Nous nous en remettrons tous. Avec le temps, bien sûr.

Il se tourna vers Brant pour ajouter :

— Que va-t-il se passer, maintenant ?

— Je vais transférer le dossier à la cour d'appel, qui rouvrira l'instruction. Nous pensons que le corps qui se trouvait dans la tombe d'Adam est en fait celui de Johnny Wayne Tyler, un petit garçon battu par son beau-père, qui avait disparu quelques jours avant Adam. J'ai pris contact avec sa mère, qui a accepté de nous transmettre son dossier médical. Le Dr Wu procédera aux analyses d'ADN le plus rapidement possible.

— Entendu. Le cauchemar n'est pas encore fini, si je comprends bien… mais cela en vaut la peine, non ? A votre avis, quelles sont les chances de retrouver Adam vivant ?

— Pratiquement nulles, je le crains, répondit Brant avec hésitation.

— Mais il y a tout de même une chance ? insista Andrew.

— Oui. Une toute petite chance.

— Dans ce cas, permettez-moi d'espérer. Même infime, la possibilité de le retrouver vivant vaut mille fois mieux que la certitude de le savoir enterré au fond du jardin.

15.

Valérie n'avait pratiquement pas dormi au cours des dernières trente-six heures. Ni mangé, d'ailleurs. Ce fut donc dans un état proche de l'épuisement qu'elle rentra enfin chez elle, le soir de la réunion chez les Kingsley. Elle pianota machinalement sur le cadran lumineux du système d'alarme, déverrouilla la serrure et poussa la porte d'un geste las.

Tout était en ordre. Comme si rien n'avait changé dans sa vie — alors qu'elle venait d'atteindre l'objectif qu'elle s'était fixé après la mort de sa mère. Car la libération de son père approchait, à présent. Brant lui-même n'avait-il pas affirmé qu'ils disposaient d'éléments suffisants pour réclamer une révision du procès ?

Bien sûr, il ignorait encore la nature des liens qui l'unissaient à Cletus Brown. Elle ne lui avait toujours pas avoué qu'il était son père… bien qu'elle n'ait plus aucune raison de le lui cacher, désormais. Il lui avait témoigné une telle loyauté depuis le début de l'enquête qu'elle ne doutait plus de lui. Et ce serait en toute confiance — mais rongée d'anxiété — qu'elle lui révélerait son identité… lorsqu'elle trouverait enfin l'occasion de le faire.

Demain, se promit-elle. Elle lui parlerait dans l'après-midi, après son rendez-vous chez l'avocat de Cletus. L'homme, qu'elle n'avait encore jamais rencontré, s'était montré extrêmement positif, assurant que son client pourrait sans doute bénéficier d'une remise en liberté conditionnelle avant même la révision du procès. L'erreur judiciaire, avait-il affirmé, était patente et le tapage médiatique serait trop important pour que le juge d'instruction ne cède pas aux pressions de la défense. Mais il fallait faire vite… Aussi avait-elle promis de lui remettre, dès le lendemain matin, les éléments qui étaient en sa possession, y compris le journal de sa mère, afin qu'il puisse engager la procédure sans tarder.

La bataille juridique promettait d'être longue, mais Valérie s'en moquait. Elle avait déjà franchi tant d'obstacles pour en arriver là ! Rien ne pouvait plus entamer son énergie…

Hormis la perspective d'une rupture avec Brant. Il n'était entré dans sa vie que quelques jours plus tôt mais, déjà, elle ne pouvait imaginer son avenir sans lui. Elle *devait* trouver les mots justes pour lui expliquer son attitude, pour l'aider à comprendre pourquoi elle lui avait caché la vérité. Si leur rencontre tenait du hasard, leur amour relevait du miracle. Qu'ils se soient aimés en dépit des caprices du destin, qu'ils aient traversé tant d'épreuves ensemble, lui donnait envie de se battre jusqu'au bout pour le garder auprès d'elle. Leur histoire ne méritait pas de finir sur un terrible gâchis. Si Brant en venait à la mépriser, à la haïr, même…

Elle ne le supporterait pas.

« Alors cesse d'y penser », s'intima-t-elle brusquement. A quoi bon imaginer le pire quand elle pouvait encore espérer le meilleur ?

Plaquant un sourire vaillant sur ses lèvres, elle se dirigea vers la salle de bains. Une bonne douche, voilà ce qu'il lui fallait pour se remettre les idées en place ! Elle régla la température avec soin, se dévêtit rapidement et entra dans la cabine avec un soupir de satisfaction. Elle y demeura si longtemps que la peau de ses doigts commença à plisser… Elle se décida enfin à sortir. Puis, enveloppée dans son peignoir, elle gagna la cuisine, où elle se servit un verre de thé glacé, avant de se diriger vers le placard de sa chambre.

C'était là qu'elle avait dissimulé le carton qui contenait les affaires personnelles de sa mère. Ecartant les cintres où étaient suspendus ses vêtements, elle saisit la lourde boîte pleine de livres, de lettres et de coupures de presse, et la transporta jusqu'au tapis du salon, déterminée à tout passer en revue ce soir — puisque l'heure était venue de transmettre ces documents à la justice.

Ou du moins, ceux qui pouvaient apporter la preuve de l'innocence de Cletus.

A elle, donc, de faire le tri parmi la myriade d'ouvrages, d'articles et de souvenirs que sa mère avait accumulés au fil des ans. Son journal intime, lui, se trouvait toujours dans la boîte métallique, sur le comptoir de la cuisine. Où elle l'avait rangé dès son retour de La Nouvelle-Orléans. Il lui avait semblé préférable, en effet, de ne pas laisser le précieux document au fond du placard de la chambre, avec le reste des affaires de sa mère : si quelqu'un s'introduisait chez elle en son absence, il aurait vite fait de dénicher le carton — mais ne penserait certainement pas à ouvrir les boîtes alignées dans la cuisine.

Assise en tailleur sur le tapis, elle ouvrit le carton et entreprit de disposer son contenu en petits tas autour d'elle : les coupures de presse, les livres, le courrier, les menus objets… et, bien sûr, le portefeuille de son père. Il avait sans doute été rendu à Grace après l'arrestation de Cletus, et elle l'avait conservé aussi précieusement que le reste. Lorsque Valérie l'avait découvert, caché au fond du tiroir qui recelait également le journal intime de sa mère, elle avait longuement hésité avant de l'ouvrir, tant elle craignait d'affronter les fantômes d'un passé si douloureux.

Puis un soir, peu après son arrivée à Memphis, elle avait rassemblé son courage et sorti l'objet du carton. Il contenait deux billets de un dollar, le permis de conduire et la carte d'assuré social de son père, ainsi qu'une photo jaunie, qui la montrait, souriant aux anges dans les bras de Grace.

Prise de vertige, elle avait aussitôt détourné les yeux. Cette image surgie du passé en appelait d'autres, qui n'avaient jamais été prises : photos d'anniversaire ou de Noël, que les parents aimaient à montrer à leur entourage. Cletus, lui, n'avait pas connu un tel bonheur. Parce que Judd Colter avait fait irruption dans leur vie, brisant les liens qui les unissaient, son père ne l'avait pas vue grandir. Il n'avait jamais pu remplacer ce cliché par d'autres, plus récents. Savait-il même à quoi elle ressemblait aujourd'hui ?

Sans doute pas.

Envahie d'amertume, elle avait refermé le portefeuille, se promettant de l'examiner plus attentivement lorsqu'elle serait capable de dominer ses émotions — et la rage que lui inspirait Judd Colter.

Ce moment était venu. Apaisée par le dénouement de l'enquête, elle pouvait désormais se confronter à son passé sans flancher. Le portefeuille noir, élimé aux angles, lui paraissait presque anodin. Et ce fut d'un geste sûr qu'elle fit tourner les petits feuillets de plastique qui protégeaient chaque document. Les deux billets de banque étaient toujours là, sagement glissés dans la doublure en polyester gris.

Deux misérables billets de un dollar : la maigre fortune d'un homme accusé d'avoir empoché une rançon faramineuse…

D'où venaient les quinze mille dollars que Colter avait retrouvés dans le coffre de leur voiture ? Qui les y avait mis ?

Elle referma distraitement le portefeuille pour l'ajouter à la pile des objets destinés à l'avocat de Cletus. Mais comme elle se penchait vers l'atteindre, un objet brillant s'échappa d'un des compartiments. Une pièce de monnaie.

Elle fronça les sourcils. Elle ne se souvenait pas de l'avoir remarquée auparavant… Dans son souvenir, le portefeuille ne contenait pas de monnaie. Mais peut-être avait-elle négligé d'examiner tous les compartiments ?

Haussant les épaules, elle ramassa la pièce pour la remettre à sa place — et sentit son sang se glacer dans ses veines. Ce n'était pas une pièce ordinaire. Seule une des deux faces était frappée ; l'autre était complètement lisse. Un trou avait été percé dans le métal, afin de pouvoir le transformer en médaillon.

Les propos d'Andrew Kingsley lui revinrent brutalement à la mémoire : « *Je me suis toujours dit que si je retrouvais le médaillon, je saurais enfin ce qui est réellement arrivé à mon frère* »...

Elle n'eut que le temps de courir aux toilettes avant d'être prise de nausées. Le choc était si violent qu'elle dut s'appuyer contre le rebord de la cabine de douche pour se redresser, et ce fut d'une main tremblante qu'elle passa un peu d'eau sur son visage.

Levant les yeux, elle fixa avec horreur son reflet dans le miroir. Il n'y avait plus de doute possible, à présent.

Elle était la fille d'un assassin.

Comment avait-elle pu se tromper à ce point ? Elle tournait et retournait cette question dans son esprit, tandis qu'elle tentait de trouver le sommeil, étendue dans l'obscurité, une heure plus tard. Ivre de lassitude, elle porta une main devant ses yeux pour tenter de bloquer les visions qui l'assaillaient. En vain. L'image d'un petit garçon en larmes revint danser sous ses paupières. Puis ce fut Brant, qui la regardait d'un air accusateur. Puis son père, ricanant dans sa cellule...

— Qu'ai-je fait ? Mon Dieu, qu'ai-je fait ? marmonna-t-elle à voix haute, prise de panique.

Elle s'était attaquée à la réputation de trois inspecteurs de police, elle était sur le point de briser leur vie professionnelle et personnelle… alors que son père était un criminel ?

Car il était bel et bien coupable : elle avait tenu la preuve de son crime entre ses mains !

Que devait-elle faire, à présent ? Transmettre cette preuve à la justice, ou la garder par-devers elle ?

Si elle donnait le médaillon au juge d'instruction, le sort de Cletus n'en serait guère changé, puisqu'il était déjà condamné à perpétuité…

Si elle le gardait, en revanche, le procès serait révisé sur la base des éléments que Brant et elle avaient découverts — et son père serait certainement innocenté, puisque plus rien ne prouvait la mort d'Adam Kingsley.

Pouvait-elle laisser un criminel — même s'il était son père — sortir de prison ?

Certes, rien n'indiquait qu'il avait assassiné Adam Kingsley. Mais la présence du médaillon dans son portefeuille prouvait qu'il l'avait bel et bien enlevé.

Il était donc responsable de la disparition d'un petit garçon. Et puisqu'elle en avait la certitude, elle devait en informer la justice. Sans quoi, elle n'oserait plus jamais se regarder en face.

Ni revoir Brant.

S'il avait été dans une situation similaire, il n'aurait pas dissimulé la preuve de la culpabilité de son père. Son attachement à la justice l'aurait emporté sur son orgueil et sa loyauté familiale. Par amour pour lui, elle se devait de suivre l'exemple qu'il lui aurait donné.

Elle craignait de manquer de courage, pourtant. Où trouverait-elle la force d'affronter les questions, les accusations, les sarcasmes qui ne manqueraient pas de s'abattre sur elle pendant le procès ?

Valérie s'éveilla en sursaut. Une ombre se dressait au-dessus de son lit. L'espace d'un instant, elle crut qu'il s'agissait du fantôme d'Adam Kingsley — silhouette mélancolique qui venait de hanter ses rêves.

Puis l'ombre se déplaça légèrement, et Valérie poussa un cri d'effroi. L'intrus se jeta sur elle, plaquant sauvagement une main gantée sur sa bouche.

— Plus un mot ! intima-t-il en pointant le canon de son revolver sur sa tempe. Compris ?

Une flamme cruelle dansait dans ses yeux noirs et, terrifiée, elle se contenta de hocher la tête.

Satisfait, l'homme se redressa. Alors seulement, elle le reconnut.

Austin Colter.

— Comment êtes-vous entré ? interrogea-t-elle en crispant les mains sur le drap qui la couvrait encore.

— La compagnie à laquelle vous avez fait appel pour votre système de sécurité appartient à mon père. Trouver votre code dans le réseau informatique ne m'a posé aucun problème… Ce n'est pas la première fois que je viens, d'ailleurs.

Elle écarquilla les yeux.

— Pourquoi ? Que cherchiez-vous ?

— Peu importe… Mais je suis heureux de voir que vous avez trouvé le cadeau que je vous avais laissé en partant, lors de ma dernière visite.

Eclairé par un rayon de lune, le médaillon d'Adam Kingsley brilla entre ses doigts.

— Vous connaissiez l'existence de ce médaillon ? marmonna-t-elle, gagnée par une terreur croissante.

— Bien sûr. C'est moi qui l'ai caché ici, répondit-il d'un air détaché. Je suis venu chez vous dès que vous avez publié le premier article de votre petite série. Ça m'embêtait, figurez-vous, que vous vous en preniez à ma famille au moment où j'entamais ma campagne électorale. Alors, je suis venu fouiller dans vos affaires en espérant trouver des éléments que j'aurais pu utiliser contre vous, et là… surprise ! Je découvre que vous êtes la fille de Cletus Brown. Pas mal, non, pour un détective en herbe ?

Il ricana méchamment, avant de poursuivre :

— Le souci, c'est que je ne pouvais pas me servir de cette information contre vous. Le piège aurait pu se retourner contre moi et, de toute façon, je n'étais même pas certain que cela vous forcerait à abandonner l'enquête. Mais en réfléchissant, j'ai compris que l'astuce consistait à vous persuader que votre père était coupable. Si vous cessiez de croire à son innocence, vous renonceriez à publier vos satanés articles… Il ne me restait qu'à trouver l'occasion idéale. Et c'est ce cher Andrew qui me l'a fournie ! Tenez, j'ai encore ses mots en tête : « *Si je retrouve le médaillon, je saurai ce qui est arrivé à mon frère.* » C'est ça, non ?

— A peu près, oui, murmura-t-elle.

Comment remettre de l'ordre dans ses pensées ? Tout se bousculait. Il y a une heure à peine, avant de s'endormir, elle était persuadée de la culpabilité de son père. Elle avait même failli se rendre au poste de police pour effectuer une déposition contre lui… avant de changer d'avis, préférant remettre cette épreuve au lendemain. Et voilà qu'Austin lui avouait que c'était lui qui avait dissimulé le médaillon dans le portefeuille de Cletus !

Son père n'était donc pas un criminel ?

Elle ferma les yeux, submergée d'émotion. Et les rouvrit aussitôt : Austin venait de s'asseoir sur son lit, comme s'il était un vieil ami en visite.

A un détail près, cependant : il continuait de pointer son arme sur elle.

— Vous serez peut-être heureuse d'apprendre que j'ai trouvé ce médaillon il y a des années, déclara-t-il sur le ton de la confidence. Mais je n'ai compris sa signification que l'autre soir, lorsque j'ai surpris votre conversation avec Andrew, dans la nursery.

— Je ne comprends pas…

— C'est pourtant simple. Ce médaillon était dans le coffre-fort de mon père, que j'ai forcé par pure curiosité il y a une dizaine d'années. Est-ce clair, à présent ?

Elle lui lança un regard horrifié.

— Votre père…

— A enlevé et assassiné Adam Kingsley, compléta-t-il avec un haussement d'épaule. C'est parfaitement logique, d'ailleurs. Il travaillait comme vigile pour les Kingsley depuis des années pour arrondir ses fins de mois. Donc, il connaissait parfaitement le plan de la maison et du parc. Quand Iris lui a demandé d'assurer la sécurité de la réception qu'elle organisait pour financer la campagne électorale de son fils, il a dû commencer à réfléchir… et l'idée d'enlever le gosse pour obtenir une grosse rançon lui est venue à l'esprit. Il ne risquait rien, au fond : il se doutait qu'il serait chargé de l'enquête. Et c'est exactement ce qui s'est produit. J'imagine qu'il n'a eu aucun mal à brouiller les pistes au début de l'enquête, puis à dérégler le système de communication pendant la remise de la rançon… Ce qui est drôle, c'est que les pauvres flics n'ont jamais compris comment le ravisseur avait fait pour échapper aux mailles du filet ! S'ils savaient que le coupable était parmi eux…

Valérie commençait à se représenter le déroulement du drame qui s'était joué trente et un ans plus tôt, mais un élément demeurait obscur : si Raymond était le ravisseur, pourquoi était-ce son fils qui la menaçait d'une arme ?

— Mais, pour que le crime soit parfait, il fallait un coupable, poursuivit Austin. Là, mon cher père n'a pas eu à chercher longtemps : Brown était taillé pour le rôle ! Il a donc planqué une petite partie de la rançon dans sa voiture, puis il a déguisé sa voix pour le dénoncer auprès de Judd. Les appels anonymes, ça marche toujours dans la police… Naturellement, mon oncle a démarré au quart de tour, sans même se demander d'où venait l'info. Il était en route pour la gloire, et rien ne pouvait l'arrêter ! Il est toujours persuadé d'avoir résolu l'affaire du siècle, d'ailleurs. Franchement, si j'avais été à la place de mon père, je lui aurais tout raconté pour le seul plaisir de le faire tomber de son piédestal !

— J'imagine que votre père a utilisé l'argent de la rançon pour démarrer son entreprise ?

— Manifestement, oui.

— Et… il a engagé Rémy Devereaux pour me tuer.

— Pas tout à fait. Il l'a engagé pour vous faire peur. Il voulait que vous quittiez Memphis et que vous renonciez à votre enquête. J'étais au courant, bien sûr. Nous l'étions tous : Kristin, Judd, Hugh et moi. Papa nous l'a annoncé le soir de la réception chez les Kingsley, dans le bureau d'Edward. D'après lui, vos articles commençaient à porter préjudice à ma campagne, et il était grand temps de vous faire taire. Le *hic*, c'est que Rémy réclamait de plus en plus d'argent. Là, mon père était un peu dépassé par les événements… alors j'ai accordé un petit bonus à Rémy pour le calmer. En secret, bien sûr.

— Vous l'avez embauché pour nous tuer. Moi et Naomi Gillum.

— Je lui avais laissé le champ libre, du moment qu'il s'assurait de votre silence. Alors, il vous a suivie à La Nouvelle-Orléans… Et quand il a découvert l'existence de cette Naomi, sa décision a été vite prise. Vivante, elle nous aurait nui un jour ou l'autre.

Valérie fut prise d'un violent tremblement. Brant avait vu juste : Rémy était caché dans l'appartement de Naomi pendant toute la durée de leur entretien. Il l'avait tuée dès qu'elle était partie — et c'était bien lui qu'elle avait croisé en sens inverse sur l'avenue Dumaine.

— Et Brant ? murmura-t-elle. Vous vouliez l'éliminer, lui aussi ?

Les lèvres de son interlocuteur se plissèrent en un sourire cruel.

— Je n'aurais pas dit non…

— Mais pourquoi avez-vous fait tout cela ? Vous n'aviez rien à voir avec l'affaire Kingsley. Je ne vous menaçais même pas directement !

Le sourire s'effaça, remplacé par un masque haineux.

— Bien sûr que si ! Croyez-vous que le parti m'aurait laissé poursuivre ma campagne si mon père et mon oncle avaient été accusés d'infanticide ? Vos articles signaient ma mort politique. Alors j'ai décidé d'inverser les rôles. Et j'ai rédigé une petite lettre à votre intention. Qui signera *votre* mort, je le crains.

Et, se levant d'un bond, il plaqua le canon du pistolet contre sa tempe.

— Assez bavardé. Debout !

Blême de terreur, Valérie promena un regard effaré autour d'elle. Il devait bien y avoir un moyen d'échapper à ce fou furieux…

— Ne cherchez pas ! lança-t-il, devinant ses intentions. Levez-vous bien gentiment, j'ai une surprise à vous montrer.

Elle obtempéra, repoussant les couvertures d'un geste mécanique. Austin glissa un bras autour de sa gorge et, pressant plus fermement le métal glacé du pistolet contre sa peau, il l'entraîna vers le salon…

Où l'accueillit la lumière bleutée de l'ordinateur, manifestement allumé par Austin quelques instants auparavant.

— Tout est prêt, chère amie, annonça ce dernier d'un ton mielleux. Asseyez-vous, je vous prie.

D'une pression impérieuse, il la poussa vers le bureau. Elle se laissa tomber sur la chaise, leva un regard hébété sur l'écran... et découvrit avec horreur le texte qu'Austin avait rédigé à son intention.

C'était une lettre d'adieu, destinée à ceux qui la découvriraient après sa mort : en quelques phrases saccadées, elle expliquait qu'elle ne pouvait continuer à vivre avec la certitude que son père avait enlevé et assassiné le petit Adam Kingsley. La preuve de son crime, qu'elle venait de découvrir, l'emplissait de dégoût envers elle-même. Et c'était avec soulagement qu'elle renonçait à une existence marquée par la honte et l'infamie.

Des larmes brûlantes lui montèrent aux yeux. Etait-elle donc si transparente ? Cette lettre, elle aurait pu l'écrire un soir de désespoir — sans aller jusqu'à souhaiter mourir, pourtant... Austin, lui, en avait décidé autrement. Devinant les tourments qui l'agitaient depuis sa plus tendre enfance, il les utilisait à son avantage pour organiser *son* suicide.

Car ses intentions ne faisaient plus de doute, à présent : il allait l'abattre d'un coup de revolver devant l'écran allumé. Afin que la police conclue au suicide.

Le crime serait parfait.

A moins que... A moins qu'elle n'essaie de lutter, envers et contre tout. Pourquoi lui offrir une victoire facile, quand elle pouvait encore tenter d'échapper à son emprise ? Cette paire de ciseaux, par exemple... Là, sur le bureau, près de l'ordinateur ! Si elle parvenait à s'en emparer, avant qu'Austin n'ait le temps de réagir... Elle se raidit, prête à passer à l'action.

Mais un léger grincement retentit dans son dos. La porte d'entrée venait de s'ouvrir.

Son agresseur avait entendu, lui aussi. Elle sentit le métal trembler contre sa tempe... Puis la voix de Brant retentit dans le silence nocturne :

— Lâche-la, Austin.

— Fous le camp, marmonna-t-il entre ses dents. Ça ne te regarde pas.

— Ça m'étonnerait.

Il s'approchait lentement, pointant son arme de service sur Austin. Dont la colère augmenta d'un cran.

— Arrête-toi, ou je la tue ! s'écria-t-il, furieux.

Brant esquissa un sourire entendu.

— Je te le déconseille : ça ne fera qu'empirer ton cas.

— Pas si je vous tue tous les deux.

— Deux morts ? Tu auras du mal à les justifier, poursuivit-il sur le même ton. Lâche-la, Austin. C'est la meilleure chose à faire, je t'assure.

— La meilleure chose à faire ? ricana l'autre en resserrant son étreinte autour du cou de Valérie. Sais-tu seulement qui est cette femme ? Tu essaies de la protéger, alors qu'elle se moque de toi depuis le début. Pauvre idiot, va !

« Non, gémit-elle intérieurement. Pas ça. »

Trop tard. Implacable, Austin poursuivit :

— Elle s'appelle Violet Brown. N'est-ce pas, très chère ?

Son bras se referma plus violemment sur sa gorge. Le souffle coupé, elle l'entendit ajouter :

— Alors, Violet, on a du mal à respirer ?

Elle hocha la tête, au bord de l'asphyxie, et — enfin — il consentit à desserrer l'étau de son bras.

— Tu vois, Brant, c'est la fille de Brown. Ça t'étonne, hein ? Elle s'est bien moquée de toi, la garce ! Elle t'a menti depuis le premier jour, et tout ça pour quoi ? Pour anéantir ton propre père !

Sentant le regard de son amant posé sur elle, Valérie se força à lever les yeux vers lui.

— Est-ce vrai ? marmonna-t-il, visiblement sous le choc.

— Réponds, intima Austin en l'empêchant de nouveau de respirer.

Elle hocha faiblement la tête.

— Oui. Je m'appelle Violet Brown.

Un éclair de rage — ou de désespoir ? — brilla dans ses yeux, puis il reporta son attention sur Austin.

Et Valérie comprit qu'elle venait de le perdre.

— Elle ne mérite pas de mourir pour autant, assura-t-il d'un ton dédaigneux. Laisse-la partir.

— Pas question ! Elle en sait trop. Si je la laisse partir, elle nous le fera payer !

Sa voix grimpait dans les aigus, signe de son exaspération croissante. Un rien pouvait le faire basculer dans la furie meurtrière, comprit-elle avec un regain de terreur.

Sans doute l'inspecteur le comprit-il, lui aussi. Car il baissa le bras — et invita son cousin à en faire autant.

— Range ton arme, Austin. Il doit y avoir un autre moyen de nous en sortir.

— Lequel ?

— Tu es avocat, je suis flic… A nous deux, on doit bien pouvoir la faire tomber, non ? Monter une campagne contre elle, ça ne devrait pas être trop compliqué… Après ça, elle pourra toujours écrire ce qu'elle veut, plus personne ne la croira ! D'ailleurs, en cherchant bien, on pourrait peut-être la faire enfermer avec son cher papa !

Valérie ne savait plus ce qui était le pire, désormais : craindre qu'Austin n'appuie sur la détente, ou voir l'homme qu'elle aimait se retourner contre elle. Car son regard glacé, son ton méprisant ne trompaient pas : elle l'avait atrocement blessé.

Et elle en payait le prix.

— Toi, un ripou ? Je ne te crois pas, marmonna Austin. Tu n'as jamais calomnié personne !

— Parce que personne ne s'en était jamais pris à ma famille. Elle nous a calomniés, elle aussi ! C'est normal de lui rendre la monnaie de sa pièce, non ?

234

Son cousin parut hésiter. Redoutait-il, malgré tout, de devoir passer à l'acte et de réellement *tuer* Valérie ? Peut-être. Toujours est-il qu'il sembla soudain plus réceptif aux arguments de Brant…

— Comment veux-tu t'y prendre, au juste ? interrogea-t-il, l'air soupçonneux.

— C'est simple. On commencera par balancer qu'elle est la fille de Cletus Brown… Ça devrait faire son effet, le temps que nous trouvions de quoi aggraver son cas, affirma-t-il en arpentant la pièce, comme s'il réfléchissait à voix haute.

— Non, ça ne prendra pas, rétorqua Austin. Elle en sait trop, je te dis. Il y aura toujours quelqu'un pour l'écouter.

Il s'était tourné pour suivre Brant du regard — desserrant légèrement son étreinte autour du cou de Valérie. Saisissant sa chance, elle le repoussa vivement, se jeta à terre et roula sur elle-même…

Juste avant qu'il ne pointe son arme sur elle.

Une balle siffla à ses oreilles, la manquant de justesse.

Puis un second coup de feu retentit, et Austin s'effondra sur le bureau.

Mort.

Brant se tenait au milieu du salon, le bras levé. Leurs regards se croisèrent puis, très lentement, il s'avança vers la porte.

— Je vais appeler le commissariat, dit-il sans se retourner.

Et quitta l'appartement sans un regard en arrière.

Lorsque Valérie arriva au commissariat central pour effectuer sa déposition, Brant l'évita ostensiblement. Appelé dans le bureau de Hugh Rawlins, qui recueillait son témoignage, il ne fit pas davantage attention à elle, détournant le regard chaque fois qu'elle levait les yeux vers lui. La situation était si pesante qu'elle fut soulagée de le voir sortir, cinq minutes plus tard — sous prétexte d'un appel urgent à passer.

Peu importe, songea-t-elle pour tenter de retrouver le sourire. N'avait-elle pas accompli la mission qu'elle s'était fixée ? Bientôt, son père serait un homme libre. N'était-ce pas plus important que tout le reste ?

Certes, mais comment oublier qu'elle avait trahi l'homme qu'elle aimait ? Il ne le lui pardonnerait sans doute jamais, d'ailleurs. Même si elle tentait de se justifier, de lui expliquer pourquoi elle lui avait caché son identité.

Le cœur lourd, elle signa la déposition que lui tendait Hugh Rawlins, puis, se levant, elle s'apprêta à partir.

Il la retint d'un geste.

— Mademoiselle Snow, j'ai une faveur à vous demander. Vous êtes libre de refuser, bien sûr.

Les événements de la nuit l'avaient visiblement exténué : son débit était plus lent, comme s'il peinait à trouver ses mots. Et pour la première fois, Valérie vit en lui un homme blessé. Un de ses proches amis se révélait un terrible meurtrier. Quel regard portait-il sur lui-même et sur les Colter, à présent ?

— De quoi s'agit-il ? demanda-t-elle doucement.

— Raymond Colter vient d'être arrêté. Il aimerait vous parler avant d'être transféré à la prison centrale.

Elle se raidit.

— Pourquoi ?

Hugh haussa les épaules.

— Acceptez-vous ?

Parler à l'homme qui avait brisé la vie de son père ? Pourquoi pas ?

Elle avait des choses à lui dire, elle aussi.

Bien qu'elle n'ait jamais rencontré Raymond Colter, Valérie l'aurait reconnu sans peine à ses yeux sombres, si caractéristiques des hommes de la famille. Mais du brillant chef d'entreprise qu'il avait été, il ne restait rien : la nuit écoulée l'avait anéanti, et ce fut un roi déchu qui se leva pour l'accueillir.

Il avait été placé en détention provisoire dans une petite pièce, au rez-de-chaussée du bâtiment. Sommairement meublée d'une table et de chaises métalliques, équipée de fenêtres grillagées, elle évoquait la cellule d'un prisonnier.

Le sort de Raymond, déjà, ne faisait plus de doute.

Valérie s'avança, la gorge nouée. Cette confrontation ne s'annonçait pas aussi simple qu'elle l'avait imaginée : partagée entre la colère et la pitié, elle ne savait plus quelle attitude adopter. Gênée, elle s'installa sur une chaise tandis qu'il reprenait place derrière la table.

Quelques secondes s'écoulèrent, puis enfin, il brisa le silence.

— Je sais que vous et votre père ne pourrez jamais me pardonner, commença-t-il en baissant les yeux sur ses mains crispées. Mais je tenais à vous dire que… je n'ai jamais rien eu contre lui.

Elle le fixa, interloquée.

— Pardon ?

— Oui. Je ne le connaissais même pas… C'est Odell Campbell — votre oncle — qui m'a parlé de lui. Il travaillait comme chauffeur chez les Kingsley, et nous avions pris l'habitude de bavarder chaque fois que je venais arrondir mes fins de mois chez eux, comme vigile. Il détestait votre père, et ne perdait jamais une occasion de maugréer contre lui. C'en était presque malsain, d'ailleurs… Il aurait fait n'importe quoi pour l'éloigner de votre mère.

— Même un faux témoignage ? s'enquit-elle d'une voix tremblante.

— Il n'a pas hésité une seconde. Je lui ai donné une petite partie de la rançon pour m'assurer de son silence, et je n'ai plus jamais entendu parler de lui.

— Vous avait-il aidé à kidnapper l'enfant ?

Il secoua la tête.

— Non. C'est une jeune femme, Sally Hoffeinz, qui m'a aidé. Elle avait perdu son mari et son petit garçon dans un accident de voiture l'année précédente, et ne s'en était pas vraiment remise. J'avais sympathisé avec elle lors d'un dîner chez des amis communs, et nous nous étions revus à plusieurs reprises. Je me méfiais un peu, parce qu'elle ne tournait pas rond… mais elle a commencé à se prendre d'affection pour moi. Elle se pliait en quatre pour me faire plaisir. Et j'ai compris que je pouvais *tout* lui demander. Un vrai petit soldat !

— Elle a accepté d'enlever Adam Kingsley pour vous plaire ? marmonna-t-elle, incrédule.

— Je ne suis pas certain qu'elle cherchait à me plaire, au fond… C'était le gosse qui l'intéressait. Mais ça, je ne l'ai compris que trop tard ! Parce que j'avais l'intention de restituer le petit à ses parents, bien sûr. Après avoir empoché la rançon, je m'apprêtais à le laisser au bord d'une route, pas loin de chez lui, histoire qu'on le retrouve vite fait. Mais Sally m'a pris de court : elle s'est enfuie avec Adam pendant que je planquais les quinze mille dollars dans la voiture de votre père. Quand je suis rentré, ils avaient disparu tous les deux.

Son souffle se bloqua dans sa gorge.

— Vous voulez dire que… Vous n'avez pas tué Adam ?

— Bien sûr que non ! Je ne lui voulais aucun mal, à ce gosse… J'avais fait ça pour l'argent, c'est tout. Alors, quand ils se sont évanouis dans la nature, j'ai été bien embarrassé. Puis je me suis souvenu du petit Johnny Tyler — celui qui était battu par son beau-père. Il avait disparu depuis deux jours, et je me doutais qu'il ne réapparaîtrait pas de sitôt, le pauvre… Je me suis rendu chez le beau-père au milieu de la nuit, et je lui ai annoncé que j'avais compris son sale manège. Il avait tellement peur de se retrouver en prison qu'il a accepté tout ce que je lui demandais : il m'a montré où il avait enterré le gamin, et je n'ai eu qu'à l'embarquer dans un sac en plastique…

Une lueur étrange brillait dans ses yeux, comme si ce récit macabre réveillait une folie longtemps enfouie au plus profond de lui-même.

— Heureusement, j'avais gardé le pyjama et la couverture d'Adam, poursuivit-il. J'ai habillé Johnny Tyler avec, je l'ai enveloppé dans la couverture, et je suis allé l'enterrer dans un bois, à une dizaine de kilomètres du domaine des Kingsley. J'ai attendu deux mois pour que le corps ne soit plus reconnaissable à l'œil nu… puis j'ai prévenu mon frangin. Appel anonyme, bien sûr. J'ai pris une voix de fausset, et le tour était joué ! Je craignais un peu que son père, Edward, ne réclame une véritable autopsie, mais je savais qu'Iris Kingsley s'y opposerait. Elle voulait enterrer le petit et commencer son deuil, loin du regard des autres et des médias. En plus, son fils était en pleine campagne électorale, et elle craignait que la publicité liée au drame ne lui porte préjudice.

— Si j'ai bien compris, vous avez enlevé Adam *et* aidé le meurtrier de Johnny à échapper à la justice, murmura Valérie, accablée. C'est encore plus atroce que je ne l'imaginais…

— Il le fallait ! s'écria Raymond avec véhémence. Si je n'avais pas récupéré le corps de Johnny, l'enquête n'aurait jamais été close. Les Kingsley auraient peut-être fini par renoncer à trouver le petit, mais mon frère, lui, n'aurait jamais laissé tomber. Il aurait remué ciel et terre pour mettre la main sur le corps d'Adam. Cette histoire l'avait bouleversé, lui aussi. Il en avait perdu le sommeil, vous savez.

Elle le dévisagea, troublée. Judd Colter lui apparaissait sous un autre jour, à présent. Lorsqu'il avait fait irruption chez eux, le soir de l'arrestation de Cletus, il était *intimement* persuadé d'avoir mis la main sur l'assassin d'Adam. Dès lors, sa rage, sa brutalité n'étaient-elles pas en partie justifiées ?

Prenant une profonde inspiration, elle s'enquit :

— Pourquoi me dites-vous tout cela ? Je l'aurais appris au procès, de toute façon.

— C'est vrai. Mais je souhaitais vous le raconter moi-même. Pas pour me racheter, non… J'ai privé votre père de sa liberté, je vous ai volé votre enfance, je vous devais bien une explication, non ?

16.

Il était en prison depuis très longtemps. Si longtemps qu'il avait perdu le compte des années passées derrière les barreaux. Il n'avait plus qu'une seule certitude, à présent : c'était ici, dans cette misérable cellule, qu'il rendrait son dernier souffle. Le témoin qui pouvait confirmer son alibi avait disparu quelques jours après son arrestation. Et plus personne, depuis lors, ne pouvait l'innocenter aux yeux du monde.

Sa jeunesse n'était plus qu'un lointain souvenir. Et ce qui, autrefois, faisait son bonheur n'avait plus aucun sens à ses yeux. Des images oubliées resurgissaient parfois dans son esprit, mais elles étaient si fugaces — si douloureuses, aussi — qu'il ne faisait rien pour les retenir. A plus de soixante ans, il était presque un vieillard, désormais. La moitié de son existence s'était écoulée entre les murs de la prison de Memphis. Il avait eu une famille, autrefois : une épouse et une petite fille. Il les avait perdues, comme le reste. Happées par la vie du dehors, elles avaient vieilli loin de lui.

Si Grace était encore en vie, elle n'aurait que quelques années de moins que lui aujourd'hui. Quant à Violet, elle fêterait bientôt ses trente-six ans. Il aurait aimé avoir de ses nouvelles, bien sûr… mais il savait qu'il aurait été vain d'espérer une lettre de sa part. Elle n'avait jamais cherché à le contacter, même après le décès de Grace — dont son avocat l'avait informé, six mois plus tôt.

Il ne lui en voulait pas, naturellement. N'était-ce pas lui qui avait insisté auprès de sa femme pour qu'elle fuie Memphis après son arrestation ? Il lui avait fait promettre de rompre tout lien avec lui. Et c'était exactement ce qui s'était produit.

Il mourrait donc ici, sans nouvelles de l'extérieur. L'Etat du Tennessee le ferait enterrer dans le cimetière de la prison…

Et l'affaire Kingsley sombrerait dans l'oubli. Le mystère resterait entier, bien sûr… mais il ne serait plus là pour en parler.

Le soleil se levait derrière la vitre grillagée de sa cellule. Un soleil d'été, rond et généreux. Il ferma les yeux pour tenter de se remémorer la caresse des rayons matinaux sur sa peau — en vain. Ses souvenirs étaient morts depuis longtemps.

Il s'apprêtait à faire sa toilette, quand la voix d'un des gardiens retentit à travers la porte :

— T'as de la visite, Cletus. Une vraie beauté, à ce qu'il paraît.

Il chancela, stupéfait. Il n'avait pas reçu de visite depuis une éternité !

— Grouille-toi, mon vieux ! intima le gardien, qui avait ouvert la porte. J'ai pas que ça à faire, moi.

Encore sous le choc, Cletus lui tendit docilement ses poignets pour qu'il lui passe les menottes. Puis il se laissa guider jusqu'au parloir, où il s'assit dans un box vitré.

Une jeune femme se tenait de l'autre côté. Vêtue d'un tailleur rouge. Les cheveux bruns dénoués sur ses épaules.

— G-Grace ? bredouilla-t-il, les larmes aux yeux.

La jeune femme sourit. Levant la main, elle l'appuya contre la cloison — là où il venait de poser la sienne.

— C'est moi, papa. Violet. Je suis venue te chercher.

*
* *

Un soleil aveuglant s'abattait sur Memphis quand Valérie quitta la prison, vingt minutes plus tard. Protégeant ses yeux rougis de larmes d'un revers de main, elle se dirigea vers sa voiture, garée à l'autre extrémité du parking.

Son père ne serait pas libéré avant plusieurs jours — voire plusieurs semaines, si les procédures administratives traînaient en longueur. Il s'écoulerait donc peut-être quelques mois, avant qu'ils ne puissent entamer leur nouvelle vie.

Ensemble, loin d'ici.

Et peu importerait, alors, que Brant n'ait pas cherché à la revoir. Qu'il ne l'ait pas appelée depuis l'arrestation de Raymond. Car elle serait heureuse, n'est-ce pas ?

Une larme perla à ses paupières, qu'elle écrasa d'un geste rageur. La réaction de Brant n'aurait pas dû la surprendre : sa famille endurait un véritable cauchemar depuis quelques jours, et il avait sans doute mieux à faire que de téléphoner à celle qui en était la première responsable. Car si elle n'avait pas mené l'enquête…

Cletus serait mort en prison.

Ne valait-il pas mieux en finir totalement avec Brant, dans ces conditions ? Le passé les avait réunis, mais ils n'avaient aucun avenir ensemble. Les blessures étaient trop profondes de part et d'autre pour qu'ils…

Elle se figea, stupéfaite. Brant l'attendait, appuyé contre sa voiture, sur le parking noyé de soleil.

— Je savais que je te trouverais ici, déclara-t-il en désignant la prison. Tu as pu le voir ?

Elle hocha la tête. Les mots, soudain, s'étaient bloqués dans sa gorge.

— La rencontre s'est bien passée, j'espère ?

243

Incapable de lutter contre les émotions qui l'envahissaient, elle renonça à trouver les mots justes. Et tout se mêla en elle — l'envie de lui expliquer, de lui raconter, de *partager* avec lui les instants bouleversants qu'elle venait de vivre.

— Si tu l'avais vu, Brant ! Il a refusé de me croire quand je lui ai expliqué qu'il allait sortir de prison. L'expression de son visage, c'était…

Elle porta la main à ses lèvres pour étouffer un sanglot.

— Pardonne-moi. Je ne t'ai même pas demandé comment tu t'en sors, en ce moment. Je sais combien la situation est difficile pour ta famille. Et pour toi.

Une infinie tristesse voilait son regard, et elle faillit tendre la main vers lui pour le réconforter… mais quel réconfort aurait-elle pu lui offrir ?

Elle avait contribué à détruire tout ce qui comptait pour lui. Alors qu'il l'avait sauvée d'une mort certaine, une fois de plus.

— Tu m'as sauvé la vie, Brant. Austin m'aurait tuée, si tu n'étais pas intervenu.

— Je sais, renchérit-il en cherchant son regard. Et je le referais, si c'était à refaire. Mais j'en perds le sommeil, malgré tout.

Les larmes, de nouveau, affluèrent à ses paupières. Brant avait tant fait pour elle… Arriverait-elle jamais à lui exprimer sa gratitude ?

— Je suis désolée, énonça-t-elle. J'aurais dû te dire qui j'étais… Mais je n'arrivais pas à me décider. Je n'étais pas certaine de pouvoir…

— Me faire confiance ?

— Oui, admit-elle en rougissant. Tu es un Colter, toi aussi.

Il s'assombrit encore et, cette fois, elle ne retint plus sa main qui se tendait vers lui.

— Je me suis trompée sur ton père, Brant. J'ai mis du temps à le comprendre, mais j'en suis persuadée aujourd'hui : il a envoyé mon père en prison parce qu'il était vraiment convaincu d'avoir arrêté le coupable. Il faisait son boulot, c'est tout. Et il le faisait sacrément bien.

Un léger sourire plissa les lèvres de l'homme qu'elle aimait.

— C'est vrai. D'ailleurs, il paraît qu'il n'y en aura pas deux comme lui.

— Permets-moi d'en douter : j'ai entendu dire que son propre fils avait pris la relève !

Il ne commenta pas, mais son sourire s'élargit. Alors, prenant une profonde inspiration, elle se risqua à poser la question qui lui brûlait les lèvres :

— Pourras-tu me pardonner, Brant ?

— Et toi ? Pardonneras-tu à ma famille ? s'enquit-il en retour. Sauras-tu oublier que je suis un Colter, moi aussi ?

— Je ne veux pas oublier. Je t'aime comme tu es, ajouta-t-elle, presque surprise de son aveu.

— Vraiment ?

— Oui.

Un sourire divinement *sensuel* illuminait son visage, à présent. Et Valérie sentit son cœur se gonfler de joie — une joie plus profonde, plus intense que tout ce qu'elle avait éprouvé jusqu'à présent.

Aussi ne lui opposa-t-elle pas la moindre résistance quand il l'attira contre lui.

— Je suis ravi de l'apprendre, confia-t-il. Car il se trouve que je partage tes sentiments. Je crois que je t'aime comme tu es, moi aussi.

Ils partagèrent un baiser passionné, puis Brant se pencha vers elle pour murmurer :

— Crois-tu qu'une fille comme toi pourra s'habituer à cette chaleur ?

— N'oublie pas que je suis née ici. Je suis une vraie fille du Sud ! Et je n'aurais aucun mal à m'adapter…

— Si je te le demandais ?

— Oui.

— Alors, je te le demande. Reste, Valérie. Pour toujours.

— Pour toujours, acquiesça-t-elle, avant de lui offrir de nouveau ses lèvres.

Le nouveau visage
de la collection Or

◆

AMOURS D'AUJOURD'HUI

Afin de mieux exprimer sa modernité et de vous séduire encore davantage, votre collection Or a changé de couverture et de nom depuis le 1er mars 1995.

Rassurez-vous, les romans, eux, ne changent pas, et vous pourrez retrouver dans la collection **Amours d'Aujourd'hui** tous vos auteurs préférés.

Comme chaque mois, en effet, vous y attendent des héros d'aujourd'hui, aux prises avec des passions fortes et des situations difficiles...

COLLECTION
AMOURS D'AUJOURD'HUI :
Quand l'amour guérit des blessures de la vie...

Chère lectrice,

Vous nous êtes fidèle depuis longtemps?
Vous venez de faire notre connaissance?

C'est pour votre plaisir que nous avons
imaginé un rendez-vous chaque mois
avec vos auteurs préférés, vos
AUTEURS VEDETTE dans les
collections Azur et Horizon.

Les **AUTEURS VEDETTE** vous
donneront rendez-vous pour de
nouveaux livres vedette.

Pour les reconnaître, cherchez
l'étoile... Elle vous guidera!

Éditions Harlequin

HARLEQUIN

LE FORUM DES LECTEURS ET LECTRICES

CHERS(ES) LECTEURS ET LECTRICES,

VOUS NOUS ETES FIDÈLES DEPUIS LONGTEMPS?

VOUS VENEZ DE FAIRE NOTRE CONNAISSANCE?

SI VOUS AVEZ DES COMMENTAIRES, DES CRITIQUES À
FORMULER, DES SUGGESTIONS À OFFRIR, N'HÉSITEZ
PAS… ÉCRIVEZ-NOUS À:
        LES ENTERPRISES HARLEQUIN LTÉE.
        498 RUE ODILE
        FABREVILLE, LAVAL, QUÉBEC.
        H7R 5X1

C'EST AVEC VOS PRÉCIEUX COMMENTAIRES QUE NOUS
ALLONS POUVOIR MIEUX VOUS SERVIR.

DE PLUS, SI VOUS DÉSIREZ RECEVOIR UNE OU
PLUSIEURS DE VOS SÉRIES HARLEQUIN PRÉFÉRÉE(S)
À VOTRE DOMICILE, NE TARDEZ PAS À CONTACTER LE
SERVICE D'ABONNEMENT; EN APPELANT AU
(514) 875-4444 (RÉGION DE MONTRÉAL) OU 1-800-667-4444
(EXTÉRIEUR DE MONTRÉAL) OU TÉLÉCOPIEUR
(514) 523-4444 OU COURRIER ELECTRONIQUE:
AQCOURRIER@ABONNEMENT.QC.CA OU EN ÉCRIVANT À:
        ABONNEMENT QUÉBEC
        525 RUE LOUIS-PASTEUR
        BOUCHERVILLE, QUÉBEC
        J4B 8E7

MERCI, À L'AVANCE, DE VOTRE COOPÉRATION.

BONNE LECTURE.

HARLEQUIN.

VOTRE PASSEPORT POUR LE MONDE DE L'AMOUR.

COLLECTION HORIZON

Des histoires d'amour romantiques qui vous mènent au bout du monde!

Découvrez la passion et les vives émotions qu'apportent à la Collection Horizon des auteurs de renommée internationale!

Captivantes, voire irrésistibles, ces histoires d'amour vous iront assurément droit au coeur.

Surveillez nos trois nouveaux titres chaque mois!

ROUGE PASSION

De fiévreuses histoires d'amour sensuelles!

De provocantes histoires d'amour passionnées et romantiques qu'on lit d'une seule traite. Aventureuses, parfois humoristiques, et sensuelles, elles mettent en vedette des hommes et des femmes d'aujourd'hui.

**ROUGE PASSION...
trois nouveaux titres
chaque mois.**

HARLEQUIN

COLLECTION
ROUGE PASSION

- Des héroïnes émancipées.
- Des héros qui savent aimer.
- Des situations modernes et réalistes.
- Des histoires d'amour sensuelles et provocantes.

LAISSEZ-VOUS TENTER
par 3 titres irrésistibles
chaque mois.

RP-1-R

**Lisez
Rouge
Passion
pour
rencontrer
L'HOMME
DU MOIS!**

Chaque mois, vous rencontrerez un homme **très sexy** dans la série Rouge Passion.

On peut distinguer les livres L'HOMME DU MOIS parce qu'il y a un très bel homme sur la couverture! Et dedans, vous trouverez des histoires écrites selon le point de vue de l'homme et de la femme.

Les livres L'HOMME DU MOIS sont écrits par les plus célèbres auteurs de Harlequin!

Laissez-vous tenter avec L'HOMME DU MOIS par une histoire d'amour sensuelle et provocante. Une histoire chaque mois disponible en août là où les romans Harlequin sont en vente!

RP-HOM-R

♉ ♊ ♋ ♌ ♍

69 **L'ASTROLOGIE EN DIRECT**
TOUT AU LONG
DE L'ANNÉE. ♒

(France métropolitaine uniquement)
Par téléphone 08.92.68.41.01
0,34 € la minute (Serveur SCESI).

Composé et édité
PAR LES ÉDITIONS HARLEQUIN
Achevé d'imprimer en mars 2004

BUSSIÈRE
GROUPE CPI

à Saint-Amand-Montrond (Cher)
Dépôt légal : avril 2004
N° d'imprimeur : 41070 — N° d'éditeur : 10488

Imprimé en France